コンテンポラリー・ゴシック

コンテンポラリー・ゴシック

キャサリン・スプーナー
風間賢二訳

水声社

目次

序文　甦《リバイビング》るゴシック

二〇〇二年にクリスマスの買い物をしていたさい、時節がら地元のショッピングモールでカレンダーだけを販売している店をたまたま見かけた。子犬や子猫、巨乳のセクシーガール、デビッド・ベッカム、ビアズレーのイラストレーション、そしてプロヴァンスの風景など、多様な絵柄とともにシンプルに「ゴシック」と題されたカレンダーが並んでいた。手に取ってパラパラめくって見ると、ルネサンス期から十九世紀末までの幻想的、もしくは死を統一テーマとしたファイン・アートの寄せ集めであると判明。

私がそのカレンダーに惹かれた理由は、〝ゴシック〟が商品として大衆受けするコンセプト――あるいは、少なくともその分野の購買者層にはかなりの隙間市場――になったという明白な事実だけで

コンテンポラリー・ゴシックのイコン，ニック・ケイヴ（1993年）。

はなく、世間一般で〝ゴシック〟趣味と思われているイメージが選択されていることにもあった。そのカレンダーには著名な芸術家（ゴヤ、ムンク、セザンヌ）やさほど知られていない絵師（イーヴリン・ド・モーガン、ルイス・ウェルデン・ホーキンス、ヘンリー・シングルトン）が名前を連ねていた。しかし、そうした画家たちは、プライドの高い美術史家によるよほどのお墨付きがなければ、〝ゴシック〟とはみなされない。とはいえ全体として、墓地や骸骨、奇怪な想像物からなるそのアート・コレクションは、ゴシックが意味するものを正確に要約しているように見えた――少なくとも私には、またそのカレンダーがターゲットにしている購買層には。

今日の西欧文化では、ゴシックはあらゆる類の思いもかけぬ片隅に影を潜めている。ゴシック物語は性質《たち》の悪いウィルスのように、文学の境界を越え、専門領域を横断して拡散し、様々なメディアを感染させている。ファッションや広告からマスメディアが作り出す今日の出来事にいたるまで。ゴス・ミュージシャン、たとえばニック・ケイヴやザ・キュアーのロバート・スミスは批評家に称賛され、宣伝ポスターの人気者となっていて、中流階級の趣味を見事に表している。かたやティーンエイジ・ゴスはメディアを夢中にさせ続けていて、世界最古にして最長の連続ＴＶドラマ『コロネーション・ストリート』にまで常連キャラとして登場している。

だが、ゴシックなど見ればそれとわかる、と思われるかもしれない――われわれはみな素人のヴァン・ヘルシング教授で、吸血鬼や夜の眷属たちの特性については熟知している――が、どうしてゴシックは今こんなに人気があるのか、あるいは昨今出現していることの意味はなんだろうと思う人もいるだろう。

コンテンポラリー・ゴシックを理解しようとする人々は月並みな考えに頼りがちだ。すなわち、新世紀到来を控えた世紀末的不安を理由とするのがもっとも一般的で、ほかにも日常の恐怖に対して鈍感になっていることが原因だとする考え方もある（少なくともこの説は一七九〇年代の昔からあり、サド侯爵によって導入された[1]）。

しかしながら、ゴシックには黙示録的沈鬱や生半可な戦慄以上のものがある。ゴシックのテクストは、コンテンポラリー・カルチャーに関連した種々様々なテーマを取り扱っている。ちょうど十八世紀や十九世紀のときと同じように。言うまでもなく、その時代にゴシックは最初の隆盛を見た。現在における過去の遺産の重圧。そもそもかりそめであり、あるいは分裂している自己。怪物のような、あるいは〝他者〟としての個人や民族の創出。変容された、グロテスクないしは病的な身体への執着。ゴシックがかくも蔓延したのは、今列挙したように、ほかならぬそれが今日の関心事を表象するのにきわめて適切だからだ。

とはいえ、ゴシックは社会の不安を単刀直入に反映する、と単純に決めこむには慎重を要する――ゴシックは戦慄と不安を意図的に喚起させせようとするジャンルだが、受容者の期待に応えようとして、かなり自意識過剰となり、われわれの秘めやかな恐怖を明らかにすることができないからだ。たしかに、ゴシックは社会的な不安と相性がいい。実に洗練された様々なレベルで不安を表象する。また個人的にも集合的にも物語化されうる不安を通じて、使い勝手のよい用語や語彙を提供してくれる。

コンテンポラリー・ゴシックの兆候は当惑するほど広範囲にわたっている。そのような状況に直面して、ゴシックの由来を知っておくことは重要だ。ゴシックは出来合いのものとしてすでにあり、現代において利用されるのにうってつけのものだったわけではない。歴史がある。歳月を経て変化と発展を遂げ、幾重にも織りなす意味を蓄積してきたのである。

ジャンルとしてのゴシックは過去と深い関係がある。そのことは歴史的背景や現在に過去を反映させることで生じる物語の中断を通して語られる。ヴィクター・セージとアラン・ロイド＝スミスによれば、ゴシックは、「過去は自らが消失していくことに対してどうにも納得がいかず、そうした不本意を表現するための完璧に匿名性の言語」[2]をもたらす。

同時にゴシックは、それ自身の過去とも深く関係している。他の物語やおなじみのイメージの痕跡、そして語りの構造やインターテクスチュアルな引用などに自己言及的に準拠している。そんなことは数多くの文学や映画に当てはまる真実だと思われるだろう。ならばこう言おう。ゴシックは自己の本性について頭抜けて自意識的であり、それ自身の伝統の屍を食人族のように喰らうのだ。

ゴシックを死からの回帰者や復活者に惑溺するジャンルと見なすとすれば、それは歴史を通じて一連のリバイバル形式として出現する。たとえば中世建築の時期は、十八世紀と十九世紀のゴシック・リバイバリストたちが回顧させた。だが、決して本来の建築様式が復興させられたわけではない。ちなみにゴシックとは、〈暗黒時代〉の北欧の野蛮なゴート族にちなんだ呼称である。

そもそも〝オリジナル〟なゴシックは存在しない。それは常になにものかのリバイバルである。実

『頭蓋骨とキャンドル・スティック』ポール・セザンヌ作（1866年），油彩・キャンバス（部分）。

際、ゴシックはリバイバルの概念に依拠しているので、無数のコンテンポラリーな形態を取って現れる。しかし、それがゴシックであると認識できる手段を自ら提供してくれる。とはいえ、それら種々様々な姿形は、上品な亡霊や十八世紀末の小説に登場する緊張して疲れ果てたヒロインとはほど遠いイメージであったり、中世のゴシック大聖堂とはまったく無縁だったりするものもある。

復活《リバイバル》するとは新たな生を担う（あるいは実際、斬新な生を与える）ということだ。ゴシック小説の熱心な読者ならご存知のように、死からのそのような回帰はゴシック物語の基本的な特性である。

しかし、フランケンシュタインの怪物のような復活者は生前の正確な姿形をとど

『死の天使』イーヴリン・ド・モーガン作（1890 年），油彩・キャンバス（部分）。セザンヌとド・モーガンの作品は 2003 年版ゴシック・カレンダーでスタイリスティックに並置されている。

めてはいない。復活の概念は以前の形態の改革や再占有を暗示するのであって、ストレートな反復とはみなされない。かくして今日のゴシック・ディスコースは、初期ゴシックの伝統に連なっていると見なすことができると同時に、まったく異なる一連の文化的課題を表現するものとして機能している。

私のゴシック・カレンダー（正当に購入して書斎に掛けられている）が秀逸な例を提供してくれている。新たな文脈に整理し直されて配置されたイメージ群が新しいアイデンティティを伴って再生させられている。それらは様式もしくは歴史的な流派よりむしろ主題によって定義されている。セザンヌの前衛的な後期印象派の『髑髏とキャンドル・スティック』がイーヴリン・ド・モーガンの保守的な後期ラファエル前派の『死の天使』の横に適切にも並べられていて違和感がない。芸術品のために過去を不法占有する一連の行為は、現在の嗜好を時代錯誤的に表現することになるが、十八世紀のゴシック作家アン・ラドクリフによるシェイクスピアやミルトンからの自由な引用、あるいはホレス・ウォルポールがライバルに〝疑似ゴシック風新奇建築《ゴシック・マウストラップ》〟とバカにされたストロベリー・ヒル邸宅内を装飾するために中世の骨董品を蒐集したことと似ている。

ただし、そのカレンダーのゴシック・リバイバルは、あらかじめパッケージングされ、隙間市場で販売されるので、その意味は明確すぎて退屈だ。さらには、ゴシックのイメージ群にあふれた暦といった、まさにその形式には逆説的なものがある。現在に侵入し、取り憑き、反復する過去に対する本質的な危惧がゴシックであるなら、それは暦時間の順次表形式化と奇妙な同席をなしている。つまり、カレンダーは過去に起こったことではなく、未来に生じることを常に指し示すからだ（件のカレンダーが本当のゴシックであるためには、私の死後何年も経過してから発見されるべきで、しかも読みにくい記号に埋められていたり、ネズミにかじられたりカビが生えていたりしていて判読しづらいものとなっていなくてはならない)。

Goths, Gothick, Gothic

〝ゴシック〟(Gothic)は古くから使用されてきた言葉であり、起源は北欧人種がローマを略奪した紀元五世紀にさかのぼる。北欧人種は彼らなりの洗練された文化を持っていた。たとえば優れた馬術など。だが、次世代にゴート人(Goths)の流浪の民が優勢になると、野蛮で原始的な部族と化し、古代ローマ文明の文化的精華を暴力で破壊した。こうした史実が便利な一連の二元論を創出した。すなわち、原始的vs文明的、野蛮vs文化、粗野vs洗練。かようにゴシックという用語は歴史を通じて理解されてきたのだ。

今日、〝ゴシック〟(Gothic)を口にする人は、五世紀のゴート人のことを言っているわけではない。しかしながら、この遊牧民が西欧において通常考えられている史上最も偉大な文明のひとつを暴力的に破壊したことが、理性を情念が転覆させたと見なされた。そうした観点が今日のゴシック理解の背後にはある。

雰囲気に富む廃墟。中世ゴシック建築，ゴシック・リバイバル感覚。「ホリールード寺院の廃墟」ルイ・ダゲール作（1825 年），油彩。

〝ゴシック〟（Gothic）という用語は十七世紀に再出現した。英国においては、中世の教会建築様式を回顧的に表現する方法として。たとえば、古典様式の明確な直線や曲線を無視して、かわりに尖塔や醜怪な角度、突出物、ガーゴイル、不自然に細長い像、そして精緻を極めた細部でごてごてと飾り立てた建築物である。天高く聳える尖塔や会衆席を有する建築物、例としてシャルトル大聖堂やヨーク大聖堂は、礼拝者に精神を高揚させると同時に、神の栄光を建築的に暗示している。

ゴート人自身のように、ゴシック様式はもっとも北欧らしく、特異な文化的感性を表現しており、古典様式ないしは地中海沿岸の国々のビザンチン美学とは大いに異なる。またある意味、最初のゴシック・リバイバルは野蛮で幻想的な様式によって理知的で合理的な古典主義を転覆させたわけだが、それは初期ゴート人による原始的で粗野な行動によって古代ローマ文明を崩壊させたことのやまびこ《エコー》現象であるとも言える。

ゴシック建築はルネサンス期には時代遅れになっていたとはいえ、〝ゴシック〟(Gothick)という用語は十七世紀末と十八世紀の古物蒐集家には新たな意味を担った。かれら古物収集家にしてみれば、〝ゴシック〟(Gothick)は英国の特別な文化的伝統を表象するのにふさわしい形式――中世に達成された政治的な自由と進歩主義の伝統を具現化していた。

ゴシックから連想される反古典・反伝統は、自尊心の源として解釈し直された。つまり、それは英国固有のアイデンティティを表し、ローマ人の植民地化に抗ってきたことを意味する。カントリーハウスは中世のゴシック様式を復活させたが、実はこうした再評価の賜物であり、大地主のエリートが所有する資産にイデオロギー的な深遠なる意義を賦与しようと目論んだためである。かくてゴシックは世俗化し、ホイッグ党的政治色に染められた。

ところが、十八世紀半ばに登場したゴシック小説は、ゴシックのイデオロギー的な意義を今一度歪曲した。その結果、以降数百年にわたって展開されていくことになる、まったく異なったふたつの意味がゴシックに付加されることになったのである。

ひとつは、ゴシックは神秘的な中世の英国を表す。騎士道精神が君臨し、社会制度が広くいきわたった、宗教的信仰の揺るぎない世界。もうひとつは、啓蒙主義の恩恵や科学と理性がもたらす便益の到来以前の未開と封建主義の時代を表す。これらふたつの相異なる確固とした主張は政治的に利用された。保守と革新、トーリー党とホイッグ党、懐古主義者と初期モダニスト。結果として、双方はかなり異なる二種の芸術様式をもたらした。

ひとつは、十八世紀と十九世紀の建築と絵画におけるゴシック・リバイバル。もうひとつは、ゴシック小説の扇情的な物語。これらふたつのより糸は、ときおり（当然のことながら）こんがらがる。両者がひとつの名称を分け合い、ともに中世に魅せられているからだ。

しかし、マシュー・グレゴリー・ルイスの『マンク』（一七九六年）のような小説は、カトリックの偽善に満ちた、異端審問や悪魔の恰好の餌食となることの恐怖として中世スペインを表現し、かたやオーガスタス・ウェルビー・ピュージンの国会議事堂（一八三五年―六八年）は、霊的純粋と社会的団結の時代としての中世を喚起させる。産業化による破壊以前の英国のもっとも偉大な建築的達成、すなわちゴシック大聖堂を産んだ時代を。

やがてゴシックは本質的に分裂する。クリス・ボルディックが次のように述べている。「〝ゴシック〟という用語のもっとも厄介な局面は、実際のところ、文学的ゴシックは、本当はアンチ・ゴシックなのだ(3)」。

ゴシック建築をもっとも際立たせているのは、高く聳えるライン――天まで届けと言わんばかりの尖塔アーチである。十九世紀のゴシック・リバイバリストにとって、それは並外れて霊的な様式であり、政治的であると同時に信仰の意味合いを帯びている。かくてオーガスタス・ウェルビー・ピュージンはソールズベリー大聖堂のアーチや尖塔と張り合おうとした。現代のリンカン大聖堂とヨーク大聖堂もまたしかり。

かたやドイツのナザレ派や英国のラファエル前派は、中世の画家の様式の純粋性への回帰を試み、ウィリアム・モリスは室内装飾に対する職人芸の価値を回復させた。そのいっぽうでヴィクトリア朝ゴシック・リバイバルは今日のゴシック映画やファッション写真のための有益なロケ地を提供してきたといえるだろう。

したがって、ゴシック・リバイバルはデイヴィッド・パンターが提唱する〈恐怖の文学〉[4]と関連があるとしても、わずかなものでしかない。ラスキンやプージンは過去の専制政治を間接的に味わいたかったのではなく、当時の醜悪な産業化から逃れたかったのだ。面白いことに、ゴシック・リバイバル絵画と建築の主流市場のひとつは新興成金の実業家たちだった。となると、ゴシック・リバイバルは過去に関する輝かしくも壮麗な幻影であるにもかかわらず、疑いようもなく現代的な世界観だったと察せられる。

とはいえ、コンテンポラリー・アートはゴシック・リバイバルの芸術運動に回帰したのではない。もうひとつの伝統であるゴシック小説を霊感源としている。今日のアーティストはゴシック・イディオムと表現される分野で創作している。たとえば、シンディ・シャーマン、レイチェル・ホワイトリード、ダグラス・ゴードン、ジェイクとディノス・チャップマン兄弟、ジェーンとルイス・ウィルソン姉妹、そしてグレゴリー・クリュードスンなどだ。彼らは、精神的超越や歴史的懐古趣味に関心を

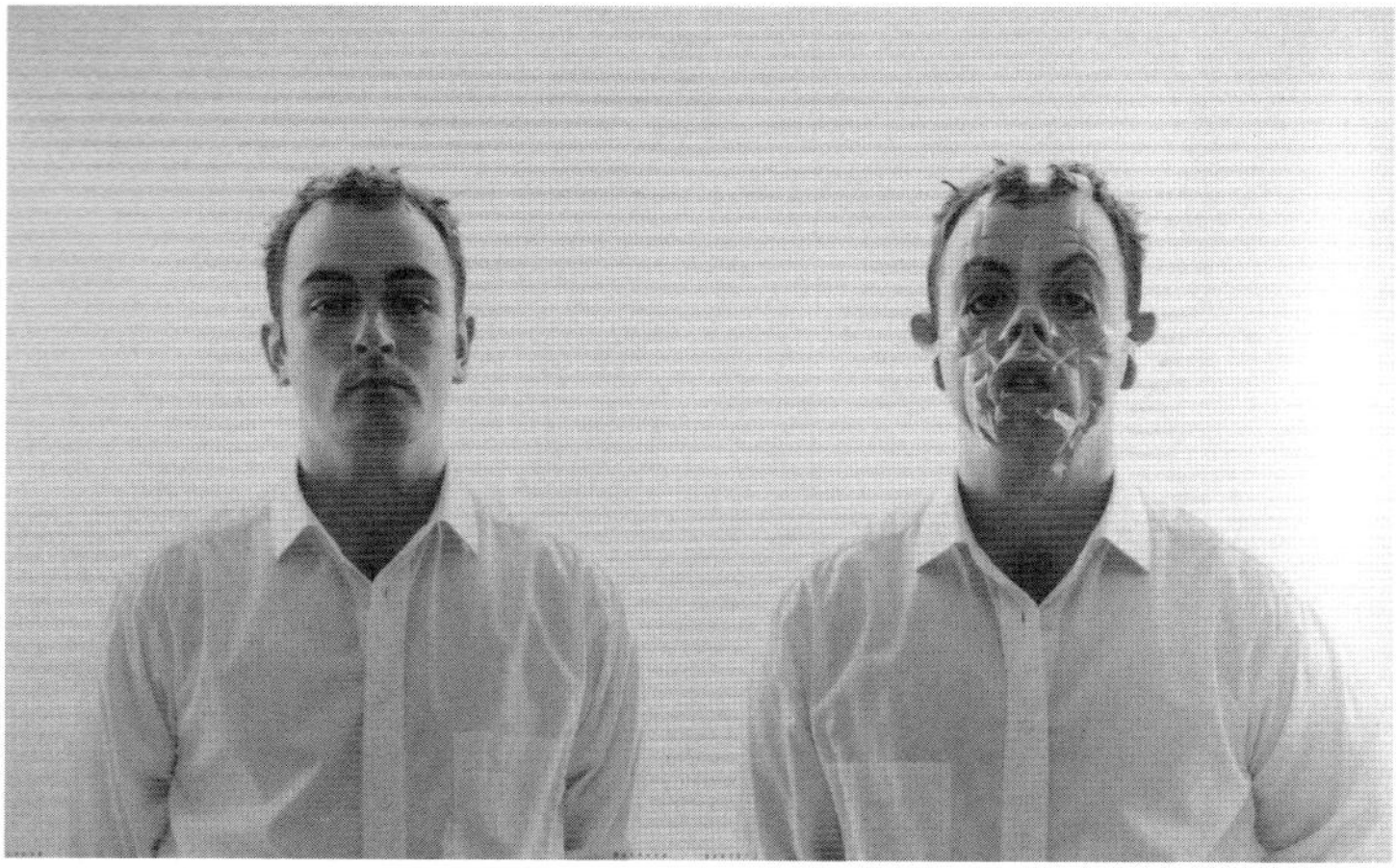

「モンスター」ダグラス・ゴードン作（1996-97年），彩色された額縁入りカラー写真。

寄せているのではなく、ゴシック小説に見られる亡霊や監禁のテーマに興味がある。

シンディ・シャーマン製作の忌まわしいシナリオにおける人形写真や医学用マネキン、あるいはグロテスクな再創造による仮面や模造人体の一部を装着した擬似歴史的ポートレイトは、肉体的嫌悪感と表層の虚飾へと転移されたそれとの間に生じる特異なゴシック的緊張感を刺激する。

レイチェル・ホワイトリードの『ハウス』（一九九三年）は、取り壊されることになっているヴィクトリア朝様式のテラスの内部空間をそっくりそのまま石膏にして抜き出した作品だが、そこの住人の歴史が染みこんだ建造物、およびそれ自身の死の感覚を想起させる。

ダグラス・ゴードンは自らのサウンドとビデオ・インスタレーションによって、二重性と粉々になった自我に執着した重要なスコットランド製ゴシック

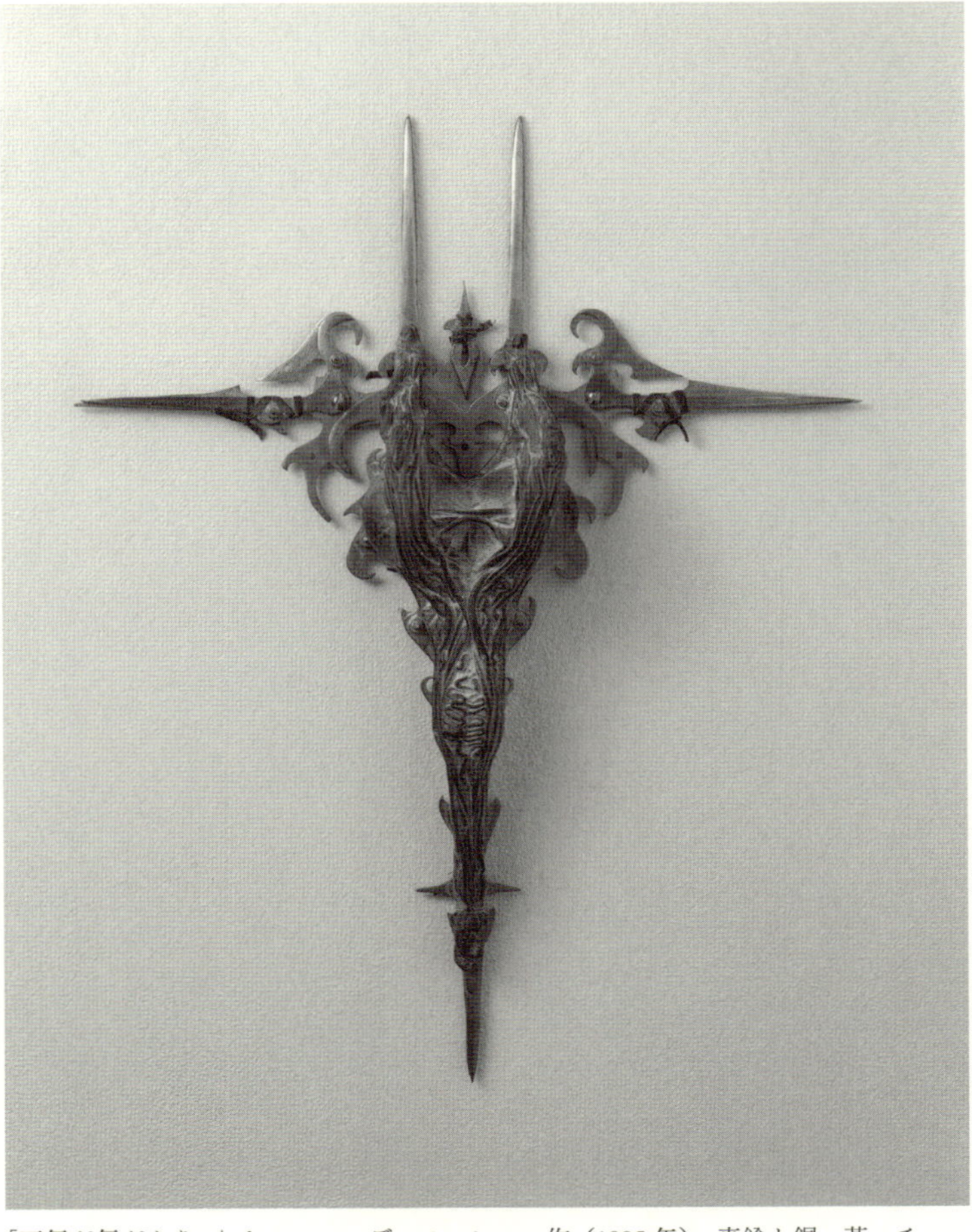

「天気が気がかり？」キャシー・デ・モンショー作（1995 年），真鍮と銅，革，チョーク。

を増幅させることで、ロバート・ルイス・スティーヴンスンやジェームズ・ホッグの影響力の大きいゴシックのテクストを意図的に想起させる。

今や操業していない軍事産業場を撮影したジェーンとルイス・ウィルソン姉妹の不気味なヴィデオは、冷戦の亡霊を喚起させる。公共の空き家を映した彼女たちのビデオ・インスタレーションは、政治的権力の場とシンボルを透写しながら、プージンのゴシック建築的理想主義とゴシック文学と映画の暗黒の感性の伝統との結婚を語っている。

同様に、キャシー・デ・モンショーの贅を凝らした彫刻は、ゴシック建築の装飾形式を採用し、それらを人体の外見や内臓の形と混合させることで一連の内密で潜在的に残虐な欲望を呼び起こす。

ゴシックを定義する

これまでのところ、文学的ゴシックに関する申し分のない定義は、『オックスフォード版ゴシック物語集』に付されたクリス・ボルディックの序論で述べられている。ボルディックによれば、ゴシックのテクストは、「時間的には相続することを恐れる感覚に、空間的には囲い込まれているという閉所恐怖症的感覚に結びつけられるべきで、こうした二つの次元は、崩壊へと突き進む病んだ血統という印象を生み出すために、お互いを強め合う[5]」。

ゴシックのテクストにおいて、過去は病んだ力とともに回帰する。すなわち、死者は墓から起き上がり、冷たい手を生者の肩に置く。このおぞましいシナリオは身体的監禁状態によって度合いを強める。十八世紀ゴシックのテクストでは、迷宮的な地下墓所や拷問部屋。十九世紀では、謎めいた先祖伝来の屋敷の秘密の通路や屋根裏部屋。二十世紀では、人間の心の奥底や脳内。ゴシック的認識を比較的備えた詩人のエミリー・ディキンソンもこう書いている。「部屋である必要はない——取り憑かれているのは」と。

二十世紀の映画や小説では、トラウマという厄介な幽霊は建築的な場面にかぎらず、精神そのものを一種の牢獄と化す。(6) かくてトニ・モリスンの長編小説『ビラヴド』(一九八八年)では、幽霊は肉体的束縛から解放されて自由になった逃亡奴隷として表象されるが、それでも奴隷たちは心の傷の囚われ人でありつづける。

そのいっぽうで何人かの批評家が言及しているように、今日のゴシックに関するお気に入りの比喩のひとつは、幼児期に受けた虐待にまつわる抑圧された記憶である。たとえば、スティーヴン・キングの『シャイニング』(一九七七年)。ちょうどエドガー・アラン・ポーの語るアッシャー家の大邸宅が最終的には足元の湖に崩壊していくように、そうした心理的幽閉状態にある者は特徴として、執拗な精神的緊張のもとに崩壊し、狂気や精神的な破綻に行き着く。

それゆえゴシックのテクストにおける過去は、恐怖の所在地であり、解明されるべき犯行現場であり、追い払われるべき悪所である。ゴシック・リバイバルの建造物とは異なり、懐古趣味や理想主義とは無縁だ。現在を窒息させ、個人や社会の啓発への歩みを妨げるのである。

ブラム・ストーカーの『吸血鬼ドラキュラ』（一八九七年）では、吸血鬼の昔ながらの高貴な血族／血欲が十九世紀末の仮借なき若者たちを脅かすが、彼らはタイプライターや蓄音機、時刻表、そして最新の犯罪学理論で吸血鬼の邪悪な計画を頓挫させる。

はたまた多くのゴシックのテクストは、遠い過去に物語を設定する（初期作品のほとんどは、ロバート・マイルズが命名した〝ゴシックの尖塔アーチ〟、すなわち中世と啓蒙主義初期との狭間の時期が物語背景となっているが、今日ではしばしばヴィクトリア朝期に設定される）が、それは恐怖を過去に左遷させることで、現在の啓蒙された時代にいることを知りつつ専制政治における暴虐行為の悦楽にふけることができるからである。(7)

クリス・ボルディックとロバート・マイルズが影響力のあるエッセイ「ゴシック・クリティシズム」で述べているように、ゴシックはきわめてブルジョワ的な様式であり、ほとんどその真義は〝飼いならされた人道主義〟にある。(8) 彼らふたりはこう主張する。「中産階級が他の社会集団より枕を高くして眠れる実質的な理由はたくさんあるが、吸血鬼に関する刺激的なアンソロジーを読んで震え上がったあとでもぐっすり眠れたという証言はない(9)」。

たぶん、ゴシックのテクストは平穏無事な時代の文化においてのみ産出されるもので、ゆえにヨーロッパ産ゴシックは第一次世界大戦から一九六〇年代初頭までの政治的・経済的に不安定な時期には比較的不足している。

ゴシックの条件として過去を虚構化したいという欲望は、あらゆる状況に認めることができる。ただし、それは一見ゴシックとは無関係のように思えるかもしれない。

たとえば二〇〇三年のこと、私はロンドンで開催されたロイヤル・アカデミーお墨付きの「アステカ展」を見に行った。十四世紀から十六世紀にわたる中央アメリカ文明の数多くの工芸品を一堂に会した初めての博覧会だった。現代の西欧においては、アステカ文化は血に飢えていて残酷であると称される。人身御供や他の数々の身の毛のよだつ儀式が含まれているからだ。したがってアステカ文化の芸術作品の多くは、今日の鑑賞者にはおぞましく思える。皮をはがされたり切断されたりした身体や陰惨な伝説に関するあからさまな表現が特色である。

私は大混雑の会場(ものすごい人気だった)を歩き回りながら、アステカ文化の残虐さに衝撃を受け嫌悪感を覚えるといった会話を小耳にはさんだ。ある女性などは、こんなことさえ言っていた。スペイン人がこの種族を地上から一掃したことは神の思し召しであると。まさにタブロイト新聞の論説やTVのコメンテイターの意見に同調する見解だ。

それを言うなら、十六世紀のスペインでは異端審問が行なわれている。魔女狩り、闘牛や恐ろしい公開処刑。それらはもちろん、まさしく十八世紀ゴシックの題材であり、M・G・ルイス『マンク』のような小説の好色な設定にもなっている。ルイスにとっては、カトリック信仰の残虐性は様々な恐ろしい慣行の刺激的な背景を供給する。それは主人公の行なうレイプ、母親殺し、近親相姦、悪魔との契約、露骨な死体愛好、そして印象的なむごたらしい最期のみならず、制度化された残酷性をも提供してくれた。

たとえば、若い女性を強制的に修道院に入れることや誓いを破った者たちに対する拷問や監禁。それらはまちがいなくルイスの妄想であって、歴史的事実に鑑みたものではない。ルイスやプロテスタントの読者が作り出した中世後期のカトリックのスペイン人像である。スペイン人は忌まわしき他者であり、そのことはプロテスタントであるかれら自身の現代性と啓蒙性が立証できることであって、その反応はアステカ族に対する二十一世紀人のそれと変わるところはない。

アステカ族もかれらの芸術もゴシックそのものではない——それらはまったく異なる表象体系に属する——が、展覧会の鑑賞者がそれらをゴシックにしていた。われわれが人間性の全体的な進歩を得意がっていてさえ、過ぎ去りし恐怖は楽しい戦慄を抱かせる。血生臭くて評判の悪いイラク（もうひとつの暗黙の野蛮な社会体制）との戦争前夜、空想化された歴史物語へと恐怖を心理的に遠ざけたことは、とりわけ自己弁護的のように思われる。民間人の犠牲者、自爆テロ犯、そしてメディアの情報操作といった現実は、アステカ族の高度に儀式化された武力闘争や美しく象徴的な人身御供よりはるかに文明化されているとは言いがたい。

そのいっぽうで、野蛮な文化は植民地化されて〝文明化〟されるに値するという考えは、英国と米国政府の戦争政策の自己正当化を強調するのに役立っている。ここにおけるゴシックは、特別な一種の文化的機能を、すなわちその恐怖を西欧文化が異国の遠く離れた他者に置き換えることで安全を感じる手段となっているようだ。

千年紀の終わり、無垢の終わり

アステカ族に関する自分の経験で興味深かったのは、多くの批評家――そのなかには『メインストリートの悪夢』の著者マーク・エドマンドスンも含まれる――が〝ゴシック・カルチャー〟[10]と認め始めていたものが活写されているように思えたことである。

ゴシックに関する最近の研究は、ゴシックの特徴的な物語様式《ナラティヴ・パターン》を特定し始めている。つまり、われわれがすでに慣れ親しんでそれと認定できるテクスト以外にも存在し、文化じゅうに複製されて蔓延しているゴシック物語を。

ゴシックという用語を差別的に使用しないように注意しなければならない――差別に基づく批評は還元主義の危険性がある――が、二十世紀後半の数十年間および二十一世紀初頭において、ゴシック物語は大衆およびアカデミズム双方の文化においてますます傑出し始めた。アンジェラ・カーターは、暗黒のエロチカ短編集『花火』(一九七四年)の著者あとがきでこう述べている。「私たちはゴシックの時代に生きている」[11]。

アンジェラ・カーターの初期の長編『ラヴ』(一九七一年)は、皮肉にも六〇年代のヒッピーの理想主義を想起させるタイトルだが、六〇年代の暗い後遺症を分析するものとして、明らかにゴシックの時代精神を捉えようとしている。その長編では、アートスクール在学のアンチヒロインであるアナベルは狂気に陥り、表現の自由という夢がなしくずしになったために自殺する。

いま述べたように、人生の暗黒面――死、犯罪、狂気、倒錯、常軌を逸した欲望――に関する執着は、ときおり〈世紀末〉現象と称されてきた。〈千年紀の終わり〉に必然的に高まる黙示録的傾向である。批評家たちは、一群の明らかにゴシック的な活動――小説、アート、文化的堕落――が一九七〇年代、八〇年代、最終的には九〇年代に生じたことに注目する。たとえば、デイヴィッド・パンターはこう述べている。ゴシックは「世紀の転換期と特別に関係があり、過去の影の召喚をどうしてもともなう改心のようなものである」[12]。

フランス革命の余波において、サド侯爵によれば、無感覚になった一般大衆はアン・ラドクリフやM・G・ルイスの小説で語られる超自然に刺激を求めた。「もっとも高名な小説家が一世紀かかってやっと描くことのできた悲運逆境を、みながみな、たった四、五年のうちに経験しつくしてしまったのだ。だから読者の興味を惹くにたるような作品をつくり出すためには地獄を援用しなければならなかった[13]」。

十九世紀末には、批評家エレイン・ショウォルターの命名による〈性のアナーキー〉が欲望の暗黒面に対する拘泥を導いた。ドラキュラやドリアン・グレイ、ジキル博士の別人格である〝原始人的〟なハイド氏たちが深夜を徘徊する[14]。

千年紀が接近するにしたがい、批評家たちの中でもことにクリストフ・グリュネンバーグは、ゴシックに対する関心の復活と時代の奇妙な本質とを結びつけている。すなわち、昨今のゴシック的雰囲気は商業的に搾取された流行や娯楽現象となってしまったが、世紀末において継続する精神的むなしさの兆候である。(15)

とはいえ、ゴシックに対する文化的執着を、すべて千年紀の不安に帰するわけにはいかない。そもそも一見したところゴシックのテクストは各世紀末に、より数多く出現するようである、といったパターン認識はかなり誇張された見方である。多くのゴシックのテクストはこのパターンに当てはまらない。

たとえば、二十世紀においては、ダフネ・デュ・モーリエの『レベッカ』（一九三八年）や二〇年代のドイツ表現主義および三〇年代、四〇年代のハリウッドのユニバーサル・スタジオによる偉大なホラー映画がある。ブロンテ姉妹やエドガー・アラン・ポーもまた、明らかにパターンから逸脱している。あるいは、これまで書かれたもっとも影響力のあるゴシック小説の二点、メアリー・シェリー『フランケンシュタイン』とチャールズ・マチューリン『放浪者メルモス』は、それぞれ一八一八年と一八二〇年に登場している。

いずれにしろ、ゴシックに対する情熱は一向に衰える兆しはない。それになにより、いまや千年紀は過ぎ去った。にもかかわらず、ファッション雑誌は、〝ゴシック再来〟を告げ続けている。はたまた新世紀のゴシックの所産はサラ・ウォーターズのベストセラー長編『荊の城』（二〇〇二年）や巨費を投じた一連の吸血鬼映画『ブレイド2』（二〇〇二年）、『ブレイド3』（二〇〇四年）、『アンダーワールド』(二〇〇四年)、『ヴァン・ヘルシング』(二〇〇四年) まで含まれる。

二十世紀末、千年紀およびその時に起こりそうなこと (コンピューターの二千年問題や千年紀カルト教団たちの集団自殺の憶測効果) を取り巻くマスコミの空騒ぎは、大衆がお気楽な破滅を切望していることを確信させてくれた。『エンド・オブ・デイズ』(一九九九年) のような映画は大ヒットしたが、主演のアーノルド・シュワルツェネッガーがこの世の終末を切望する悪魔の姿をした究極の敵と戦う話である。だが、黙示録を本当に心配しているというよりマスコミのバカ騒ぎを巧妙に語っているように見えた。

コンテンポラリー・ゴシックに顕著なことがらは、ちなみに二十世紀末から二十一世紀初頭にかけてのゴシック・テクストのことだが、全体的に見ると差し迫った終末感ではなく、むしろ三種のまったく独立した要素の中に見られる。すなわち、コンテンポラリー・ゴシックは、それ自体についての新たな自意識を有する。ついでグローバルな消費文化によって、大量生産・流通、視聴者意識の新たな段階に達している。そして学問分野の境界線を越えてあらゆる形体のメディアに溶け込んでいる。この世の終わりに夢中になっているのではなく、むしろ無垢の終わりを先取りしているのだ。

ゴシックは最初からかなり意図的で自意識に満ちたジャンルだ――それは時代がかった古物収集家のホレス・ウォルポールによって人工的に作られた中世の館や最初のゴシック小説が刊行されるとすぐにパロディ作品が現れたことからも知れる――が、ポスト・フロイトやマルクス、そしてフェミニズムなどの批評理論のおかげで、コンテンポラリー・ゴシックは最初期のゴシック作家たちには利用できなかった性的・政治的自意識を得ている。

二世紀以上にわたるゴシック・リバイバルはまた、ホレス・ウォルポールが想像しえた以上のアイロニーの層を越えさせることにもなった。そのために彼の『オトラント城』(一七六四年)は、現代の読者には微笑ましくも出来の悪い子のように思える。

ゴシックはいまやさらに、主流・傍流の分け隔てなく目覚ましく商業化されている。もはや映画や小説に突発的に出現するのではなく、同時にファッションや家具、コンピュータ・ゲーム、若者文化、広告の分野にまで見られる。ゴシックは常に大衆にアピールしてきたが、今日の経済環境では大規模なビジネスとなっている。とりわけゴシックは売れるのだ。

それはなにも特別な展開ではない。ゴシックはこれまでずっと消費文化と手をたずさえてきたのだ。E・J・クレリーが説いているように、ゴシック小説の隆盛は啓蒙主義と近しい関係にあり、幽霊をまじめに受け取ることをやめ、その存在を娯楽に転じることのできる社会でのみ可能なのである。にもかかわらず、亡霊や迷信に関するゾッとさせられる話は、文学は教育的でなければならないといった啓蒙主義の要求を満たすことに失敗しているのだが、余剰品という観点から言えば、超自然小説は究極の贅沢品となった[16]。つまり文学市場に限った場合、ゴシック小説は大成功だったわけだ。

アン・ラドクリフは、一七九〇年代には自作に対して当時の相場で巨額の契約前払い金を要求した。かたやM・G・ルイスの『マンク』はスキャンダラス受けして、刊行後の四年間で五回も重版している。一八六〇年には、ウィルキー・コリンズのラドクリフ風ロマンスのヴィクトリア朝版『白衣の女』がワルツから婦人用帽子までの数多くのタイアップ商品を生み出している。ジョージ・デュ・モーリエの『トリルビー』(一八九四年)はゴシック的悪漢スヴェンガリで知られるが、十九世紀のベストセラー小説と見なされており、この作品もまた様々な関連商品を生み出している。トリルビー・シューズ、スイーツ、石鹸、ソーセージ、コンサート、パーティ、そして言うまでもなく有名なトリルビー帽子などである。

ゴシック・ロマンスとその申し子たち、たとえばニューゲート・ノベルやセンセーション・ノベルなどに関する初期の大方の評論では、それらが大衆受けしたことがはっきり記されている。中産階級のご婦人方によって、あるいは十九世紀後半には使用人や売り子嬢たちに熱狂的に消費され、道徳的なだらしなさを拡散していることや神経を過剰に興奮させることに対する非難を引き起こした。そもそもの始まりから、ゴシックにはお上品ぶった批判が浴びせられた。だが、その手の批判は大衆娯楽のどのような形式にもいちゃもんをつける文化的エリート主義の産物である。

しかしながら、二十世紀後半には周縁的なものや越境的なものに対する批判的拘泥がエリート主義を逆転させた。いまやゴシックは大人気。文化的エリートに対する転覆の道具として表向きは使えるからである。ゴシックは学者連中のあいだで明らかに受けがいい。禁制を犯しているような快感があるからだ。このような文脈においては、その快感は大衆的であることの自虐的快感となんら変わりがない。

突如、ゴシックはPC(政治的に正しい表現)になった。ゴシック物語の内包する女性や非異性愛的セクシュアリティに関心が集まり、フェミニストやクィアー理論家たちが取り上げたのである。また、一般大衆を読み解く素材として機能したり、植民地支配的な罪の重荷が探索されて払い清められる場にもなったりしている。かくてゴシックはテクスト的分裂の理想的な空間となった。いまやふたたびゴシックは、われわれ自身を啓発させるための具体的な手段なのである。

ゴシックに対するアカデミックな情熱は、それが主流の大衆文化に広範囲に見られることから生じている。これは逆説と思えるかもしれない。幸福の追求をテーマにしている文化においては、民族的統一と平等が流行の哲学となり、ソフトドリンクや遊び着が販売される。したがって、悪や死、腐敗、失見当識、心理的不安定などに関連するジャンルはマイナーな趣味、あるいは前衛的な破壊嗜好やカルト・アンダーグラウンド的偏愛としか見なされない。

かくて数多くの今日の批評家は、ゴシックを次のように見なしがちである。周縁的なジャンルだが、破壊的潜在力があると。つまりは、今日の快楽追求型社会における暗い無意識の欲望を剥き出しにして解剖する形式というわけだ。

しかし、スティーヴン・キングは大衆向けホラー小説（周縁的なジャンル）の書き手だが、アメリカのベストセラー作家でもある。ヴァンパイア・クロニクルの紡ぎ手アン・ライスも人気と売れ行きでは負けていない。自称〈アンチ・キリスト・スーパースター〉マリリン・マンソンは、ゴシックの影響を受けたアルバムを世界中で何百万枚も売っている。はたまたネオ・ゴシック・バンドのエヴァネッセンスは、二〇〇三年の夏、ブリティッシュ・チャートで四週間トップに輝いた。

ゴシック・イメージは、スミルノフ・ウォッカからアリエル粉石鹸まで種々様々な商品のTV広告に利用されている。『エルム街の悪夢』（一九八四年）や『羊たちの沈黙』（一九九〇年）、『ブラム・ストーカーのドラキュラ』（一九九二年）、『インタビュー・ウィズ・ザ・ヴァンパイア』（一九九四年）、そして『スクリーム』（一九九六年）のような映画が興行的に成功し、それら映画の邪悪な悪漢――フレディ・クルーガー、ハンニバル・レクター――は遊び場のアンチ・ヒーローになっている。『吸血キラー　聖少女バフィー』は二十世紀末に最も人気のあったTVドラマ・シリーズだったが、そこから誕生した『エンジェル』や魔女をヒロインにした同種のシリーズ『サブリナ』と『チャームド』とともに、ティーンエイジャーの暗黒面に新たな関心を示しているようだ――反抗的であるかどうかは別として。二十世紀末までには、ゴシックは主流娯楽の資源として確固たる地位を築いた。

ゴシック変容

コンテンポラリー・ゴシック・リバイバルは十八世紀と十九世紀のゴシックとの関連で、ほかにどのように言われているのだろうか？

当然、二百年を経るうちに形式は変化し、他のジャンルを派生させた。たとえば、サイエンス・フィクションや探偵小説。ゴシックは文学運動や社会的圧力、歴史的状況との相互作用を得て、より多様性のある一連の物語の伝統的手法や文学的比喩として緩やかに定義されるようになった。

アラステア・ファウラーによれば、文芸ゴシックは特異な〝どちらかといえば〟確定したジャンル――〈ゴシック・ロマンス〉として始まったが、初期の形態は以降継承されるゴシック・モードを産出した。あるいは言いかえれば、対象に関する決定的な記述を提示しない、より柔軟な表現方法をもたらした。結果、その話法は多種多様の異なるテクストに適応できる。「海洋冒険(「アーサー・ゴードン・ピムの冒険」)、心理小説(『タイタス・グローン』)、犯罪小説(『エドウィン・ドルードの謎』)、短編、映画の脚本」などなど。[17]

テクストはゴシック、および同時に他の多くの要素からなっているのかもしれない。たとえば、『X-ファイル』はゴシック・モードの探偵ものだが、同様にサイエンス・フィクション、陰謀説、バディ・コップ・ドラマでもある。ジャック・デリダの問いを想起するだけの価値はある。テクストはなにかひとつのジャンルに〝属する〟のかどうか。むしろ彼はこう論述する。テクストは複数のジャンルに〝参加する〟と。[18] 参加するということは完全な帰属意識を必要としない。単にそのジャンルとの関係をほのめかすだけである。

かくてゴシックのモチーフや物語構造、あるいはイメージは多様な状況――ポップミュージックから広告まで――素直にはゴシックとは思えない文脈に立ち現れるのだろう。にもかかわらず、そうしたテーマやモチーフは、ゴシックを意図的に想起させ、十八世紀に出現したときのその形態とそれとなく対話を行なう。同時にまた、伝統的に理解されているゴシック観を微妙に変更し、さまざまな用途のために占有して、おそらくは当初の実践者が用いていたのとはまったくの別物、もしくは相反するものと化しているのかもしれない。

様式化されたイメージ、たとえばフランケンシュタインの怪物やドラキュラ城の伝統的なイメージは、恐怖や崇高《サブライム》を誘発する力を枯渇することで脱ゴシック化している。そうした変化にもかかわらず、それらのイメージや物語は、そもそもゴシックを喚起させることによってのみ目的に達するのだ。そのよい例がハロウィンの時期に店にあふれかえる子供向けの玩具である。プラスチック製のジャック・オ・ランタンは暗闇で光るお化けだが、かわいらしい夜の生き物である。大量生産物でどれもみなこわくない。かりにもなんらかの感情を引き起こすとしたら、笑いだろう。それらカボチャのお化けは家庭的で、おどけていて、とるにたりないもの――お子様向けの遊び道具だ。

とはいえ、ゴム製のコウモリにはかなり皮肉じみたところがあって、ラドクリフ夫人やM・G・ルイスの小説と決定的な繋がりがある。戦慄を喚起させると思われている対象とその素材の安っぽさや親密性とのあいだには際立った緊張関係があるのだ。ゴシック小説においては、小道具や装飾品は常に物語を占有する傾向にある。イヴ・セジウィックはこう論じている。「批評家に頻繁に無視されがちなゴシックのテクスト上の〝瑣末な〟表面は、実はゴシックの最も興味深い効果が見られる箇所である(19)」。

セジウィックにとって、ゴシックは深さを拒んで表層を強調するもの――顔よりむしろ仮面を、下部に横たわるものよりむしろ覆いを、正体よりむしろ変装を語るものなのだ。

ホレス・ウォルポールの『オトラント城』における芝居がかった愉快な振る舞いは、まさに今日のハロウィンであり、企図された悪行、動く肖像画、血を流す彫像、超自然的な巨大な甲冑などは、素晴らしきビジネス・チャンスにおいて模倣されている。

表層、スペクタクル、そしてパフォーマンスに対する強調は、これまた今日のカルチャーにこの上なくふさわしいように思える。アラン・ロイド＝スミスは次のように指摘している。「ポストモダニズムに関する言説において規定された特徴とゴシックの伝統に焦点を絞ったそれらとには著しい類似点があり、そのひとつとして、深みのないイメージに支配されている表層の美学をはっきりと前景化することがあげられる」[20]。それはまぎれもない事実ではあるが、同時に今日の数多のゴシックには内部に引き寄せる逆の力もあるようだ。

十八世紀と十九世紀初頭のゴシックがロマン主義の〝暗黒面〟として見なされるとしたら、それはロマン主義の暗黒の衝動が勝手気ままにふるまえる空間であり、漏洩した抑圧されたものということになる。すると二十一世紀においては、ロマン主義はゴシックのいわば影の分身になってしまったように思われる。数多くの一連のロマン主義に見出される充実性、内面性、そして深みへの欲求は、今日の数多のゴシックのテクストに取り憑いている。

たとえばジェーン・カンピオン監督の映画『ピアノ・レッスン』（一九九二年）は、口の利けないヒロインの自己探求に対して衣裳の官能性を対峙させている。同様に、ザ・キュアーの『フェイス（信仰）』（一九八一年）のようなアルバムは、心が張り裂けそうな実存的不安とパフォーマンスの高まりを結合し、ゴス・サブカルチャーにおけるより一般的な緊張を複製しながら、衣裳を通しての遂行《パフォーマティヴ》的な同一化表現と正真正銘の（そしてときに苦渋に満ちた）自己表現探索とを融合させている。

ゴシックとロマン主義を相補的関係にあると見なすよりむしろ、しばしば同じ一連のアイデアから進展するもの、ないしは同じテクスト内に共存するもの、すなわち双方向性刺激として考えたほうが意義深い。ゴシックは、ロマン主義的テクストに作用する、もしくは影響を与える一連の圧力でありつつ、そのいっぽうでゴシック内部から絶えず噴出する一連のロマン主義と関連する充実性や自己実現に対する要求でもある。

コンテンポラリー・ゴシック

このあとに続く章は、コンテンポラリー・ゴシックに関する一連の質問を提案する試みであり、そのもっとも際立った特徴を示すことになるだろう。

第一章「擬似《モック》ゴシック」では、ゴシックが常にまがいものにまつわるものであったことを示唆する――ことに擬似歴史と関係のあることを。ホレス・ウォルポールのストロベリー・ヒルはまがいもののゴシック城で、暖炉はウェストミンスター寺院の古墳を模倣している。彼のゴシック譚『オトラント城』は発見された中世の手稿であると称されている。この偽りへの執着は今日の文化に蔓延しており、シミュラークルに関するボードリヤールの理論において最も効果的に述べられている。映画『ブレア・ウィッチ・プロジェクト』（一九九八年）やマーク・Z・ダニエレブスキーの長編『紙葉の家』（二〇〇〇年）のようなテクストは偽造や断片の本質を、そして読者がそれらに課す解釈のプロセスを問う。シミュレーションとしてのヴァンパイアは、マイケル・アルメレイダ監督の『ナディア』（一九九四年）において取り扱われている。同様にその映画では、ポストモダンの文脈におけるゴシック空間の再構成も語られている。

　第二章「グロテスク・ボディ」ではゴシックの肉体的顕現を検証する。サーカスのフリークスから聖痕のある者まで。今日の文化的産出形式は、グロテスクなものやアブジェクトなもの、そして人工的に拡大・増長されたものに対して著しい拘泥を示す。グンター・フォン・ハーゲンスの非情な死体からキャサリン・ダンの長編『異常の愛』（一九八三年）におけるカーニバル的なものの再論を経て、ジョエル＝ピーター・ウィトキンの写真における霊性へと回帰する。異常なものが孕む魅惑は部分的に、アイデンティティという遂行的概念――醜悪なもの《モンストロウス》としての自己再構築――に基づいており、また部分的には、ますます脱物質化されていく情報社会において肉体の物理性を回復しようとする明らかに矛盾した試みである。

　第三章「十代の悪魔たち」では、ゴシックを十代の最上級のジャンル、つまりアノダイン・ボーイ・バンドやプレマニュファクチュアなガール・パワーに対する解毒剤として分析する。TVドラマ『吸血キラー　聖少女バフィー』（一九九七年―二〇〇三年）や映画『ジンジャー・スナップス』（二〇〇〇年）のようなテクストのニュー・ティーン・ゴシックにおいて、十代の若者たちは犠牲者というよりむしろ悪魔に近い。かなりゴシックに精通している観客は、ホラーのお約束事を知っているので、スラッシャー・フィルムとティーン・ムービーとの双方の定石と戯れる『スクリーム』シリーズや『パラサイト』（一九九八年）のような作品で新たなアイロニーの対象となることをいとわない。いつのまにか、はみだし者《アウトサイダー》の役割は観客に受けるように書き換えられ、観客たちはこぞって疎外を受け入れ、ダサイ変態野郎をクールなイケテル野郎のように持ち上げているのだから。

その現象は最後の章「ゴシック・ショッピング」へと導き、今日の消費文化と複雑に連なっているゴシックを考察させる。ジョージ・A・ロメロ監督の『ゾンビ』（一九七八年）では、たえまなく増殖するゾンビがムーザックをBGMにショッピングモールをあてもなくうろつくシーンが出てくるが、おそらくそれはマスマーケッティングが要求する複製における本質的にゴシックなものをほのめかしている。「ゴシック・ショッピング」の章では、広告やファッション、マーチャンダイジングにおけるゴシックを検証する。その前提を〝ゴシック販売〟の声明とみなすなら、それは次のことを正確に描く試みだと言える。ゴシックのディスコースは、西欧の消費者主義のそれらによってどのように再配置されているのかということを。

最後に、本書はわれわれの抑圧された不安の総和以上のものとしてコンテンポラリー・ゴシックを読解する複合的な方法を見出そうとする試みである。オスカー賞ドキュメンタリー部門受賞作『ボウリング・フォー・コロンバイン』（二〇〇二年）でアメリカの作家・映画製作者のマイケル・ムーアは、今日のアメリカは恐怖の文化を構成していると語っている。すなわち、市民は個人的および国家的安全性に脅威が差し迫っていると警告するニュース放送の一斉射撃を頻繁に浴びているかたわら、政府は帝国主義政策を海外で積極的に遂行している。もちろんアメリカは、いたるところにある米国産文化的製品を通して西欧諸国に計り知れない影響力を有している。

しかしむしろ、たとえば批評家マーク・エドマンドスンが示唆しているように、ゴシックはその〝恐怖の文化〟への対応である。そもそもゴシックの文学的および映画的物語は愉しい恐怖を生み出すことと関係がある。ただし、他の種類のディスコースも似たような（常に愉しいとはかぎらない）効果を生み出そうとしてゴシック物語を盗用している。

ゴシックは一連のディスコースや用語を提供する。しかしそれらを用いることで、メディアが促進する恐怖を常に縮小できるわけではない。むしろそれらによって、われわれは恐怖や不安について語ることができるのだ。本書は、われわれの今日の文化の中で機能している、そうしたゴシックの用語、もしくは一連のディスコースの方法のいくつかを精確にとりまとめようとする試みである。

第一章　擬似《モック》ゴシック

偽造する

ロンドンを本拠地とするイーリイ・パブ社は、ゴシックをテーマにしてパブやバーのチェーン店を経営している。どの店も誇張されたゴシック様式を華麗に展開し、ガーゴイルや泡立つ試験管や書棚の背後に模造の隠し扉を備えている。〈七つの大罪〉をテーマにしたカクテル、あるいは棺の形をした皿に載ったポテトチップスを注文できるし、トイレには録音された虚ろな笑い声が流れている。ウエスト・エンドにあるイーリイ・パブでは、場所がら常連は主として観光客と会社員である。ただし、ゴスやヴァンパイア愛好家がスーツ姿の客にまじってチラホラ見られることもある。中にはオックスフォードサーカスの外れにあるベン・クラウチズ・ターヴァンのような店は地元の歴史のより邪悪な側面と微妙に関係をたもっているが、マーブルアーチのマルボロー・ヘッドのような酒場は純粋に装飾にのみ徹している。

イーリイ・パブは、アイリッシュ・パブを含む様式化された流行の娯楽施設のひとつと見なされており、ラスベガスやディズニーランドにあるテーマ・バーを想起させる。そうしたパブで真正のゴシック体験ができるわけではない。アイリッシュ・パブがアイルランドに実際に滞在している体験を提供するのではないのと同じだ。客は〝大食の罪〟を心置きなく犯したり、トイレのドアが開く際の落雷の音に飛び上がったりするかもしれないが、究極の効果はおふざけであり、そこでの業務は国中いたるところにある他の無数のパブとなんら変わらない。

にもかかわらず、イーリイ・パブはテーマとの関係から言えば、アイリッシュ・パブとはかなり異質の要素を有している。アイルランドは明らかに現実の場所であり、住民は社会的・政治的な深刻さに取り巻かれた独自の文化的アイデンティティを保持している。アイリッシュ・テーマ・パブは、文化的アイデンティティを修正加工したヴァージョン、つまりアイルランド人らしさのステレオタイプ化された記号や象徴を提供しているだけなので、アイルランド国内の実際のパブにいる気分にはとうていなれない。そのいっぽうで、異論があるかもしれないが、〝正真正銘の〟アイデンティティそのものを疑問視することができる。ロンドンのスラヴ街区にあるテーマ化されたアイリッシュ・バーで一パイントのビールを飲むことは、アイルランドのゴールウエイでギネスを飲むことに比べれば完璧

トゥイッケナム地区にあるストロベリー・ヒル邸，18世紀の印刷物。

な体験という点でいささかものたりないというわけではないのだから。

それに対してゴシックには起源がない。序章で述べたように、ゴシックは一連のリバイバルの形式をとり、それぞれがひとつ前に夢想された理想に基づいている。形式において常にまがいものであることを主眼としてきた。

ホレス・ウォルポールの『オトラント城』は、しばしばゴシック小説の始祖に位置づけられるが、中世のイタリア語の手稿が発見され、とある英国紳士によって翻訳されたものであると思われていた。トゥイックナムにあるウォルポールの館、ストロベリー・ヒルは『オトラント城』のインスピレーション源だと言われているが、実はまがいもののゴシック様式の館で、精緻な内部は書物に載っている絵画の模倣であり、場所によってはベニヤ板で造られていたりする。

ジェラルド・ホグルは、〝偽装〟ないしは〝偽装の幽霊〟はゴシックに不可欠であると論じている。初期ゴシックのテクストに見出される模倣された中世は、〝オリジナル〟の中世時代ではなく、むしろルネサンス期の人々が表象した中世である。ホグルは次のように述べている。

> ゆえに十八世紀の〝ゴシック・リバイバル〟は初めから終わりまで、〝当然〟もしくは〝自然〟の意味の面影は断片（面影）の偽装による記号の評価基準に取って替わられた。すなわち、壁にかかっている肖像や甲冑、実際に観察されたというよりむしろイデアとしての風景画（〝ピクチュアレスク〟）、書物に挿入されている中世ゴシック建築のイラストレーション、シェイクスピア劇の上演もしくは台本、偽りの〝本物の〟再生産（私有地に建てたまがいもののゴシック建築の〝廃墟〟からジェイムズ・マクファーソンの詩『オシアンの唄』まで）、あるいは古風な建造物やまったく異質な再構築物、とりわけ、ウォルポールのストロベリー・ヒルの館……ネオ・ゴシックはそれゆえ、すでにお化け《スペクトル》のような過去の幽霊に、またしたがって、すでにまがいものであるものやすでに空虚で死んでいる象徴を再偽装することに取り憑かれている。[1]

この引用にあるように、ホグルにとって〝偽装の幽霊〟は調停者である。つまり、いっぽうには昔日のイデオロギーへの郷愁があり、他方には資本主義システム内の商品の文化的交換と利益に与する過去の象徴を解放ないしは空虚化したいという欲動があるが、そうした相容れない願望の仲立ちをするというわけだ。生産の工業化および脱工業化様式への変換において〝偽装の幽霊〟化の推移もまた、ジャン・ボードリヤールによって明確に述べられた筋書きに沿っている。工業生産を経てシミュレーションへ至るが、結果として、「擬似工業型にさえ根拠のない他の記号を照合する記号のハイパーリアリティ」となる。[2] ホグルはこの過程の初期例をブラム・ストーカーの『吸血鬼ドラキュラ』（一八九七年）に認めている。

> 〔吸血鬼は〕トランシルヴァニアをあとにする前に英国の生活を消費しようとする。「ロンドン・ディレクトリー」から「ロー・リスト」にまでいたるドキュメントを読むことで。それというのも、自分が毒牙にかける英国人を生前の自己イメージを失った抜け殻としての〝不死者《アンデッド》〟に変えるためであり、同時に自身をしだいに〝読まれる〟存在と化して、「記録ばかりで構成された山のような資料」の中へ避難するために。根底には、「ただひとつの真正な記録というものがなく、タイプで打ったものばかり」で、まさにそれこそが吸血鬼であると判明する。[3]

この主張にアラン・ロイド＝スミスはさらに磨きをかける。コンテンポラリー・ゴシックのテクストにおける偽造は、はなからポストモダン・パスティーシュと骨がらみで、奇妙な空虚、つまり〝原初ゴシックの幽霊〟化を成就しようとしている。[4] イーリイ・パブは、ゴシックの道具立てをB級ホラー映画の陳腐なお約束事から拝借しているが、〝偽装の幽霊〟の幽霊を再現しているのだ。ロイド＝

スミスが述べるように、「ゴシック遺産は遺産ゴシックとなっており、慣例によって正当とみなされている型にはまった言葉の比喩の使用となっている[5]」。

E・J・クレリーにとっては、ウォルポールの自宅は〝テーマ・パーク〟であり、イーリイ・パブの直系祖先と見なされる。[6]ウォルポールの館は消費という複雑な新しいイデオロギーの一環を成していた。彼は、インテリア・デザインに対する情熱の初期実践家と見なしうる。ちなみに、そのインテリア・デザインは今日の英国文化の巨大な市場動因のひとつになっており、BBC放送の『チェンジング・ルーム』のような番組の影響で普及している。実際、スピンオフ・シリーズ『テイスト』(二〇〇二年)において、派手な『チェンジング・ルーム』のインテリア・デザイナー、ローレンス・ルウェリン゠ボウエンはゴシック特集のさいにウォルポールに賛辞を送っている。また、その特集番組ではバスルームにゴシック調デザインを取り入れる方法を教示していた。ゴシックは数多くのライフスタイルの選択肢のひとつとなっている。イーリイ・パブかアイリッシュ・パブ? ゴシック照明器具かアーバン・ミニマリズム? どちらにする? というわけだ。

したがってイーリイ・パブとアイリッシュ・パブとを一緒くたにしてはいけない。(ほぼまちがいなく)本当の過去の本格的な体験を〝販売〟しているのではなく、まがいものとしての、復活としての、装飾としてのゴシックとして提供されている。にもかかわらず、そうしたパブはディズニーランドと同じような機能を果たしているようだ。ジャン・ボードリヤールが記述しているように。彼はこう述べている。

ディズニーランドはそれが〝現実〟の国であることを、他のすべての〝現実〟のアメリカがディズニーランドであることを隠蔽するために存在している……ディズニーランドは、他のものが現実であると信じさせるために想像の産物として存在させられている。その魔法の国を取り囲むロサンゼルスとアメリカのすべてはもはや現実ではなく、ハイパーリアルとシミュレーションの秩序に属している。(7)

イーリイ・パブは、〝オリジナル〟・ゴシックは本物だという幻影を創造する機能を果たしている。そうした店は、かれらの美学の元ネタとなっているB級ホラー映画に対する郷愁を産出する。あるいはおそらく、映画が同様に元ネタとしている原作本に対する懐古の念を創造している。ロイド＝スミスが述べているように、この〝遺産ゴシック〟はそれが模倣している〝ゴシック遺産〟のうつろなヴァージョンのように思われる。

しかし、ボードリヤールにとってのアメリカは、〝もはや現実ではない〟。ゴシックはそもそもの最初から現実《リアル》だったことはないのだ。ゴシックは抵抗しない。ロマン派やモダニストのイデオロギーとは異なる。シミュレーションに飲み込まれている。その模造の本質は自らの動きを先取りし、それを喜んで受け入れたりしさえするのだから。まさに〝擬似ゴシック〟の概念は、いわば矛盾した表現である。すでにたえまなく自身を擬態しているものを偽装することはできないのだから。

パロディという意味での模倣もまたここでは不可欠だ。ゴシックとパロディとは常に近しい仲間である。ゴシック・ライティングの第一段階において、たちまち一連のあからさまなパロディ作品が導き出されている。それらにはジェーン・オースティンの『ノーサンガー・アビー』とトマス・ラブ・ピーコックの『夢魔の僧院』(いずれも一八一八年)が含まれる。だが、『オトラント城』や『マンク』のような初期のテクストはすでに、それ自身の強烈なバカらしさを内包しており、シェイクスピアの悲劇を模倣しながら滑稽な逸話を故意に組み込んでいる。

最近では、『マンスターズ』や『アダムスのお化け一家』といったTVドラマから『最終絶叫計画』(すでにパロディ的な『スクリーム』のパロディ)のような映画、そして多かれ少なかれティム・バートン監督のすべての作品まで、その伝統を継承している。たとえば、『スリーピー・ホロー』(一九九九年)における故意に大仰な演技、過剰に誇張されたセット、そしていささか安っぽい特殊効果(首なし騎士は映画後半のシーンではしだいにアホらしく見えてくる)は、ロジャー・コーマン監督やハマー・スタジオなどの一九六〇年代のホラー映画(しばしば思わずニヤリとさせられる)に応答している。それは映画に不利に働くのではなく魅力の一部となっている――実際、そのゴシック的な一部に。その知性、特別な伝統内におけるその位置のシグナル伝達は、笑いと恐怖を結合させることを許す。すなわち、首なし騎士が主人公のイカボド・クレーンを追いかけるシーンは滑稽な瞬間(木の枝に激突して馬車から落下する場面とか)と迫真の緊張感とを融合している。とはいえ、完全なパロディ映画にはけっしてならない。パロディは控えめにというモードにきわめて忠実だからである。

パロディは、すでにゴシックには喜劇が潜在していることを気づかせることなく、それを機能させる。アヴリル・ホーナーとスー・ズロスニックの『ゴシックと喜劇の芸術的表現』では、そうしたテクストの異種混淆性《ハイブリッド》ならびにゴシックの本質的な喜劇性が強調されている。

「ゴシックのテクストにおいては、〝深刻さ〟と〝滑稽さ〟とは二項対立として設定するより、ひとつの連続体と見なすほうがいいだろう。つまり、いっぽうの端ではゴシックの書法は興奮状態もしくは緊張緩和の瞬間を内包するホラーの書法を生み出し、もうひとつの端ではなにひとつ真剣に受け取らないようにと明確な信号を発信している」(8)。形式に内在する調子の変化は、アヴリルとスーによれば、その〝信憑性〟もしくは深みの欠如によって有効に機能させられる。「実際、悲劇的視点同様に喜劇をたやすく包含させることができるのは、〝表面〟に対するゴシックの執着心なのである」(9)。

アヴリル・ホーナーとスー・ズロスニックにとって、喜劇的調子はポストモダンな時代に書かれたゴシック小説における証左となりまさっている。確かに、〝文学的〟ゴシックの作家たちは、それもゴシックに関して一家言を有する作家の多くは、もはや〝直球〟の恐怖譚をほとんど語らない。アンジェラ・カーター、パトリック・マグラア、イアン・バンクス、そしてアライスター・グレイはみな、〝喜劇的ゴシック〟モードで創作し、かたや〝本格的な〟ホラーはスティーヴン・キングのような〝大衆〟作家に委ねられている。児童書におけるゴシック・リバイバルもまた、ロアルド・ダール『魔女がいっぱい』(一九八三年)からレモニー・スニケットの〈世にも不幸せな物語〉シリーズまで(一九九九年―二〇〇六年)、喜劇的記録簿を大量に使用する傾向にある。

イーリイ・パブのトイレに無限ループで流されているうつろな笑い声は、したがって奇妙にも理にかなっている。ジョークのない笑い声——それ自体がジョークなのだ。それ自体が笑いを誘う——人が驚いたときに対する興奮した反応。あるいは、その部屋の機能との違和感（トイレット・ユーモアという新しい様相を帯びる）のゆえに。それは模倣に対する笑いではなく一体感である——俺たちみんな知ってるよ、というジョークなのだ。

偽史、偽書

より不安な気持ちにさせる笑いは、ジェイクとディノス・チャップマンの『ザ・チャップマン・ファミリー・コレクション』（二〇〇二年）で喚起させられる。いかにも本物じみた〝原始的な〟仮面や呪物の一群からなる大きな木像のインスタレーションで、さながら民俗誌学博物館でお目にかかれるような作品だ。それらは伝統的な木彫りで、ヤシの繊維と釘で逆立てられた毛を有する邪悪な集団を形作っていて、西欧人が恐れる〝原始的な〟宗教、つまりブードゥー教や偶像崇拝、そして植民地の〝闇の奥〟を想起させる。とはいえ、もっと接近して観察すると、細部が視野に入ってくる。ひとつの像の頭部はロナルド・マクドナルドで、もうひとつのそれはハンバーガーのような形をしており、別の像のその部分は邪悪な印になっているが、じっくり眺めていると、しだいに二重アーチの〝M〟

に見えてくる。

『ザ・チャップマン・ファミリー・コレクション』は格好のポストモダン・ゴシックである。その作風は確定しがたく、その問いかけはそれが提供しうるいかなる答えよりおぞましい。〃原始的な〃彫像を西欧文化における陳腐かついたるところでもっとも目につく商標でブランド化すること。それは、邪悪なオーラをおどけてかすませることで、それら彫像の脅威を減じさせるのか、それとも増大させるのだろうか？　はたまた、われわれの無意識は西欧人の精神の内なる野蛮な闇の奥のそれよりさらに身も凍るような思考である、と世界的レベルで焼印を押されているのだと表明しているのだろうか？　それら作品《オブジェ》を前にしたときの戦慄ないしは畏怖の正真正銘の体験は、商標によって必然的に邪悪なものとして生じたものなのか？　資本主義の無情な組織がここでは身も凍る戦慄の要素なのか？

歩き回るハンバーガーや陽気な道化師は、マクドナルドが自社製品を子供たちに売るための仮の姿だが、それ自体がかすかなおぞましさを、ゴシック化されていることを暴露している。歴史概念など――それら展示されているオブジェは何十年もかかって、おそらく何世紀にもわたってチャップマン家が蒐集してきた――見え透いたアナクロニズムのせいでしぼんでしまう。そこにある歴史の明らかな重みはイリュージョンであり、慎重に編成された――そして故意に露呈した――まがいものである。

偽史の構造はゴシックのテクストに不可欠だ。すでに述べたように、ウォルポールの『オトラント城』は、作品自体を十二世紀の〃正真正銘の〃手書き原稿であると公言している。以降すぐさま、〃発見された原稿〃はゴシックの伝統の基準となった。失われていた、もしくは隠されていた文書の発見が、その著者の運命に関するおぞましい秘密を暴露する。こうした原稿の保管状態は非常に悪く、断片的であったり、肝心な情報が欠けていたりする。語り手は信用が置けそうもなく、あるいは不明瞭だったりする。それはしばしば枠組ストーリーの内側の話として語られるが、それを外側の補助的語りが詳述したり、あるいはその物語に疑義を挟んだりする。たとえば、ラドクリフ夫人『森のロマンス』(一七九一年)やチャールズ・マチューリン『放浪者メルモス』(一八二〇年)、そしてジェイムズ・ホッグ『悪の誘惑』(一八二四年)などの作品がとりわけそうである――ジェーン・オースティン『ノーサンガー・アビー』ではゴシックのそうした伝統をパロディにしており、ヒロインのキャサリン・モーランドは隠されていた羊皮紙を発見して舞い上がるが、けっきょくそれは日用雑貨品のリストにすぎないといった具合に。

今日の作家たちは、その伝統に飛びついた。ホッグ『悪の誘惑』をフェミニズムの観点から書き直している『影の姉妹』(一九七八年)のエマ・テナントから『薔薇の名前』(一九八〇年)のウンベルト・エーコまで。後者の作品は十四世紀の稀少な手書き原稿の翻訳といった体裁をとっているが、その奇策はテクストによる知の伝達とその誤謬をテーマにしている作品自体の内容と調和している。

アラスター・グレイ『哀れなるものたち』(一九九二年)は、ジェイムズ・ホッグとメアリー・シェリーとロバート・ルイス・スティーヴンスンの作品を書き換えた素晴らしく愉快なゴシックだが、とりわけ一九七〇年代スコットランドの文化的・経済的な貧困状態を風刺している。地元の歴史博物館のために展示品を購入する資金が不足しているので、学芸員補佐のマイケル・ドネリーは多店舗フラット建設のために取り壊される予定になっている建物から資材を運搬していたさいに、アルチンボルド・マッキャンドレス医学博士の回顧録を発見する。グレイの小説は、十九世紀に執筆されたと思しき手紙や記録文書のパッチワークで構成されているが、それらはすべてオリジナルな手書きではない。ストーカーのドラキュラに関する報告書と同じように、単なる〝大量のタイプ原稿〟なのだ。

〝発見された原稿〟テーマは当然のことながら、情報技術の発展によって変換してきた。迷宮のように錯綜しているワールドワイドウェッブは、あらゆる類の当意即妙な発見の可能性を創造するいっぽうで、高性能なワープロはテクスト処理をより複雑で巧妙なものにすることができる。偽史を構築するために最高の現代科学技術の利用は、近年において最も革新的かつ影響力のあるふたつのゴシック・テクストを融合させる。マーク・Z・ダニエレブスキーの長編『紙葉の家』（二〇〇〇年）とダニエル・マイリックとエドゥアルド・サンチェスの映画『ブレア・ウィッチ・プロジェクト』（一九九九年）だ。

『ブレア・ウィッチ・プロジェクト』は、その恐怖譚の枠組みの語りを創造するために破廉恥にもインターネットを使用した。一九九八年のこと、オンライン上のコミュニティに噂が広まり始めた。メリーランド州バーキッツヴィル近くの森で三人の学生が行方不明になったというのだ。大学の課題として、地元の不気味な伝説に関する映画を撮っている最中の出来事だった。三人の行方はまったく不明のままだったが、その一年後、彼らの撮影中だったフィルムが森で発見される。このフィルムからの抜粋写真や失踪事件にまつわる情報・証言が専用ウェブサイトで閲覧可能になり、最終的にフィルムはドキュメンタリー形式に再編集されて劇場で一般公開されることが報じられた。

実に巧妙かつ革新的なプロモーションだ。インターネットの利用が一種の今日の都市伝説の成長を促進し、フィルムがまったくの作り物であり、最終的には映画作品であることが判明しても、そうした過剰広告は都市伝説との差異を微妙に不鮮明にしてしまう。このゴシック的に逸脱したマーケッティング戦略の成功――ある種のウィルス性感染を通じてのビクついた期待の培養――は超低予算フィルムの期待を遥かに上回り、アメリカ本土の興行成績だけでも一億五千万ドルに達し、映画史上最高の実益をあげることになった。

だが、ヨーロッパに上陸するまでには嘘八百の刺激的宣伝は知れ渡ってしまい、〝史上最高の恐怖映画〟を期待していた観客たちに多大な失望感を生じさせることになった。とはいえ、アメリカで最初にスクリーンにかけられたとき、明らかに多くの観客はその作品が作り話であることを知らなかった。『ブレア・ウィッチ・プロジェクト』が初期の観客たちのあいだに引き起こした過剰な反応は、一九三八年にオーソン・ウエルズが製作したラジオ番組『宇宙戦争』に似ているが、それというのもいずれも事実として発表されたからである。

『ブレア・ウィッチ・プロジェクト』は多くのスタンダードなゴシックの仕掛けを用いている。まずもって想像力を喚起させる。そしてテクニカラーですべてを描き出すことよりむしろ、語りえぬことを暗示している。さらには十八世紀のゴシック作家アン・ラドクリフならホラーと呼ぶよりテラーだと満足げに称したかもしれないテクニックを使用している。その戦慄は直接的ではなく間接的なのだ。(10)

特殊撮影も血糊もない。実際のところ、魔女《ウイッチ》はまったく登場しない。影と音響、役者と観客との共通感覚的失見当識から生じる不気味な印象などの単純な仕掛けのみ。報道によれば、この作品を観て落胆した人たちというのは、語り手が提供する鍵を詳述してほしいと要求したり、ほのめかしに対する想像力が欠如したりしている（あるいは、単に細部をたいして気にしない）ということはありえる。

だがもっとも重要なのは、『ブレア・ウィッチ・プロジェクト』は〝発見された原稿〟にまつわる作品であるということだ。『ブレア・ウィッチ・プロジェクト』は、そのお約束を映画に移植したのである。つまり、この作品における原稿は、一本のビデオテープや一巻のフィルムだ――それらは支離滅裂で不鮮明で一向に要領を得ない。しかも、それらのドキュメントはいろいろなメディアの枠組み素材に支えられているが、そうしたメディアの中には『ブレア・ウィッチの呪い』（一九九九年）と題されたさらなる〝ドキュメンタリー〟も含まれている。もちろん、付随して発生したウェブサイトもあり、そこでは調査員によって収集された客観的な〝証拠〟の表示、およびブレア・ウィッチの（でっちあげられた）歴史の解説を目的にしている。ちなみに、ブレア・ウィッチは問題の魔女が出現する唯一の場所だが、映画の中では魔女はけっして姿を見せない。

『ブレア・ウィッチ・プロジェクト』はコンテンポラリー・ゴシックの真髄であり、情報時代のための〝発見された原稿〟の典型である。それはリアルに対する観客の欲望を慎重に搾取する。そのいっぽうで、ほんの少しの信頼できる情報を刺激的に提供する。その場合、逆説的なことに、証拠・証言のきわめて実体のなさが話を〝説得力〟のあるものにする。続編『ブレアウィッチ2』（二〇〇〇年）は、失踪した若い犠牲者たちに何が起こったのかに関するさらなる大量の情報を提供しているが、本当らしさの幻影を反復することに失敗している。

ボードリヤールのシミュラークル理論にしたがえば、実在するバーキッツヴィルの町にブレア・ウィッチ（面白いことに、続編はその魔女伝説殺人事件を話の根拠としている）の姿を求めてやってくる観光客はだまされているわけではない。というのもメディア漬けの時代においては、ブレア・ウィッチのでっちあげ神話は事実上リアルなものになっているからだ。すなわち、その伝説は自ら生命を帯びてしまい、それを成立させる根拠となる現実的な基盤などもはや必要としないのである。

「これはあなた向きではない」

マーク・Z・ダニエレブスキーの『紙葉の家』が製作されたのも、ひとえに今日のテクノロジーのおかげである。この作品は当初インターネットで連載された。複雑に入り組んだテクスト構成は超高性能コンピュータがなければほぼ不可能である（ダニエレブスキーは300Mhz G3プロセッサーを使用）[11]。

『紙葉の家』は今日の小説におけるゴシック様式の格好の例であり、ゴシック物語のあらゆる伝統と定石を採用し、鬼面人を驚かすような方法で整理し直している。全七〇〇ページ、数多くの注釈に満ちあふれた、目くるめくドキュメントの集積体からなるテクストの迷宮である。テクスト内で語られている家のように、その次元は物語がひとつのテクスト・レベルから他に変転するにしたがって交代し変化していくようだ。

物語の中心には『ネイヴィッドソン記録』と称されるフィルムがあり、これはフォトジャーナリストであるウィル・ネイヴィッドソンが撮ったドキュメンタリーで、ヴァージニア州の片田舎——メリーランド州のバーキッツヴィルから地理的にはさほど離れていない——にある引っ越し先の家でのネイヴィッドソン家族の奇妙な体験を映したものである。外出から戻ると、ネイヴィッドソン一家は自宅に謎めいた部屋がひとつ増えていることに気づく。家を測ってみると、ありえないことに、外回りより内部のほうが二五インチ大きい。家の次元は変移し続け、最終的に壁の内側は果てしなく広がっていき迷宮と化す。テクスト内において、フロイトの説く〝不気味なもの〟が例証されているわけだ。〝心安らぐもの〟(Homely) が〝不穏なもの〟(unhomely) として立ち現れる。つまり、〝慣れ親しんでいるもの〟(familiar) が〝見知らぬもの〟(unfamiliar) を形作る。

フィルム『ネイヴィッドソン記録』が物語の中核的な題材となるが、その物語はザンパノという名の老人による批評的注解として表象され、その論考は老人の死後に〝編者〟ジョニー・トルーアントによって発見される。ちなみに彼の本業は見習い刺青師である。彼ら老人と青年刺青師の語りはともに信用が置けない。というのも、ザンパノは盲人であり(したがって彼が言及しているフィルムを彼自身は見ることはできない)、トルーアント(Truant)は明らかに病的虚言者である(彼の名前は皮肉なことに音声的に〝本当（true）〟もしくは〝真実（truth）〟を内包しており、その文字通りの意味は〝責任逃れをする〟ないしは〝怠ける〟であり、学校や仕事をサボる人のことである）。トルーアントは、ザンパノのアパートでの原稿の発見を、ついでその編集作業とその結果生じる自身の狂気を語るとともにザンパノの叙述をでっちあげ、定期的にその叙述を学術ぶった注釈形式で遮り、しかもそれら注釈に対する注釈で自身の半生についての物語を螺旋状に紡ぎだしていく。それらの物語には自意識過剰な作り話もあるが、テクストの構築する世界内では〝真実〟のように思えるものもある。最後に、無名の〝編集者〟によるザンパノとトルーアントとそれぞれの語りに注記が付され、そして追記として逸話形式でさらなる語りがジョニー・トルーアントの母親からの書簡として含まれている。

かくてわれわれが読んでいる対象の相対的な虚構性もしくは真実は、相反しつつ互いに批判し合う異なる出典によってたえず疑問符がつけられる。これら語り手の誰一人としてマーク・Z・ダニエレブスキーとは一致せず、彼の名前はタイトル・ページにさえ記されていない。あたかも彼の虚構の語り手たちの整合性を維持するかのように。

さらには、現物としての本は、〝マーク・Z・ダニエレブスキー所有『紙葉の家』〟と表記され、〝マーク・Z・ダニエレブスキー作『紙葉の家』〟ではない。そのようにすることで、著者とその作品との伝統的な関係の変化を創造しているのだ。ダニエレブスキーはその本の著者ではないらしい。むしろプロデューサーや指揮者であり、あるいは映画監督により近い役割を果たしている。責任は減少されている。所有権は主張するが著作権は必ずしもそのかぎりではないというわけだ。

書物自体の形式もまた、本文の迷宮的性質に貢献している。注釈の中には主要物語を逆説的に伝えているように読めるものがある。トルーアントを主要キャラクターと見なした場合だが。テクストは物語が進行するにつれて崩壊し始め、あるページでは異なる欄や囲み記事で二つか三つの話が同時に語られ、あるページではたったの一言あるいは一文だけが記され、テクストのある部分では反転文字で書かれているので読解するには鏡が必要になる。他の箇所では複数の文章が重ね合わせて印刷されている。フランス語で書かれた手紙や読者が根気よく解読しなければならない暗号文もある。また交錯しもつれあう注釈のせいで読者はページを繰って既読のページに舞い戻ったり、未読のページへと先に進んだりせざるをえない。そのようにして家自体の乱反射する空間的混沌が表象されているのである。

さらには、物語の山場ではたった一語ないしは一文だけがページに現れ、読者にそれらの空間を疾走していく体感を味わわせる。物語のある箇所で、ウィル・ネイヴィッドソンは自宅地下の照明のない通路で迷い、一冊の書物を読む。『紙葉の家』というタイトルの本を。暗がりの中、ネイヴィッドソンはマッチを擦って読み進めるのだが、やがてマッチが残り少なくなったので、明かりを得るためにすでに読んだページを燃やし始める。最後のページにたどりついたとき、もう他にページが残っていないので、そのページの上部に火をつけて文章が燃える先から読み進めていく。消費として象徴される読書行為。ページはネイヴィッドソンの比喩的消費として文字通り消滅する。さらには、〝葉《リーフ》〟という言葉は〝ページ〟をも意味するので、『紙葉の家』を燃やすことでネイヴィッドソンは事実上、自宅を燃やしていることになる。本／家は自ら消耗する人工物なのだ。

さながらテクストの迷宮がさらに現実を巻き込むかのように、ダニエレブスキーの妹のポーという名（ゴシックとの共鳴は明白）のミュージシャンは、『憑依《ホーンテッド》』と題したアルバムを同時期にリリースしていて、自身の兄の小説とのインターテクスチュアルな対位法をもたらしている。アルバム『憑依《ホーンテッド》』収録曲は、『紙葉の家』の原稿にインスパイアされて制作されたが、しばしばそれら楽曲はどちらかと言えば物語をほのめかしているように思える。CD付属の解説には収録曲とダニエレブスキーのテクストとがリンクしていることに触れている箇所がある。しかも、そのアルバムには兄妹の父親で映画監督だったタッド・ダニエレブスキーの録音テープのサンプルが含まれているが、それは父親の死後にポーが発見したものである。

ポーのアルバムは女性シンガー・ソングライターと洗練されたアダルト・ポップとの継ぎ目を採掘していて、一九八〇年代の〝ゴス〟や九〇年代のアンダーグラウンド・ミュージックと似たところはないが、にもかかわらず、そのコンセプトと制作手法において、〝コンテンポラリー・ゴシック〟だと言える。ポーのアルバムが〝憑依〟されているのは、彼女の父親の幽霊じみたかすかな発話を通してほのめかされた家族の秘密だけでなく、それがなければ不完全であるコンパニオン・テクストの痕跡のせいでもある。

ページと読者との間の不可視の境界を横断するテクストの力は、『紙葉の家』の常に変わらぬ主題である。それはザンパノの話によって生じるトルーアントの強迫観念から始まり、読むことの肉体的経験を力説するテクスト的なトリックに至るまで続いている。本の中のある重要な点で、読者の視界の周辺に恐怖が存在することをトルーアントが教唆するにしたがって、ミノタウロス――あるいはそれがなんであれ恐ろしい怪物、トルーアントもしくはテクストが抑圧しようとしているもの――がテクストの迷宮を脱出して読者自身の現実に現れてくる可能性が逼迫し始める。同様に、『紙葉の家』を読んだあとでは、ポーのアルバムの筆舌につくせぬ言葉、あるいは小説の存在を示しているかもしれない音に対して緊張せずに耳を傾けるのはむずかしくなる。

さらには、『紙葉の家』は相互に憑依されている。すなわち、ポーの音楽が巻末近くで幽霊のようにかすかに聞こえてくるのだ。ジョニー・トルーアントがバーに入ると、バンドが「おれは五分半の廊下の奥に住んでいる」といった歌詞の曲を演奏している。『憑依《ホーンテッド》』収録の一曲であり、それ自体はザンパノが論じたショート・フィルムのタイトルに言及している。[12] 魅力的なコーラスがテクスト参照を確実なものとする。アルバムを聞いたあとで本を読むと、ポーの作曲による興味をかきたてるメロディーが読者のテクスト体験を通じて反響する。

相互憑依の概念はそこで終わるわけではない。演奏終了後にジョニーがバンドのメンバーと会って歌のことをたずねると、メンバーたちは本にインスパイアされたと答え、驚いたことに、『紙葉の家』をジョニーに手渡しながらこう警告する。「でも気をつけろよ。人生が変わるかもしれない[13]」。ジョニーは詳述する。

合計すればもう何時間も、三人はザンパノの作品に関する糞を、まったく見ず知らずの人々のあいだに垂れ流してたわけだ。彼らは脚注についても話し合ってて、名前のほか、四四二ページでおれが突き止められないままとりあえず書いといたタミュリスの言葉まで、出典を探し当ててた。……彼らの二度めのステージのあいだ、おれは本のページを繰っていった。ほとんど全部のページに印や汚れや赤線があり、疑問点や、なかなか面白いと思えるコメントが書き込んである。余白にはところどころ、バンドの面々自身の人生についての、なかなか鋭い個人的な意見も書かれてた。(14)

この場面でジョニーは、『紙葉の家』の読者と出会う。読者といっても受け身の存在ではなく、彼らの質問や話がページの余白を充たす。ザンパノの原稿を解釈する過程で、読者はジョニー・トルーアントを疑うようになる。シャルル・ボードレールの「偽善者の読者よ、――我が同類――我が兄弟！」(15)。テクストを読み、反応する過程が読者の人生を変えるのであれば、彼らの原稿もまたトルーアントの人生を変えることになる。トルーアントはそれを読んだあとでこう報告する。「ようやく眠れる、もう過去に邪魔されることはない」(16)。これは悪魔祓いとしての釈義である。注釈をし、また注釈をされる過程においてのみ、ジョニー・トルーアントは多様な亡霊から逃れて平安を得る（少なくとも一時的には）。

迷宮の中心に存在する神秘的なものについて、またジョニー・トルーアントに憑依しているものの起源に関する思索は、テクストによって拍車がかかる。初版では〝ミノタウロス〟の文字が赤色で印刷されていて、まるで牡牛を刺激するための赤いボロ切れのようだ。常にザンパノの解説には取り消し線の記された言葉が含まれているが、おそらくそれは家の奥に横たわっているものをさらに抑圧していることを暗示している。あるいは、謎はそれを抹消することでしか〝解明〟できず、つまりはけっして接近できないということをほのめかしているのかもしれない。

コンテンポラリー・ゴシックを幼年期の虐待の観点から考察し、〝抑圧されたものの回帰〟として読解するという術策に陥れば、ジョニー・トルーアントは自分の過去における忌まわしい出来事をほのめかしていて、それを解釈する鍵は彼の狂った母親にあるようだ。彼女はトルーアントが七歳の時からずっと精神病院に収監されている。かたや、ネイヴィッドソンの精神における恐怖はデリアル（〝拒否《デニアル》〟との発音の類似はぜったいに偶然ではない）と連結している。ハゲワシが傍で待機しているアフリカの飢えた子供の写真、それによってネイヴィッドソンはピュリッツァー賞を受賞している。しかしながら、ダニエレブスキーは同時にまた、恐怖の源泉を名状しがたい、不定形なものとして意図的に残している。その結果、それは読者各自の個人的な恐怖としてテクストに立ち現れる。ジョニー・トルーアントは自身の序文で、テクストが読者に与える効果を予測している。

とてつもない複雑さが割り込んできてあんたは脇に押しやられ、わざとだろうと無意識だろうとそれまで慎重に胸に抱いてきた、あらゆる否認は引き裂かれ、ばらばらになる。やがて良かれ悪しかれあんたは振り返る。逆らうことはできないけどそれでも逆らおうとして、もっとも恐れているものに直面しないよう、あんたはあらゆるものを総動員する。それは今の、これからの、以前からずっとそうだった、あんたの本当の姿、おれたちの本当の姿、名前のない闇の中に埋もれてた怪物だ。(17)

J・G・バラードはデヴィッド・クロネンバーグ監督の映画を論じてこう述べている。「過去に目撃した心かき乱す出来事は今現在の経験として息づいている」(18)。同時に、読者はそれとなくテクストから排除され、入ることを禁じられている。献辞(ジョニー・トルーアントの〝クーリエ(密売人)〟・タイプフェイスで記されている)で簡潔に述べられている。「これはあなた向きじゃない」。この反献辞は自動的に読者を追放の立場に置きながら、他者性の不気味さと禁じられた書物に対する興奮とを引き起こす。われわれは単にページを繰ることでタブーを犯すことになるのだ。

書物はそれと出会う人々を積極的な読者にするが、消極的な批評家にする傾向もある。読者は物語のある部分では本を逆さまにしてページをめくらなければならず、あるいは自身の恐怖を迷宮に投射しなければいけない。しかし、すでにその内部にあることを単に繰り返すことなくして書物を分析することはむずかしい。

ダニエレブスキーの小説の分量と密度は、読者の中に崇高《サブライム》と似たセンセーションを産出する。アルプスの景観がロマン派の文人たち(もしくは、迷宮の規模と表現不可能さがネイヴィッドソンと彼の仲間たち）に呼び起こした畏怖や知覚錯乱のように、書物の幻惑的な歪みが言葉やテクストのコミュニケーションを拒否する。

批評家のディスコースのパロディ（とりわけ、問題のフィルムを見たのちのジャック・デリダ、ハロルド・ブルーム、カミーユ・パグリア、アン・ライス、そしてハンター・S・トンプソンたちの批評的反応を、カレン・ネイヴィッドソンがインタヴューする箇所が愉快）は批評的反応を先取りしている。各批評家や作家たちの主義主張のコミカルな縮小版を提示しつつ、テクストの意味をいくつかの理論の通俗版に還元してしまうお手軽簡略文化を嘲笑しているのだ。ホラー作家スティーヴン・キングだけがカレン・ネイヴィッドソンの見せたショート・フィルムを〝受け入れ〟て、家は実在しており、単なる作り物ではないと推測している。こうした術策がテクストの作り話（実在するキングがダニエレブスキーの虚構のフィルムの〝リアリティ〟を把握しているということの虚構版）にさらなるレベルを付け加えている。同時にそれはおそらく、ジャンルへの関心と深い認識をも示している。『紙葉の家』はチャールズ・マチューリン、ジェームズ・ホッグ、ナサニエル・ホーソン、そしてエドガー・アラン・ポーの伝統から除外することは不可能である。ゴシックの基本的な特徴がすべて出揃っている。すなわち、キャラクターの幼年期のトラウマが甦った過去の出来事から家そのものの幻惑的な閉じられた空間、およびテクストそれ自身とその内部で語られる個々の対象の増幅して行く分裂にいたるまで。これはテクストのおかげである。たとえテクストが（もちろん、注釈において）否定しようとも。

また、この小説は同時にメタフィクションの伝統、とりわけホルヘ・ルイス・ボルヘスの諸作、同様にセルバンテスの『ドン・キホーテ』やロレンス・スターンの『トリストラム・シャンディ』に連なっている。その自己言及性において、『紙葉の家』は典型的なポストモダンなテクストである。同時に典型的なゴシックのそれでもある。『紙葉の家』というテクストにおいて、それらふたつは見事に融合している。

非在の空間

『紙葉の家』でネイヴィッドソンに描写される家の空間は、不気味な空間、パラドックスの空間だが、同時に非在の空間でもある。家の中で増殖していく特徴のない廊下で迷子になり、ネイヴィッドソンは窓をはっきりと目にして大喜びする。しばしば窓はゴシックのテクストで象徴的な入り口を形成する。たとえばエミリー・ブロンテの『嵐が丘』(一八四七年)におけるキャシーの幽霊の手を引くロックウッドをさえぎる割れた窓ガラス。この場合、それは生者と死者との境である。ところが、ネイヴィッドソンの家のド真ん中にある窓は、ふたつの状況を仲介するものではありえない。そもそも無の中央に位置しているからだ。

窓の向こうの狭いテラスに這い上がると、探検#5では二度めになる、あの不気味な虚無の深淵が広がっていた。……だが戻ろうとして振り向いたとき、そこにあったのはずの窓は部屋ともども消え失せていた。あるのは彼がその上に立っている灰を固めたような黒い板だけで、支えるものは何もないように見える。闇が下にも、上にも、そしてもちろん彼方にも広がっているばかりだ。[19]

コンテンポラリー・ゴシックは非在の空間に魅せられている。その空間では、明らかに文明の到達している領域内でさえ、人は痕跡を残さずに消滅できる。ネイヴィッドソンの家はヴァージニア州の田舎にある。バーキッツヴィルはメリーランド州にある。これらの町は合衆国でも比較的人口の多い場所で、『ブレア・ウィッチ・プロジェクト』の登場人物たちのように二日で歩くことも文明の兆候と出会わずにいることもむずかしい。これがずばり要点だ。森は安全な空間であるべきだが、どういうわけか物騒な、見慣れない、不気味な場所となる。

初期アメリカン・ゴシックは辺境地帯に、荒野と文明との境界に魅せられた。アラン・ロイド＝スミスはこう述べている。「土地それ自体の……その空虚な、その無情な恐怖がある。その広大さ、寂しさ、そしてことによると徹底的に敵対する空間……それはつまるところ、どのような合理的解釈にも抗う」[20]。

二十世紀末における地理的な辺境地帯の終わりは、結果としてブライアン・マクヘイルの言う、

「アメリカを〝内的な〟辺境地帯として再考する戦略」をもたらした。彼によれば、最初の例がL・フランク・ボーム『オズの魔法使い』(一九〇〇年)である。というのも、魔法の国オズは、普通では考えられないことにカンザス州〝内部〟に存在するからだ。[21] ネイヴィッドソンの家、バーキッツヴィルの森、デイヴィッド・リンチ監督のTVドラマ・シリーズ『ツインピークス』(一九九〇年―九一年)のブラック・ロッジは、この妙策を反復している。

アイデンティティなき空間、場所ではない空間。こうした空間の存在は、人口過剰な西欧世界をもっとも不安にさせる(が、ありきたりな)出来事を生じさせる。すなわち、消失。行方不明者は物語の論理を混乱させる。彼らが閉じられた空間を突破したがために。一八五一年にエリザベス・ギャスケルはこう記している。「刑事警察の時代に生きていることを感謝申し上げます。私が殺害されたり、重婚の罪を犯したりしたとしても、なにはともあれ私の友人たちはその事件の全容を知って安堵するでしょう[22]」。消失した人々には、そうした心の安らぎはない。

コンテンポラリー・アートの世界もまた、内的辺境地帯と非在空間に魅せられている。グレゴリー・クリュードソンの写真シリーズ『トワイライト』(一九九八年―二〇〇二年)は、世界の狭間にある淡い閾の時間帯に言及している。彼の幻視するアメリカのスモール・タウンでは、その薄明の世界で不可思議なことが起こる。妊婦が下着姿で自宅の芝生の庭を歩いている。オフェーリア風の溺死体が水に浸かったリビングルームに浮かんでいる。男は自分で床板に開けた覗き穴から射し込む一筋の光の上を漂っている。思春期の少女が蛾に覆われた窓辺に佇んでいる。この写真シリーズには繰り

「無題」グレゴリー・クリュードソン作（2001年），デジタル・プリント。

返し現れるモチーフがある。妊娠、スクール・バス、蝶と蛾、花の尋常ではない堆積、床に開いた穴。これらほとんどのものが非永久性ないしは変転状態にあるようだ。

クリュードソンの収集したイメージに付されている作家リック・ムーディのエッセイがストーリーのあらましを物語っている。子供の頃、クリュードソンは、父親が精神分析セッションを行なっているのをリビングルームの床板越しに漏れ聞いた。ムーディはこの出来事を用いて、フロイトの〝不気味なもの〟――隠されていなければならないものが明るみに出てきてしまう――に対するクリュードソンの興味をそれとなく語っている[23]。

クリュードソンの風変わりなイメージ

は何も起こっていないような、それでいて何かが少し〝ズレ〟ている、まさにそのような場所をときおり表象する――たとえば、三面鏡に映っている自分の姿を沈思黙考している女性は、渇いた血痕、あるいは焦げ跡、ないしは黴のような黒ずんだ場所の中央に立っている。鑑賞者は何か見てはいけないものを見ているような、個人的な戦慄の瞬間を覗いているような印象を受ける。

かたやスコットランドのアーティスト、ダグラス・ゴードンの『ブラック・スター』(二〇〇一年―〇二年)では、鑑賞者の体験内に物騒な空間を再創造しようとする。暗室に入ると、明かりは一筋の紫外線のみ。鑑賞者が耳にするのはスコットランド人が朗読するジェイムズ・ホッグ『悪の誘惑』。ドッペルゲンガーと悪魔による憑依現象に関する物語だ。この当惑させられる空間内で自らの位置を確認するには、その部屋の中央に正確に立つしかない。するとすぐに、そこには五芒星形の図が描かれていることが判明する――鑑賞者は伝統的に悪魔が召喚されるところに立っているわけだ。

『ブラック・スター』に入ったときの邪悪な経験を伝えるのは筆舌に尽くしがたい。人は、ゴシック作品の数多くの主人公のように好奇心にかられて足を踏み入れるが、空間の構成のせいで束の間、合理的精神を迷信に乗っ取られ、確実性をからかわれている思いにとらわれ、深い精神的不安定の状況に導かれることに気づく。空間が〝不気味なもの〟の経験を生じさせるのだ。ひとたび他者性の感覚と個人の危機を呼び起こすことを請け合う位置に到達すると、人は周囲を理解することしか、認識による慰めを感じることとしか許されない。空間に入るということは、アーティストとの契約を結ぶということで、それはとりもなおさず、悪魔との契約であり、その支配下に入るということである。

虚空への関心とシミュレーション文化は、マイケル・アルメレイダ監督の映画『ナディア』(一九九四年)で融合されている。さらにその作品は、はなはだアイロニカルかつ自意識的に吸血鬼伝説を再構築している。

吸血鬼地勢図《ヴァンパイア・トポグラフィーズ》

吸血鬼はコンテンポラリー・ゴシックの主要モチーフのひとつとなっているものの、ゴシック小説においては比較的遅咲きのテーマで、ジョン・ポリドリがバイロン卿神話を再構築した短編「吸血鬼」(一八一九年)以前にはほとんど影響力を持っていなかった。シェリダン・レ・ファニュの中編「吸血鬼カーミラ」(一八七二年)やブラム・ストーカーの長編『吸血鬼ドラキュラ』(一八九七年)は、今や際限なく再解釈され、安手のペーパーバックや巨費を投じた大作映画の双方で再生利用されている。とりわけアン・ライスの〈ヴァンパイア・クロニクル〉(一九七六年―二〇〇三年)は、吸血鬼に関する大衆の執着心を増幅させ、一連の〝回想〟形式の語りは虚構の吸血鬼たちに内的人生を付与した。あまつさえ、読者は吸血鬼を祭り上げ、あたかも大衆が我がことのように関心を寄せ続けるセレブにも似た存在にしてしまった。

一九九四年に発表されたケン・ゲルダーの著作によれば、これまでに制作された吸血鬼ものの映画はおよそ三千本に見積もられ、さらにはその人気の衰える兆候は見あたらない。(24) これほど露出度が高いと、吸血鬼物語が有する中心的メタファーは台無しにされ、活き活きとした生命力を吸い取られて枯渇し、形骸化したクリシェとして自己を複製せざるをえない運命にあるようだ。

そうした難局に対する反応を、アルメレイダ監督のフィルムは吸血鬼とボードリヤール的なシミュラークルとを暗黙のうちに繋ぐことで提示している。フィルムでは、もはやドラキュラ自身ははっきりとは描かれない。ドラキュラは断崖の上の単なる影として、あるいはもっと効果的にベラ・ルゴシのインター・カット映像として現れる（面白いことに、その映像は彼がドラキュラを演じた有名なものではない）。

ドラキュラはベラ・ルゴシのイメージに置き換えられて久しく、ルゴシは正真正銘のドラキュラと化し、彼の即時の認識因子はブラム・ストーカーの物語より強力で、まさにコピーがオリジナルに取って代わったのである。ヴァン・ヘルシングはドラキュラとエルヴィス・プレスリーとを比べるが、後者もまたアメリカの生み出した不死者《アンデッド》像であり、実人生が神話と置き換えられたもうひとつの像である。

フィルムのある時点で、ルーシーは一晩中起きていて、血は飲んでいないがコピー機で無数の複写をしている。吸血鬼の再生産過程はオリジナルの産出というよりコピーないしはクローン化であることを遠まわしに語っているわけだ。これは吸血鬼神話学が鑑賞者にとってすっかりお馴染みのものとなってしまったので、引用符つき——もしくはピクセル・ヴィジョンによって創造されたボヤけたイメージを通してアイロニカルに奇妙なものとしてしか提示できないということをほのめかしている。

ちなみに、ピクセル・ヴィジョンとはアルメレイダ監督の特別なテクニックのことで、具体的にはフィッシャー・プライスの子供用玩具カメラで撮られたインター・カット映像である。同時にフィルムは空間に深く関係していて、後期資本主義の状況下の日常生活は時間よりむしろ空間の概念に支配されているというフレデリック・ジェイムソンの論議を反響させている。(25) ナディアは不死者なので、もはや時間には関与していず、それゆえおあつらえ向きのポストモダンなテーマなのだ。

フィルムのオープニング・シークエンスはナディアの顔、摩天楼、煙、そしてスピーディなライトなどが幾重にも重ねあわされた、いつまでも記憶に残る映像で構成されている。サイケデリック・ギター・バンド、マイ・ブラッディ・ヴァレンタインの音楽をBGMにナディアの歌うような語りが聞こえてくる。「夜——眠りなき夜——長い夜、脳が大都会さながらに明かりを灯す」。

ついでフィルムは、ナディアがバーで男を引っかける場面へ続く。二人の若者の間でかわされる何の変哲もないありふれた会話は、女性が吸血鬼だということが鑑賞者にしだいにわかってくるにつれて皮肉と化す。吸血鬼テーマの凡庸さが現代的な光景に置換されているわけだ。場所はアクセントや会話に出てくる主要都市の名前によって国際社会であることを示しているが、ほかの点では特定されない。ナディアはヨーロッパを〝村〟の一言でかたづけ、ニューヨーク(とは断定していないが)のような都会を讃美する。「ここでは、なにもかもがドッと押し寄せてくる感じ——真夜中過ぎはさらに刺激的」彼女は、相手にそれで興奮するのかどうか聞かれると、こう答える。「ときには逃げ出さないといけない——この混乱状態から離れて一人になりたい——木、湖、犬」。

フィルムの冒頭しばらくはこのように、ある意味、外的景観に置き換えられたきわめて強力な意識が提示される。ナディアの顔は大都市の明かりと二重写しになる。彼女がそれらの明かりは自身の夜間の体験のメタファーだと述べるときにさえも。吸血鬼にとっては脳自体が景観となる。外的世界と内的体験は渾然一体と化していて、同一空間を共有するふたつの地勢図なのだ。

そうした地勢図はエドガー・アラン・ポーの小説を連想させる。ポーの作品においては、しばしば語り手の内的世界の終わりと外的世界の始まりとの線引きをするのはむずかしい。風景は話し手の強迫観念や偏見を反映するためにあり、外的な指示対象を含まない。どこにあるとも言えないアッシャー家が格好の例である。擬人化された空間内では、特定の場所の詳細は失われて元型へと変換させられている。〝大都会〟とか〝木〟といった具合に。

そうした風景の実体のなさはフィルムを通して維持させられていて、ピクセル・ヴィジョンによるぼやけたピントが、『ブレア・ウィッチ・プロジェクト』のハンド・カメラの手法と同様の効果をもたらし、理路整然としてわかりやすい映画的空間が構築されるのを妨げる役割を果たしている。

『ナディア』では他の吸血鬼映画について数多くの言及がなされるが、なかでも最重要作品はF・W・ムルナウ監督の『ノスフェラトゥ』（一九二二年）で、その古典的名作がまずもって想起させるのは、階段を昇っていく吸血鬼の歪んだ影がゆっくりと壁を横切っていくシーンだろう。意義深いことに、『ノスフェラトゥ』は屋外での撮影法が革新的だということで名声を得ているが、実際には低

カール・ギアリー（レンフィールド役）とエリナ・レーヴェソン（ナディア役），マイケル・アルメレイダ監督『ナディア』（1994年）のスチール写真より。

予算のために大掛かりで凝ったセットを作ることができなかったのだ。しかしながら逆説的なことに、それが『ナディア』の同様の低予算による場所の不確定性とほぼ同じような方法で風景の不在化につながっている。

映画批評家エリック・ロードは、『ノスフェラトゥ』についてこう記している。マックス・シュレック演じる吸血鬼が水平線の端に出没したり、あるいは戸口に現れたり、もしくは船の甲板を歩いたりするとき、彼はそれらの場所に取り憑き、それらのアイデンティティを剥奪しているように見える。棺や戸口は彼の痩せこけた身体のための適切なくぼみと化す。そして草木の生えていない原野は、彼の衰弱した外見から伸び広がっているように思える。(26) 吸血鬼はその存在自体によって風景を空っぽにする。つまり風景をまさに〝吸血鬼化する〟ということである。独立した存在としての風景を枯渇させるのだ。

かくして、『ナディア』における黒海はどこにでもある液体によって喚起され、カルパチア山脈はありふれた断崖のシルエットで想起される。同様に都会の環境から逃れたいというナディアの欲望は、単に「木、湖、犬」と表現されるのである。空間は交換可能となり、一般的にして普遍的なオブジェを通してアイデンティティ化される。

最初のころのやりとりで、ルーシーはナディアに兄弟はカルパチアに住んでいるのかどうかたずねる。するとナディアは、「いいえ、ブルックリンよ。私は行ったことないけど。あなたは？」と答える。それに対して、ルーシーはこう言う。「ブルックリン？　一度ね。ううん、実際には二度。だいぶ前に」彼女の無表情な様子から、ブルックリンはカルパチアと同じぐらい遠くて異国のようだ。ナディアの出生地はどうかと言えば、それは吸血鬼物語のお定まりの特質と旅行案内書のもっともらしい文句として繰り返し口にされ、それは吸血鬼物語のお定まりの特質と旅行案内書のもっともらしい文句との双方を想起させる。そのセリフは陳述を強化するイメージに支えられていない。むしろ、非現実的な城を描いた粒子の粗い不明瞭な絵が想起される。吸血鬼はいわばハイパーリアルな環境、つまり記号として表象された景観に住んでいるのだ。

同様に、ルーシーとジムのグリニッチ・ヴィレッジにある家は字義通り記号で示されるだけである。すなわち、二十四時間営業の〈ヴィレッジ・コピーア〉。その名前によって場所が特定されるのだが、それはシミュラークルの一貫製造に専心する印刷店である。さらに皮肉なことに、その店名はアドレナリンの充溢する大都会としてのアメリカと対照的にヨーロッパを〝村《ヴィレッジ》〟と表現するナディア自身の陳述の価値を貶める。またもや、〝グローバル・ヴィレッジ〟における空間の交換可能性が指摘されているわけだ。所在地は指示されると同時に否定される。意義深いことに、看護師カッサンドラはアイルランドを〝音楽の国〟として喚起するが、それに対してレンフィールドが自己矛盾した反論で異議を唱える。「いや、そこにはヘビはいない。いたためしがない」（この意見は、聖パトリックがアイルランドからヘビを一掃した伝説と矛盾するように思われる）。場所は自身を消去し、不在を通じてのみ明解な境界を定める空間となる。

ナディアは全歴史を通じての移民たち、および外来吸血鬼たち――基本的には喜劇映画のサブジャンルと言ってもよい『ブラキュラ』（一九七二年）や『ドラキュラ都に行く』（一九七九年）、そして『ヴァンパイア・イン・ブルックリン』（一九九五年）などを想起しよう――と同じ夢と希望を抱いてニューヨークにやって来たことが、物語の過程で明らかになる。ある時点でルーシーは、自分の父親は〝元気を回復する《ボーン・アゲイン》〟と言う。それをナディアはいささか別の観点から理解したように見えるが、〝生まれ変わる《ボーン・アゲイン》〟というフレーズは映画全体に共鳴している。新たな人生を開始するメタファーとして――ナディアには、〈新世界〉発見にも等しい。父親であるドラキュラの死から解放されて、ナディアはこう語る。「これで自由になって、新しい人生を生きられる。出直すの。誰かいい人を見つけるわ。幸せになるのよ」。

ロマンチック・ラブは、ナディアと父親ドラキュラの双方にとってアイデンティティを変える手段と考えられているが、それはアメリカの神話である自己創造に等しい（共産党員たちにトランシルヴァニアから追い出されたドラキュラが合衆国に真実の愛を見つけにくる映画『ドラキュラ都に行く』で反復される主題だ）。ナディアは、ヴァン・ヘルシングがドラキュラの真実の愛について語ったときと同じレトリックでニューヨークの可能性について口にする。「彼は思ったのだ。見込みがあると——新たな人生の」とはいえ、その夢はフィルムに否定される——少なくとも、ナディアがアメリカに滞在している間は。彼女は幻滅を感じてルーマニアに戻るさい、レンフィールドに明言する。「アメリカはどうにもこうにも——あまりにもややこしくなってきている。あなたは感じない？　選択肢が多すぎる——可能性がありすぎるのよ」。

アメリカでは記号は増殖する。さながら、ルーシーが見境なくするコピーのように。あるいは、彼女のクリスマスツリーに吊り下げられているグロテスクな吸血鬼の玩具のように。そのいっぽうで、表現は簡潔だ。〝木、湖、犬〟といったナディアの憧れのように。だがこの簡潔さもまた、過剰決定な構成物であるフィルムによって提示されるのであって、最終的には理解しづらい。

現代地理学が主張してきたことだが、地理学者デレク・グレゴリーが言っているように、「マッピングは不完全なものとして位置づけられ、具体化される必要がある。他のあらゆる表象活動と同じように[27]」。

一九六五年のハマー・フィルム『凶人ドラキュラ』では、従来の地図の信憑性は吸血鬼的空間に入るとあてにならない。カルロビ・バリへ向かう旅行者一団は、近くの城からは遠ざかっておきなさいと地元の司祭に警告される。旅の一行のリーダーは応じる。「城――でも、地図に城なんて記されていない。気づかないはずがない！」。不気味な表情で司祭は答える。「地図に載っていないからといって存在しないわけではない――城には近寄りなさんな！」。

ハマー・フィルムはヴァンピリズムとヴィクトリア朝の性的抑圧との関係を強調する傾向にある。実際、そのモデルに準じて吸血鬼物語を読解することが今や伝統になっているが、その多大な責任はハマー・フィルムにあるとも言える。そうした読解では、抑圧を空間的観点から考えている。地図によって暴かれた地域として――象徴的秩序の外部としての幻想的空間として。そこでこそドラキュラの淫らな力は作用する、といった具合に。

しかし三十年以上の歳月を経た今日、そのような無邪気な方法でヴァンピリズムを表象することは不可能だ。ハマー・フィルム自体が地図上のすべての未知の空間を明るみに出すことに貢献してきたので、鑑賞者はみなはなから内容がわかっている。ボードリヤールはこう述べている。「もはや処女地がなくなると、それゆえ想像上の土地が可能となる。地図がすべての地域を網羅すると、リアリティの原理のようなものが消失する[28]」。

したがって、『ナディア』におけるルーマニアへの飛行は、地図の従来の映画的シニフィエによって表象されるが、この場合、ゴシック書体で〝トランシルヴァニア〟とはっきりと記された国は、ルーシーの不吉なもの悲しい泣き声をあげる吸血鬼の玩具とスーパーインポーズされていることで、その人工的に構築された本質と記号としての過剰決定な構成物との双方が強調表示されている。

地図はすべての場所を載せると同時にどこも記さないし、自身以外のなにものも指示する力はない。地図はハイパーリアルの領域に入ってしまったのだ。ボードリヤールがふたたびこう述べている。ポストモダン状況において、「現実は再現されるだけではなく、いつもすでに再現されていたものの再現である」[29]。

地図は明らかにいつもすでに再現されたものである。このことは次の事実によって補強されている。すなわち、ナディアの故郷の最初のショットで、ミッキー・マウスの耳の形をした帽子をかぶって森で遊んでいる子供が映し出されるのだ。われわれはもはやヨーロッパではなくユーロ・ディズニーにいるのである。

この環境内では、人間と吸血鬼とは等しく死者になり始めているようだ。ともに同じ空虚な行動の円環に閉じ込められ、同じパターンを果てしなく繰り返している。にもかかわらず、フィルムはとりあえず出口を提供している。『ナディア』のラストは、カッサンドラの肉体に不可思議にも吹き込まれた死んだ吸血鬼の魂を見せる。ナディアはアメリカ人として文字通り甦るわけだ。

しかし、二重露出のテーマ、ふたつの地勢が同一空間を占めるテーマは、一種の二重意識、同一脳内のふたつの声に変換される。フィルムの冒頭のイメージ、都会のライトにスーパーインポーズされたナディアの顔は、太陽の光と葉と水――ナディアが切実に望んでいた木と湖――にスーパーインポーズされたカッサンドラの顔に置き換えられる。最終的にカッサンドラの顔はナディアのそれに溶け込む。「そこにいるのは誰？　私だけ？　私なの？」とナディア／カッサンドラの声がたずねる。そのシーンは、ハイブリッド・アイデンティティの観念に希望を見いだしているようだが、また不気味《アンキャニー》なものがいつまでも居座っているような雰囲気も漂っている。つまり、ナディア／カッサンドラは自分自身が他者に、異国の領土になってしまったのだ。

生者の女性の肉体に〝生まれ変わる〟ことは、シミュラークルとしての吸血鬼が現実のもの、具体的なものへの帰還を暗示的に演じている。ラストで画面の外に流れるナレーターのいぶかしげな調子は、この人間の復活の一時的なかりそめの性質をほのめかしている。そのいっぽうで他のゴシックのテクストはシミュレーション時代の身体状態に真っ向から対峙している。ジェロルド・ホグルにとっては、それはコンテンポラリー・ゴシックの非常にラディカルかつポリティカルな特徴である。

恐怖《テラー》は回帰する……意図して身体に注目させようと努める幻想において。実際、恐怖はきわめて原始的かつ壊れやすい可能性のある身体に回帰する。それゆえ初期ゴシックの肉体離脱や大小さまざまな無数のシミュレーションへの解体／溶解からの回復をもくろむ。生を吸い出すシミュラークル、ホロコーストの身体的な現実を否定するために用いられる類のシミュラークルから作られた身体の〝他者性〟は、そうした〝ニュー・ゴシック〟の作家や映画製作者によって再び横行している。(30)

コンテンポラリー・ゴシックのディスコースは、この観点において二重人格である。表層を重要視することに関してはシミュレーションに抵抗しないことを示しているかもしれない。だが、身体の前景化を真逆の方法で使用することで、表面的な文化の深みを復権する余地を提供している。すべてのコンテンポラリー・ゴシックがそのようであるとみなすことはできないものの、他方ではごく少数のテクストやフィルムが身体的もしくは精神的具現化と記号の支配との緊張関係を展開している。それらのことが次章の主題である。

第二章　グロテスクな身体

プラスチック製の擬似死体

二〇〇二年にロンドンを席捲したもっともセンセーショナルな出来事は、『人体の不思議《ボディ・ワールド》』展である。グンター・フォン・ハーゲンスが死体を解剖して精巧に陳列した巡回展覧会だ。彼は〝プラスティネーション〟と称する新たな人体保存法を開発した。死体からすべての液体を排出したのちに合成樹脂を注入することで、意図したポーズをとらせた状態を固定し、人体の不可思議を示すことができるのである。たとえば、〝泳ぐ人〟や〝チェスを指す人〟、そして展示会の目玉作品であるプラスティネーション化された〝馬に乗る人〟など。

アトランティス・ギャラリー開催『人体の不思議』展（ロンドン，2002年）におけるグンター・フォン・ハーゲンスとプラスティネーション化された馬と男性。

予想通り、フォン・ハーゲンスの展覧会は賛否両論を引き起こした。それを人体美の称賛、あるいは質量に関する科学的知を改善するまたとない機会と見なす人がいるかと思えば、他方では様々な要因に異を唱える人もいた。たとえば、死体の中には来歴が疑わしいとされるものから展覧会のムカつくほどの商業化、および展示作品に女性の身体が含まれていないといったものまで（これに関するフォン・ハーゲンス自身の釈明によれば、女性の場合、身内が死体の提供を拒む傾向にあるとのこと。またのちには、いくぶん言い訳がましいが、覗き見に関する懸念があるとも述べている）。

プラスティネーションに対するフォン・ハーゲンスの猛烈なこだわりは必然的に、チャンネル4に彼の経歴を追求する悪意に満ちたドキュメンタリー番組を制作・放送させることになった。夫は私をプラスティネーション化するでしょうね、とフォン・ハーゲンスの妻は皮肉も込めずにあっさり認めている。おかげであっというまにフォン・ハーゲンスは、現代のフランケンシュタイン博士としてメディア界で知られるようになった[1]。フランケンシュタイン博士は言うまでもなく、死体から新たな生命の創造を企図したのだが、フォン・ハーゲンスはそんな素振りは見せず、プラスティネーション工程を一種の死における生として、もしくは魂の不滅ではないにせよ身体の不死性の形態として表現している。

件のロンドン・ショーはゴシックの残響に囲まれていた。展示会はホワイトチャペルの転用倉庫内で開催されたが、そこは一八八〇年代に起きた有名な〈切り裂きジャック〉の犯行現場の角を曲がったところにあり、また同時代に〈エレファントマン〉として知られたジョン・メリックが出演していた見世物小屋付近に位置している。

フォン・ハーゲンスによれば、ショーを取り巻く物議は同様の展示を行ってきた他の国ではまったく起こらなかったが、開催される土地の文化的背景によっては少なからず生じるものらしい。ともあれ、卓越したショーマンのフォン・ハーゲンスはめげることなく、歴史的な違反を犯すスリルを生きがいとしているようだった。

展示されている死体は、身元の判明するいかなる特徴も厳密に剥奪されている。どこの誰かといったアイデンティティは、科学には副次的なものだからだ。その結果、人間賛歌として明らかに意図されていたにもかかわらず、まさにその人間性が排除されているように思える。死体とプラスチック製の精巧な人体模型との判別が困難になっているからである。死体は見世物にされることで臨床的かつ客観的、そして無感情な代物となっている。フォン・ハーゲンスが公約した〝リアル〟な戦慄はなぜか減少しており、同時に展示場の白い空間と戦略的なインテリアとして置かれた鉢植えの植物のためにさらに緩和されている。メディアがバカ騒ぎしたにもかかわらず、展示会にはホラー・ショー的な戦慄はほとんどなかった。ディズニーランド化された死があるばかりで、猥雑な要素は一掃されていたのである。

『人体の不思議』展のような展示会は、個人的な反応をまじえずに論議することはむずかしい。その題材は意図的に鑑賞者を自らの身体と比較させる立場に置く。伝統的な〈メメント・モリ〉の手法である。〝明日は我が身〟というわけだ。そしてもっとも興味深かったのは死体に対する各自の反応だった。それは鑑賞者たちが最終的には意見帳に群がったことからもうかがえた。

私は、展示されているひとつの像に単なる傍観者的な好奇心とはいささか異なる反応を喚起させられた。その解剖用死体は見事に垂直にスライス状に分割され、身元が判明する顔の皮膚は除去されて他の死体と同じように加工されていた。にもかかわらず、その死体＝男性は他と見分けがついた。様々な刺青の痕跡がかすかにあったからだ。その男性のことをよく知っている人物ならば、刺青の痕跡から誰だか特定できるだろう。

皮膚は経験の保管所である。皮膚に現れている紙魚《しみ》や皺が死体の経歴を物語る。少なくとも私と同僚たちにとって、その展示会は好奇心や漠然とした嫌悪感以外の情感を喚起させる唯一のものであり、とりわけ科学とアートとの一線を越えるものだった。かなり以前からフォン・ハーゲンスは科学とアートとの脱領域を実践していて、さらには自身の身体をアートにしようと試みている。その結果がどんなに粗野で不快であろうとも。

死体こそが選択を行い、その結果を陳列する。つまり、死体が自ら修正しようとしていたのはまさに死体そのものであり、特別な方法で死体自体を提示しようとしていたのだ。死において身体は不快なものとなり、衝撃的でさえある。というのも、それは主治医に押し付けられた死亡診断書以外の身分証明の痕跡をあいかわらず所有しているからだ。

大盛況だったフォン・ハーゲンスの死体展示会は、ロンドンだけで八十四万六百十一人の来場者を記録したが、コンテンポラリー・ゴシックの矛盾を表出している。死体は皮を剥がれて解剖され、おぞましいうわべだけの生を付与されることで生気を得ており、さながらフランケンシュタイン博士の怪物や吸血鬼ドラキュラのような文字通りの甦った死者を想起させる。しかしながら、展示されている死体は歴史を剥奪され、白い展示空間でプラスチック化されて見世物にされることで、われわれがゴシック現象に期待する精神的共感やより伝統的な社会のなにがしかを欠いている。それらの死体は（少なくとも、大方の鑑賞者にとって）通常ゴシック的身体と関連づけられる嫌悪や恐怖の強烈な情感を喚起しない。情動が剥ぎ取られているからだ。

似たような手法についてフレッド・ボティングは、ホラーの伝統的な被写体は陳腐なほど過剰に露出されてきていると述べている。「ホラーが見世物的でなければ、なんの関心も引き起こさないだろう。人間の感情は摩滅したか麻痺しているか、もしくは倦怠期に入っている(2)」。

それはある意味、当然だろう。なにしろフォン・ハーゲンスは自身の作品をゴシックとして展示していないのだから。そのかわりに解剖学的科学の〝客観的な〟ディスコースとして注意を喚起させる。悪名高き死体泥棒のバークとヘアやフランケンシュタイン博士との関連は、メディアによる解釈の賜物である。

『人体の不思議』展の解剖用死体はゴシックというよりむしろグロテスクだ。身体作用の雑多な寄せ集めであり、ポストモダン・カーニバルのおぞましいジョークである。歴史の痕跡が個人的体験として体格にこっそり戻ることを許されるその唯一の瞬間において、〝不気味なもの〟の認識が生じる（かつてこれは私と思われていた個人――既知のもの――だったが、いまでは解剖された死体――なじみのないものだ、といった具合に)。

コンテンポラリー・ゴシックは前段階のゴシックよりも身体に強迫観念を抱いている。身体は見世物となり、嫌悪感を呼び起こし、改変や再構築を施され、人工的に増幅される。ある局面では、この身体に対する取り扱いはゴシック・シミュレーションや前章で述べられた技術と同一のものと思われる。しばしばゴシック的身体はシミュレーションとして、現実の代用物として提示される。

フォン・ハーゲンスのプラスチック加工された死体は、〝オリジナル〟の肉体組織をほとんど留めていない。肉は文字通りプラスチックに置換されてしまった。ボードリヤールの称する純粋なシミュラークルではないが、彼ら加工された死体は、〝オリジナル〟との関係性を保っていて、〝本物〟として構築された身体を説明したいという欲望を明示しながら、同時に個人的歴史に対するノスタルジアの感覚を排出しているように見える。フォン・ハーゲンスの〝素晴らしき新世界〟の住人たちは、「泳ぐ人」や「横たわる女性」のような典型へと昇格され、理想化され、完成された不毛な怪物たちである。

他の分野では、シミュラークルの観点から言えば、今日のアーティストたちは身体をより自意識的に提示している。ジェイク・アンド・ディノス・チャップマンの『死に抗う偉業』は、戦時下の死体をゴヤが描いたスケッチ『戦争の惨劇』を彫像として再創造した作品だが、ゴヤの精緻に観察された死体の代わりにリアルではないプラスチック製の人形を展示している。たえまないメディア表現を通して、チャップマン兄弟版『戦争の惨劇』はほぼまちがいなくよりよく知られたイメージとなった

（少なくとも今のところは）。歴史的かつ政治的な意義を授けられた、〝オリジナル〟の死体ばかりか、それらを表象したゴヤの〝オリジナル〟作品をも継承しているからだ。

チャップマン兄弟のミュータント・チャイルドのマネキン人形たちは似たような効果を有している。そのひとつである融合した畸形的ハイブリッドの人形たちには、口の代わりに肛門があったり、鼻のあるべき部位にはペニスが付いていたりする。それらは興味深いことに、九七年にロイヤル・アカデミーで開催された〈センセーション〉展覧会で物議を醸すことはさほどなく、むしろマルクス・ハーヴェイの作品――〈ムーア殺人事件〉の犯人マイラ・ヒンドレーの巨大な偶像的肖像画――のほうが論争を引き起こした。ちなみに、その問題の肖像画は子供たちの手形で創造されていた。

ハーヴェイの図像はメディアに対する攻撃的な論評になっていて、それ自身はメディアにおける再表象であると同時に、すでにチャップマン兄弟が子供を冒瀆したグロテスクな身体が遂行しえなかった方法で子供を汚すことに成功している。双方のアート作品は子供時代の無垢に関するモラル・パニックを引き起こしたが、ハーヴェイが贖罪の山羊《スケープゴート》を演じたのに対して、チャップマン兄弟はこのモラル・パニックに油を注いでいる神話が流布することを否定しながら反撃した。

『悲劇的解剖』のプラスチック化されたエデンの園では、突然変異体の子供たちがお揃いの白いトレイナーを着用して走り回り戯れている。そこではわれわれが幻想として抱くルソー的な純真無垢の不自然さが暗示され、代わりに汚れて毒された世界の新鮮な美が申し立てられる。『死に抗う偉業』と同様に、チャップマン兄弟の表象する子供の身体はシミュラークルである。自身の自立した模造の領

『死に抗う偉業』ジェイク＆ディノス・チャップマン（1994年）。

域に属している。それら人工物は幼年期に対するわれわれの文化的概念の構造以外のなにものも再創造しない。

あるいは、このようにも論議できる。コンテンポラリー・ゴシックの最大の関心事は畸形、傷、病身、おぞましい誕生であり、とりわけ血は、ますます脱身体化されている情報化社会において身体の物質性を回復させる試みである。チャップマン兄弟の『死に抗う偉業』は、おそらくマーク・クインの『ヘッド』に匹敵する。それもまた、〈センセーション〉展覧会の出品作の一点だが、クイン自身の八パイントの冷凍血液から造られたセルフポートレイト彫刻である。親密さと不気味な物理的存在感とを提示しているように思われ、〝現実〟と〝表象〟の差異が惑乱させられる。

同様の見解に立てば、グンター・フォン・ハーゲンスの『人体の不思議』展は、コンテンポラリー・ゴシックの死体に関するわれわれの思考にまとわりついているいくつかの矛盾を明らかにしている。展示会において型どおりのポーズを取らされている死体は、自らの意思でパフォーマンスを行なっているわけではなく、まるで錯乱した人形遣いの糸に操られているかのようである。彼ら死体の奇怪さは、自然と人工性――身体の血みどろの内的機能と解剖学者のナイフの創造的作用およびプラスチックを注入された奇妙な仕掛けの無情さ――との境界を蹂躙している。

フォン・ハーゲンス制作の人間であると同時に人工的なプラスチックでもある死体は、リアルにしてそのリアルの代替物である。彼らはアートと科学、教育と娯楽、称賛と搾取、無関心と反感との境界にへばりつくようにして存在している。ちなみに、死後の肉体提供にサイン済みの人が四万人ほどいるが、かようにわれわれは自身を好んで見世物にしたがるものなのだ。

従来のキリスト教徒が信仰する肉体の復活は、ショーとして世俗化された復活の概念に置き換えられた。霊魂の不滅よりむしろ肉体的な不死の見せ場として。かつてゴシック小説は、人間の身体は意志に反して拉致されたり切り裂かれたりするかもしれないといった怖れをめぐって発生した。たとえば、ロバート・ルイス・スティーヴンスの有名な短編「死体盗人《ボディ・スナッチャーズ》」(一八八四年)。ところが今や、ある人々は、いわばおぞましいセレブを目指して解剖される順番待ちの行列に加わっている。

ゴシックとグロテスク

グンター・フォン・ハーゲンスの不死に関する怪しげな提案に対する世間の共感は、コンテンポラリー・ゴシックにおけるもうひとつの重要なテーマを示している。醜怪《モンストラス》の民主化だ。もはやプラスティネーションは、初期のヴィセント・プライス主演『肉の蝋人形館』(一九五三年)で描かれる人工保存された犠牲者のように、たまたま誰かに起こるおぞましい出来事ではなく、積極的に選択されるライフスタイル(デススタイル?)のひとつである。

今日に至るまでに西欧では、醜怪な身体に対する態度は変化してきている。奇妙で風変わりなものは常に恐怖と欲望との複雑な混合物を呼び起こす。レスリー・フィードラーもそのように論じているが、〝風変わりな人々〟はもはや、フィードラーが提唱した忘れがたき呼称〈秘められた自己〉のイメージを表象せず、われわれのアイデンティティを明確に形成して見せる。(3) さらには、醜怪《モンストラウス》と醜悪《グロテスク》の取り扱われかたは、かなりの数のテクストで著しく陽気に、より不遜になってきた。すなわち、ロシアの批評家ミハイル・バフチンが〈カーニバル〉と名づけた新たな観点において、肉体上の差異は歓喜や称賛の原因として見なされるようになったのである。

バフチンはその理論を主著『フランソワ・ラブレーの作品と中世・ルネサンスの民衆文化』(一九六五年)で概説している。カーニバル、つまり中世の〝愚者の祝祭〟は、破壊的な哄笑のゆえに注目に値する。それは因習的な階級性の転覆と物質としての身体ないしはグロテスクな肉体を重要視する。グロテスクな身体とは現在進行形の身体である。奇抜で、誇張され、大仰な身体、あるいは断片化され、分割され、突起と穴によって際立っている。したがって、整合性があり調和のとれた〝古典的《クラシック》な〟身体と暗黙のうちに敵対する。あるいは、中世の支配的な世界観と関連していて、つまり統一された完全で素晴らしい世界や他の身体から孤立している。

カーニバルの限定された祝祭空間内でグロテスクと結びついた猥雑な身体的笑いは、権力の伝統的階層を一時的に崩壊もしくは転覆させる。たとえばその結果、尻を剥き出しにしたり巨根をつけたりした法王の像が登場する。ゆえにカーニバル的な身体は下層民たちの声と結びついた潜在的な破壊力を持つものである、と多くの批評家たちに考えられている。たとえば、メアリー・ルッソはカーニバルを〈反乱の場〉と見なし、次のように述べる。

カーニバルの仮面と声は、ハイカルチャーを明らかにして維持したり社会を組織する境界や差異に抗ったり、それらを誇張したり揺るがしたりする……この不均一化の政治的意味合いは明らかである。すなわち、カーニバルを単なる反抗や反発と分離するのだ。カーニバルやカーニバレスクは、文化や知識や快楽の非生産性ないしは配置転換を提言している。(4)

常にカーニバルは公式の文化との対話において存在し、変化の可能性を提供するものである。仮にそうだとしても、歴史的に見ると、カーニバルは制度化され、ガス抜き期間は公式の文化を承認させるための一時的なものとして機能させられることがある。グロテスクな身体も同様に、自身の外部に対する可変性と開放性が特徴である。それは、「世界、動物、事物と渾然一体」となる。(5)

ゴシックとグロテスクは、バフチン的意味では決して一致しない。クリス・ボルディックとロバート・ミガールが〝ゴシック評論〟に関するエッセイで論じているように、「ブルジョワの合理性や近代性、ないしは啓蒙性に対する一種の〝反抗〟としてのゴシック文学概念」は、概して二十世紀の批評の産物であり、歴史的に確固とした証拠に訴えるものではない。(6) またゴシックは、確かに大衆向けという観点からは〝ポピュラー〟になって文化的威信を喪失させたが、バフチンが言及したような意味ではない。つまり、ゴシックは公民権を剥奪された底辺層のものではなく、歴史的には、主として中間層文化の産物である。

さらには、ゴシック・アートにおけるグロテスクな身体は常に滑稽ないしは人間の生と肉体の肯定とはかぎらない。実際には、しばしばより邪悪かつ不穏である。バフチンは、グロテスクの系譜に十八世紀と十九世紀のゴシック小説を〝ロマンチック・グロテスク〟と名づけて包含しているが、啓蒙的な古典主義に対抗するものとして記述しているわけではない。

ロマンチック・グロテスクは、ルネサンスのカーニバルにおける〝民衆〟性を放棄している点ではっきり識別できる。ルネサンス期のグロテスクは、中世・ルネサンスのカーニバルにおける〝孤立の活き活きとした感覚によって特徴づけられる、個人的なカーニバル〟になってしまった。[7] 歓喜、勝利の高笑いといったカーニバルの初期の形態は、〝非情なユーモア、皮肉、嘲りへと低下させられ〟、建設的な再生力を喪失している。[8] ロマンチック・グロテスクは陰鬱で活力がなく、笑いよりむしろ恐怖を伝達する。バフチンにとっては、グロテスクのこの形式は十九世紀を通じて存続し、とりわけヴィクトリア朝文化における展示された死に対する姿勢に見られる。

とはいえ、コンテンポラリー・ゴシックではカーニバルの〝オリジナル〟な精神が多少舞い戻ってきたようだ。今日の小説は、サーカスの〝民衆的〟グロテスク、奇形的なヒーローやヒロインたち、および過剰なる肉体称賛の問題に明らかに執着している。

それでもなお、そうした小説はよりロマン的で、おまけにゴシック的関係を保っている。たとえば、キャサリン・ダン『異形の愛』(一九八三年)のフランケンシュタイン・テーマにおいて、あるいはアンジェラ・カーター『夜ごとのサーカス』(一九八四年)の女性主人公フェヴァーをしつこく追いかけまわす邪悪なオカルト的な人物たち。この二作は、〝ゴシック・カーニバレスク〟といった言葉で結び合わせることができるだろう。

アヴリル・ホーナーとスー・ズロスニクが述べているように、ゴシックは混成体である。戦慄も笑いも包含する。彼らはこう論じている。「それはまさしくこういう理由からである。常にゴシックは境界線上であやういバランスを取っており――へばりつきながらもおよび腰で立ち上がりかけている――その特性は滑稽な効果へと変じやすい。かくて邪悪なグロテスクへの傾向は過剰としてのグロテスクにおける滑稽な仰々しさへと容易に転換させられる(9)」。

私が称する〝グロテスク・カーニバレスク〟においては、邪悪さは滑稽さへとしきりに変わり続けるし、またその逆のことも言える。映画監督のティム・バートンはこのモードを繰り返し機能させて功を奏している。たとえば、人を脅えさせるのにスラップスティックな戦略を取るハチャメチャ幽霊のベテルギウス(一九八八年公開『ビートルジュース』のキャラクター)は、愉快で恐ろしい存在である。しかし、こうしたテクストはバフチンが述べるカーニバルの伝統と伝統的なゴシックとの決定的な違いを示している。カーニバレスクなもののうちに見出される他者に対する開放性と個別対象に対する完全にモダンな概念とを結びつけると、新たな〝ゴシック・カーニバレスク〟の最も顕著な特徴はモンスターに対する共感である。

モンスターはわれわれだ

怪物としての〝他者〟は、ゴシックの語りにおいて少なくとも十九世紀初頭から繰り返し登場していて、その原型としてもっとも重要なのは、メアリー・シェリーの『フランケンシュタイン』（一八一八年）のおぞましい化け物である。そのテクストは、伝統的なゴシックの趣向――崇高美《サブライム》の風景、枠物語、恐ろしい殺人――に富んでいるが、人工生命体を創造するのに実力以上のことをして失敗する科学者と自らの受難を語ることのできる被創造物＝怪物とで対をなす各自の意見が物語を推進させている。同様にそうした叙述がコンテンポラリー・ゴシックにも活力を与えている。

クリス・ボルディックとフレッド・ボティングがいろいろと論じてきたように、十九世紀に『フランケンシュタイン』の話は原作を越えて成長し、現代の神話になった。(10) ジェームズ・ホエール監督の示唆に富む映画『フランケンシュタイン』（一九三一年）と続編『フランケンシュタインの花嫁』（一九三五年）経由で（双方ともにボリス・カーロフが怪物役を演じている）、フランケンシュタイン博士と彼の創造した怪物は多くの今日的状況に偏在して、即座に識別できるメタファーとなった。

プラスティネーションから美容整形《プラスチック・サージエリ》やサイボーグ、遺伝子組み換え食品まで、『フランケンシュタイン』は出来合いの物語を供給してくれる。こうした解釈の多くは、実際にはメアリー・シェリーが語った話とほとんど関係がない。にもかかわらず、〝フランケンシュタイン〟という言葉は自走する科学および人間としての怪物の原型の双方に対する共通通貨となっている。

メアリー・シェリーの小説が読者の好奇心をもっとも刺激するのは、その今日的な影響という観点から見ればだが、モンスターが哀れみの情を惹起させるということだろう。名もなき化け物《クリーチャー》――彼は名づけられていない――は、社会から排除され、偏見を抱かれ、結果として人との接触を差し控えた経緯を自分の創造者に語る。意見を明確に述べることができるほど博識な化け物は、愛し愛される人間としての権利を擁護する強力な提唱者である。十九世紀の他のゴシック・モンスターズ――カジモド、カーミラ、ハイド氏――とは異なり、フランケンシュタインの怪物は魅惑や同情ばかりか共感さえも抱かせる。語ることを容認された声として、彼はわれわれの仲間とみなされることになる。かたやカーミラやドラキュラ、あるいはハイド氏たちに関しては、最終的に彼らの他者性を再確認することができる。彼らは征伐され、主要な社会的秩序が承認されるからだ。

フレッド・ボティングが示唆しているように、二十世紀と二十一世紀では研究論文が問題視するのは被創造物のモンスターのほうであって、その創造者のほうではない。科学とテクノロジーの機能が一般の人々に対してますます不透明となっていくように思われる世界では、『フランケンシュタイン』は科学との明確な関係に対する便利なメタファーを提供する。そうした観点から、「もはや人間は自然支配における生命の神秘を占有する科学の側に位置付けられない。そのかわりにモンスターと同一視されつつ、人間は人間のテクノロジーより以上のものによって創造され再創造されうるすべてのものと一致させられる[11]」

二十世紀には、『フランケンシュタイン』物語はますます怪物の視点から語られるようになった。もはや創造者の声によって隅に追いやられ阻止されることもなく、怪物《クリーチャー》は語りを占拠する。たとえば、トッド・ブラウニング監督『フリークス』（一九三二年）は、サイドショーの怪物団《フリークス》のことを描いているが、その集団はつまるところ怪物の創造者たちでもある。ブロンド美人の空中ブランコ曲芸師クレオパトラは遺産目当てに結婚すると、夫である小人《ミジェット》に屈辱感を与え、毒殺を試みるが、小人の仲間たち――サーカスの怪物団の恐ろしい復讐を受け、最後には〝鳥女〟に変形させられる。

フリークスは、〝本物〟の畸形たちによって演じられているが、サーカスという閉じられた社会内では何の変哲もない普通の仕事仲間である。空中ブランコ曲芸師クレオパトラはそれを理解することに失敗し、自身の典型的な女性らしさを意識しながら、共犯者の怪力男ヘラクレスには定型化された男らしい正常人として相対し、小さな恋人に対しては変人として接する。彼女はフリークスの歓迎の呼びかけ、「仲間《ワン・オブ・アス》！　仲間！」を拒否したがために、罰として強制的に同類のフリークにさせられる。

ブラウニング監督のフィルムは相反する奇妙な論調を明示している。フリークスは同情の対象として扱われ、健常人のクレオパトラの冷酷非道さは四肢を切断されて変形させられる以前でさえ彼女をよりひどいフリークに見せる。そのいっぽうで、フリークスが雷雨の泥の中をズルズルと身体を引きずりながら彼らの獲物たち（クレオパトラとヘラクレス）に這いよる最終場面で、彼らフリークスの

トッド・ブラウニング監督『フリークス』（1932年）の出演者たちと。

肉体的外見が生み出す異質なものに対する観客の嫌悪感を故意に刺激する。

キャサリン・ダンの長編『異形の愛』（一九八九年）は、サイドショーの見世物興行を生業とするビネウスキー一家の物語だが、団長の夫は妻の妊娠期間中に一連の薬物を胎児に投与する実験によってフランケンシュタイン博士さながらにモンスターを誕生させる。〈アーティー、驚異の魚少年〉は幽霊噺や恐怖譚に対する自分の嗜好を妹のオリンピア（ハゲでセムシで白子の小人）に正当化して語る。

じゃ、おまえ、怪物や悪魔や幽霊やらってなんだかわかってるか？　ぼくらのことだよ、そうさ。ぼくやおまえ。フッウの悪夢に出てくるのはぼくらなんだよ。

鐘塔にあらわれて、聖歌隊少年の喉を食い破るやつ――それがおまえだ、オリー。そしてクローゼットに隠れて、暗闇で泣き叫ぶ赤ん坊の最後の息をすする奴――それがぼくだ。そして草むらをわざわざ揺らし、荒れはてた道路で黄昏になるとどこからともなく聞こえてくる背骨も凍る悲鳴――それはイチゴつみに出かけて、歌の練習をする双子さ。……こういう本はいろんなことをたくさん教えてくれるんだ。自分について書いてあるんだから、怖いもんか。ほら、ページをめくれ。(12)

『異形の愛』は感性における変容を明確に示している。もはやモンスターは他者ではない。オリンピアの語りは、創造者（フランケンシュタイン博士）とその打ち明け話に耳を傾ける友人（ウォルトン船長）の声との間に守られるように挟まれてはいない。彼女の虚構上の先祖、つまりフランケンシュタイン博士の化け物《クリーチャー》と似ているが、彼女の語りの声は作品全体を支配することを許容されている。彼女は確かに〝正常人〟の偏見と出合うかたわら、彼女自身の語りは伝統的なヒエラルキーを愉快に転覆するので、〝正常人〟であることが逆説的に変人となる。

オリンピアの家族内では、目立った欠陥のない赤ん坊は処分されてしまう。フリークスに対する従来の文化的態度の変換である。赤ん坊は異常であればあるほど、より尊重されるので、オリンピア自身の畸形ぶりは彼女の兄や妹たちと並ぶと比較的平凡であるが、ゆえに自分が完全無欠な畸形ではないことが悲しみの原因となっている。

実際、小説が展開するにしたがって、魚少年アーティーはカルト新興宗教〈アーティズム〉の教祖となる。その宗教では、健常者たちはアーティー以上のものになることで日々の問題から解放されることを模索する。つまり、四肢を切断することで。健常者は五体不満足になることを望む。オリンピアやアーティーのような畸形に生まれることがかなわないのなら、信者たちは自らの身体を進んでそのように改造する。アーティーの信奉者たちの中にふたりのバイカーがいて、彼らはすでに両腕を切断しているが、タトゥーの入った皮膚は慎重に乾かして保存してある。彼らはフリークになるための努力の過程で、因習的な肉体を改造するための実践活動の論理的帰結として切断に至ったのである。『異形の愛』はフランケンシュタイン博士的人物に満ちている。様々な人々がそれぞれ異なる動機から怪物を創造しようとする。ビネウスキー家の両親のほかにも誇大妄想狂のアーティーと彼の邪な外科医P、あるいはメアリー・リックもいる。彼女は博愛主義者の資産家で、女性が自らの可能性を完全に発揮できるように支援するのを本意としているが、それは女性の性的魅力を外科手術によって排除することによって達成させられる。傷だらけにしたり除去したりして、彼女の被保護者たちは科学者や宇宙飛行士になる。まるで〈アーティー教〉の切断信者のように、メアリー・リックの被保護者たちの精神は厄介な肉体から解放されるのだ。アーティー主義者とメアリー・リックの両者はともに、数多のダイエット本や雑誌に巧みに語られているのを見てもわかるように、われわれの身体を変えることで生活を変化させることに夢中になっている今日の文化を風刺している。

だが、この肉体に対する明らかな侮蔑にもかかわらず、『異形の愛』では肉体を置き去りにすることは困難なようである。さながら、ビネウスキー一家がどこへ行くにもアルコール入りのビンに詰めて携帯している実験に失敗した胎児のように、あるいはシャム双生児のイフィーが片時も離れることのできない脳死状態になった片割れの姉のように、肉体はつきまとってくる。

キャサリン・ダンの語りは一部の読者に対して、正常性を放棄し、オリンピアのハチャメチャな世界に完璧に没頭するように要求する。その世界の供給する愉悦は差異の知覚であり、および部分的にはその衝撃的な性質に由来する。はたまたその世界を共有するように、ブラウニング監督『フリークス』におけるセリフ「仲間《ワン・オブ・アス》」のように同類になりなさい、とオリンピアが読者を誘っているような感覚もある。

今日の文化では、奇妙《フリーキッシュ》な自己はもはや秘められていない。九〇年代後半には、〝変人《ギークチック》〟が束の間注目を浴びた。アメリカでは若者向け連続コメディ・ドラマ『フリークス学園』がTV放送されている。セレブ文化はしばしば、サイドショー的な香りを漂わせていた。マイケル・ジャクソンの頻度を増していく整形手術や風変りなライフスタイルは大ニュースとなって世界中を駆け巡った。そして本物のサイドショーが再生した。たとえば、〈ジム・ローズ・サーカス・サイドショー〉の驚異的な成功を果たした演目によって。そのショーでは、ペニスで物を持ち上げる怪チン男や〈人間針刺し〉の異名を戴く人物が人気を博した。

そうした自家製フリークに対する称賛にひきかえ、身体障害者を支援する活動家たちは均質化する主流文化に対して闘い、〝畸形〟としてでっちあげられた状況を〝矯正〟しようと努めている。慈善団体〈チェンジング・フェイシス〉は、自分たちの容姿は受け入れられないので自らの身体を〝標準〟に適合させるために手術を受けなければならない、といった立場に追いやられるような感情を抱くべきではないと主張する。こうした活動家の勇気と彼らの事業の有効性をおとしめてはいけない。それはおそらく、個性や差異を称賛する文化によって可能となる。そのような状況においてこそ、かつてフリークとして育った人々は、異常性の概念が文化全体に受け入れられるように懸命に闘うことができる。

AIDSとウィルス

エイズは血液や他の体液を通して伝染する病であり、世間では自堕落な生活と関係があると言われているが、コンテンポラリー・ゴシックの表象様式として採用されているのも驚くべきことではない。フランシス・フォード・コッポラ監督『ブラム・ストーカーのドラキュラ』（一九九二年）では、顕微鏡を用いて血球がスクリーン上に大きく映し出されており、ルーシーを襲う不可思議な血の病と現代における血液疾病との比喩的な関係性を明示している。

エレイン・ショウォルターは、エイズに関する現在の偏見と十九世紀末の梅毒に対するそれとの類似点を明るみに出している。彼女が論じているテクストは特にゴシックというわけではないが[13]。しかし、十九世紀末ともうひとつの新たな世紀末との間に横たわる類似点は、ウィル・セルフ『ドリアン』（二〇〇二年）で再び取り上げられている。その作品は二十世紀末版オスカー・ワイルド『ドリアン・グレイの肖像』（一八九〇年）と称すべき長編である。

両小説のドリアンは、これまで論じてきたモンスターとは趣を異にしている。ドリアンがモンスターであるのは、完璧な肉体を所有しているという意味合いにおいてであり、年老いたり容姿が衰えたりといった外見上の指標から逃れているからだ。かたや彼の肖像画は屋根裏部屋に隠されていて、彼の内的堕落と自然の老化過程の双方の外的兆候を一身に引き受けている。

ウィル・セルフの小説では、肖像画はヴィデオ作品『陰極スイセン』に置き換えられている。それには九つのスクリーンを全裸で堂々と歩き回るドリアンの姿が映っている。ホモセクシュアリティ（ドリアンが主として関係している青年は自殺志向の持ち主で、あるいはめちゃめちゃになった評判を背負って国を去る）に関するワイルドの含意は、一九八〇年代と九〇年代のゲイ・シーンを体験しているウィル・セルフには明白である。したがって、ドリアンの肖像画に現れる肉体の衰えの兆候はドラッグ中毒やエイズによる荒廃として再解釈されている。ウィルスがゲイの完璧な肉体を捕食しながらグロテスクな身体へと改造していく過程は、ゴシックでは自然の展開である。実際、ヘンリー・ウォットンは作者のウィル・セルフによって上流階級のヘロイン中毒者として再創造されている。彼はワイルド同様に素晴らしく機知に富んだ言葉に対する嗜好をもっていて、こう述べる。「私はゴシックを病気とみなしている――ケツにケルン大聖堂を突っ込まれているような感じだ[14]」。

カーニバレスクなイメージでは、信心深い中世ゴシックは身体の穴とおぞましく並置されることで転覆される。中世建築は肉体的な腐敗のメタファーとして再評価される——建築上のゴシックと文学形式のそれとの間の変更が序文できちんとまとめられている。しかしながら、ここではカーニバレスクは刷新の力をなんら持っていないようである——それは中身のない言い回し、空虚な名言であり、ヘンリー・ウォットンの現代性によって期待される死に対する聖人ぶった姿勢の拒否においてのみ転覆される。

ウィル・セルフの小説は、先行するワイルドの初期テクストでは欠けているふたつの鋭いひねりで幕を閉じている。エピローグは枠物語を構成していて、それまで読んできた話は登場人物のひとり——ヘンリー・ウォットン——によって、彼がエイズの断末魔の苦しみにあって創作された実話小説《ロマン・ア・クレフ》の原稿である事実が明かされる。ふたつの現存するコピーは、ヘンリーの妻ヴィクトリアとドリアン自身に読まれて議論される。しかもドリアンは自殺したようには少しも思えず、それどころか健康であり、ファッショナブルなメディアとデザインの会社〈グレイ・オーガニゼーション〉の代表として成功した企業家である。

『ドリアン』の物語は、ヘンリー・ウォットンの毒気を帯びた不快な想像力、およびドリアンの素晴らしい業績に対する嫉妬の産物であることが判明する。ドリアンはこう判断する。「彼は同性愛者自己嫌悪のひねくれた鬱病にかかってしまったんだ」。ネガティヴな認識のもとにゲイ・カルチャーを提示することで、セルフは招くかもしれないいかなる潜在的批判をも都合よくかわすことになる。(15)

『ドリアン』はエピローグで暗示されているように、ある種の同性愛者の心理状態――恥辱や自己嫌悪に足を踏み入れた症例であり、おそらくワイルドの歴史的コンテキストと一致するが、〈ゲイ・プライド〉や同性愛者が購買力を持つ時代にあってはアナクロニズムである。

だが、セルフの二番目のひねりは、明らかに抑制されていた脅威を復元している。ドリアンはヘンリー・ウォットンの声を聞き始める。一九九〇年代が制圧していた最近の建設的なゲイ・カルチャーの返報として。ヘンリーは彼にこう語る。「きみは偽りのアイデンティティのもとに生きてきた、本名ではなく。そしてきみはそれが不気味《ウンハイムリッヒ》なものであることに気づいている。ぼくがたいしてまちがってなければね[16]」。

ヘンリーは〝不気味なもの《ウンハイムリッヒ》〟の概念を強調する。これはフロイトによれば、「古くて長い間親しみのあった既知のものを呼び戻す脅威の類」であり、「密かに隠蔽しておかなければならないのに明るみに出てしまう[17]」すべてのことを言う。ドリアンが隠していたことは、もちろん、ヘンリーの原稿であり、そこで語られているすべて――〝他者〟ドリアンの放蕩と搾取、自己愛、殺人、そしてヘンリーのブラック・ユーモアと偶像破壊である。「彼女は死ぬべきだったんだ……名前がダイ（Di）だから。ヘンリーの声がドリアンの頭におどけた調子で侵入してきた。ダイアナ（Diana）妃（当然ながら、ドリアンの個人的な友人）の非業の死で世間が騒然となっていたときのことである[18]」。

罪悪感や老化現象、過失をおかしがちな自己を捨て去ろうとする試みは、ドリアンの肖像画との契約や脆弱な自我や多様な〝不気味なもの〟の帰還に終わるエピローグの超ドリアンの双方によって表現されている。暗黒面を否定し、屋根裏部屋に閉じ込めることは（作者のエピローグで語られるドリアンがヘンリーの原稿にしたように）、別種の隠遁行為《クローゼッティング》である。

　コンテンポラリーなゲイのアイデンティティはいたるところに見られる不気味な分身化現象として、美の同一モデル（『陰極ナルシス』におけるドリアンの容貌によって表象され、TV広告やポップ・ビデオ向けに剽窃され、文化のバーチャル・メタボリズムを通じてウィルスのように拡散した）に到達しようとする信奉者として提示される。(19) しかしながら、この肉体的な完全さの探求は互換性の恐怖、アイデンティティの喪失、身体と自己の断片化、肉体的な嫌悪感、アブジェクションなどを伴う。クラブに行ったりドラッグをやったりしてヘンリーの声から逃れようとしながら、ドリアンはグロテスクな身体領域の奥にいる自分に気づく。ヘンリーはドリアンを愚弄する。「あんたはなにもかも交換可能なんだぜ。チンコ、ケツの穴、ジーンズ、脳味噌。昨晩いたいかがわしい場所は、この世の終わりの不用品交換所のようなもんだった、認めるだろ？(20)」。

　死からの最終結果として、ウィル・セルフ版ドリアンの因果応報（元凶）として、ジェームズ・ヴエイン、ゲイでホームレスのドラッグ中毒者のジンジャーが、公衆トイレでドリアンを殺しにやってくる。痛烈なゴシック的幕切れにおいて、流行のはかなさは人間の生活のそれと同じであり、屈辱的な殺人の恐怖は表沙汰になることを避ける。「だが、そろそろ彼もまた、ジンジャーがナイフとともに与えた美しい新品のネクタイは温かくてネバついた流動体であり、そして長い間ファッショナブルでありつづけることはほぼありえないという事実を受け入れる潮時だ(21)」。

肉体と精神

パトリック・マグラアの短編「天使」(一九八八年)もまた、オスカー・ワイルドの『ドリアン・グレイの肖像』を反映しているが、より間接的に八〇年代のエイズ蔓延の影響下にある。この物語は近年の数あるゴシック作品のひとつで、宗教に新たに関与しているらしく、グロテスクな身体と超越的な精神との二項対立を問題化し、充実、深度、精神的な意味――さらには信仰の回復に対する葛藤を語っているようだ。それらはこの場合、今日の文化における〝神学に手を染める〟とグラハム・ウォードが述べていることを反響している。[22]

ウォードによれば、神学的伝統への回帰が後期資本主義の顕著な特色のひとつであり、それは信仰の商品化および〝市場開発されたライフスタイルへの変換〟に対する反動である。しかしウォードにとって、ゴシックは宗教を制作するさいにグノーシス主義を文化的想像力に再導入するための特殊効果として利用される。すなわち、黙示録的世界における光の力と闇の勢力との闘いである。[23] その主張は大雑把に言って正しいが、それも西欧文学の伝統を論じる文脈においてのみである。というのも、それはゴシック・ディスコースおよびそれらディスコース内における宗教的立場に対する所見を減じるからだ。

実際、ゴシック・テクストにおける善と悪との戦いは、しばしば特異な神学的論議で満たされてきた（たとえば、ジェームズ・ホッグ『悪の誘惑』のカルヴァン主義批判、シャーロット・ブロンテ『ヴィレット』の激しい反カトリシズム、あるいはJ・シェリダン・レ・ファニュ『サイラス叔父』のスウェーデンボルグ主義）。ことにヴィクター・セージは、これまでホラー・ライティングの〝プロテスタント伝統〟において結実した特異な神学的論争の跡をたどっている。(24)ウォードの命題を裏付ける例外的なテクスト——ブラム・ストーカー『吸血鬼ドラキュラ』における〈光の一団〉と吸血鬼王との戦いは、おそらくもっとも明白な例——においてさえ、今日の学問はそれら区分を大いに問題化しつつ、ドラキュラを様々なセム語族として、ないしは植民地の他者として、また〈光の一団〉をホモソーシアル、最初のファシスト同盟として解釈する。(25)

一連のディスコースとしてのゴシックが、とりわけホーナーとズロスニックが主張したように、〝常に境界と不安定性に関心を持っている〟のであれば、それは善と悪、光と闇、確信と疑念との明白な区分が問いただされたり不鮮明になったりする場と見なすことができるだろう。(26)既存の二項対立を抑止するために、ゴシックのモチーフ——たとえば遺伝や感染など——を前景化するのだ。マグラアの「天使」、同様にルパート・ウェインライト監督の『スティグマータ　聖痕』（一九九九年）やジョエル＝ピーター・ウィトキンの写真作品などは、この霊的葛藤を表象する優れた例である。

今あげた三つのテクストのうち、超越をもっとも頑なに拒否しているのはパトリック・マグラアの「天使」である。バーナードは、ニューヨークのバウリィー地区在住の作家で、同性愛者で年長のハリー・タルボーイズという友人がいるが、新作の素材が何か見つかるかもしれないと思って、その男に身の上話をさせる。するとハリーはジャズ・エイジの頽廃期にドリアン・グレイ風のダンディな男、アンソン・ハヴァーショーと恋仲になったことを語る。しかもその相手は天使だったというのだ。バーナードが信じないので、ハリーはやむなく嘘をついていたことを告白するが、ただしそれは天使の正体についてだけだという。つまり、アンソン・ハヴァーショーという人物はハリー自身にほかならず、したがって自分こそが天使であるという。ついでハリーはズボンと下着を脱いで下腹部を露にし、腐ってほとんど原型をとどめていない器官や肉の裂け目から覗いている骨を見せる。意外な事実が明かされる瞬間、われわれは両義性に引き裂かれる。それは身体的恐怖の衝撃を通して一種の精神的真理を提供していることを明言するかたわら、そのヴィジョンは救いがたいほど汚らしく、陳腐でさえある。「そのとき私が目にしたのは、年老いた男が自分のズボンを引っ張りあげているのを、若い男がみすぼらしい部屋の片隅に立って眺めている光景だった[27]」。

バーナードは、ハリーの物語を執筆しなければならないと感じるが、別の面では今や気づいている。創作――そして人生――はくだらないもので、最終的には自分は死ぬことができるとわかっている事実が唯一の慰めだと気づく。

パトリック・マグラアの短編は精神と肉体との不可思議な並置を示す。ハリーは堕天使であるとそれとなく知れる。自己表現の教義に従う堕落したカトリック教徒で、ウィリアム・ブレイクが『天国と地獄の結婚』(一七九〇年―九三年)の悪魔で表現したそれと同趣向である。だが、現世的な二十世紀のニューヨークには、ハリーの堕落を査定する天国も地獄もない。彼が〝もうひとりの自分《オルター・エゴ》〟であるアンソンのことを述べるように。「罪など彼にはなんの意味もない。彼は……そんなものがあるとは信じられなかった時代の純なる魂だった[28]」。

腐肉の臭いをマリファナの煙で隠蔽しようにも真夏のマンハッタンの耐え難き熱気の中ではほとんどできない。天使は肉体が牢獄である俗世間に囚われて永遠に生きるように運命づけられているようである。だがそれは、肉体は神聖だという彼自身の教義とは一致しない。キリストが自らの傷を誇示するように、ハリーは肉体的顕現を通して自身の不死性の吐き気を催す証拠を示す。とはいえ、聖なるものとしての肉体に関する彼の見解は正統派の教会に認められるようなものではない。バーナードはこう記している。「けっきょく、カソリック信者は、堕落しているかそうでないかはともかく、身体は寺院であって、不浄なものはなにひとつないと信じることができるのだろうか?[29]」。

さらには、聖なるものとしての肉体の概念は、ハリーの肉体的腐敗が生み出すイメージの純然たる恐怖と矛盾する。バーナードはハリーの薄汚い整形外科用コルセットの下に何があるかチラッと見て知っているが、それは確信をいだかせるどころか、むしろハリーの存在意義をしだいに失わせる。「これが天使であることの意味なのだ。少なくともそのとき、私はこう思ったことを覚えている。彼の肉体、寺院が炎のまわりで崩壊しているあいだに永劫の命は彼の中で燃え尽きたのだ[30]」。

マグラアの天使は醜悪であるばかりか、惨めで、「哀れな老人……孤独でみすぼらしい[31]」。キリストよりもフランケンシュタインの怪物に近い。なにがなし醜怪で悲惨であり、声と歴史を与えられている。もちろん同様に、フランケンシュタインの怪物もミルトンの堕天使サタンと比較される。ハリーの自己表現に関するブレイク主義は、アメリカのジャズ・エイジにおけるホモセクシュアルのアイデンティティの台頭と対応しているが、「天使」が執筆された一九八〇年代のエイズ発生が不可避的に呼び起こされる。マグラアは、ハリーの腐敗していく肉体を神聖なもの、あるいは明らかに当時のエイズ患者によって喚起される強い嫌悪やアブジェクションを想起させる冒涜的なものとして決めつけられることを拒否するいっぽうで、わかりやすい道徳的判断を困難にしている。

ルパート・ウェインライト監督の映画『スティグマータ　聖痕』もまた、シナリオは精神的領域と俗世間とのはざまに設定され、しかもまさに肉体を通して描かれる。映画は世俗的な不信心者が聖痕《スティグマータ》の兆候を示し始めるという仮定にもとづいている。それは女性の主人公が死んだ司祭とチャネリングを行うことで生じる。そしてその司祭は、キリストが書いたと言われている〝新しい〟ゴスペルを隠蔽しようとするヴァチカンの陰謀を暴露したいと思っている。

映画は、一九九〇年代のオルタナティヴ・カルチャーによって力説され、とりわけゴス・カルチャーで熱狂的に受け入れられた身体改造の魅力にかかわっている。タトゥーをしたり身体を改造したりするイメージは（ヒロインのフランキーは臍にタトゥーとピアスをしている）、キリスト教徒の禁欲（苦行）に匹敵する。フランキーはプラットフォームシューズを履いているさい、脚に傷を負う。彼女がナイトクラブで〈荊の冠〉を受け取るシーンは、科学物質の刺激によるエクスタシーを連想させる。ドンチャン騒ぎをする人は、そのような恍惚状態を期待するのはあたりまえかもしれないが。

ルパート・ウェインライト監督『スティグマータ　聖痕』（1992年）のパトリシア・アークエット（フランキー役）。

しかし、フランキーの意思のおよばぬ自身の傷の出現によって、『スティグマータ　聖痕』は自傷行為と身体改造とに共通する解釈から逸脱する。ちなみに自傷行為や身体改造に対する共通解釈によれば、それらの行為は特別な心理的機能の実践だが、つまりは無力化された個人が自らの環境に統制力を発揮するのと同種の別の方法だ。信仰の欠如が逆説的にフランキーを殉教者にする。少なくとも当初は、聖痕が彼女に与えるのは苦痛のみで安らぎではないからだ。

グラハム・ウォードにとって、『スティグマータ　聖痕』は異常なほど急進的で、ジェンダー化された身体の内臓イメージを通して信仰の暴力的な到来の形態を提示し、伝統的な身体／霊魂の二項対立を無効にする。フランキーは映画の結末で受難から恩寵へ移行するが、現実逃避家のウォードにおあつらえ向きの展開となっている。ただし、映画の最初の部分で異議申し立てされているように見える肉体と魂の区別が聖トマスのグノースティック・ゴスペルを通して回復するように思われるかぎりは。

グラハム・ウォードの解釈は刺激的だが、ゴシックの伝統を過剰に単純化するあまり映画のより明白な一般的特徴を見落としている。十八世紀および十九世紀初頭のゴシック小説においては、概して作者はプロテスタントであり、カトリック教義の異国風な徴に対する覗き見趣味的魅惑がある。すなわち、僧院や女子修道院の神秘、異端審問の恐怖、視覚的偶像への依存などだ。〝善き〟カトリック教徒、たとえばラドクリフ夫人の『ユードルフォの謎』に登場する高徳な聖オーバート氏のような人物は、プロテスタントの読者たちと一致する価値や信仰を時代錯誤的に表現する傾向がある。『スティグマータ　聖痕』は、その伝統に申し分なく分類することができる。〈カトリック教会〉は、信仰に反する腐敗した機構として提示されている。善き司祭が信仰を取り戻すには〈教会〉を拒絶する（そして、言わず語らず独身でいる）しかない。宗教的事物に対する過大投資（フランキーの憑依の引き金となる盗まれたロザリオのような）は、それら物体が魔術的力を所有しているという迷信と見極めがつかなくなっている。異端のゴスペルは教会による自然発生的な神学者との直接の関係を伝道するが、それは結果としてプロテスタントの見解をより助長する。

コンテンポラリーなゴシック・アーチファクトとしての『スティグマータ　聖痕』で特筆すべきは、すべてのゴシック項目にチェックを入れている点だ――一般的な特徴はすべて的確に揃えている――が、破滅や両義性で幕を閉じずに信仰の肯定で片をつけている。身体表層の徴は、ゴシックではお馴染みのモチーフだが、それ自身を指し示さず、筆舌につくしがたい霊的存在の神秘を表示する。頻繁に言及されるフランキーのアパートメントに充満している花の香り――神聖さの臭気――は映像の聴覚・視覚の基盤を混乱させ、鑑賞者が体験として接近できずに想像するしかない何かを暗示している。さらには、恐怖の源泉は〈悪魔〉ではなく、大方の〝憑依もの〟ドラマのように神自身である。そして不可解にして神秘的かつ暴力的だ。世俗的な文化における宗教的感情の復活は、究極的な〝抑圧されたものの回帰〟のように思えてならない。フランキーはブラジル人司祭に憑依されている（これに反して、彼女がキリストを体験するその瞬間に〈教会〉の調停が回復される）というのは口実で、結局、ジーザスではなく――神による憑依は、つまるところ正真正銘の異端と見なされる。

同様に精神と身体、聖と俗との不安定な結合は、アメリカ人の写真家ジョエル＝ピーター・ウィトキンの主要作品を特徴づけている。ウィトキンはキャサリン・ダンと同じように見世物の伝統に掉さす創作をしている。主題はフェティシストやフリークス、解剖用の死体であり、挑発的な活人画としてセットされ、しばしばルネサンス絵画の古典的イメージに言及している。そのイメージは写真が真実を語るという特性を疑問視する。十九世紀の伝統的な医学写真ないしはフリークス像が名士や科学的知の対象として記録されている名刺サイズの写真とは異なり、ウィトキンの写真は夢や悪夢に似ている。人工的な背景のもとに用意周到に演出されたり、黴や引っかき傷をつけて故意に画像の質を落としてから現像されたりして、もはやそれら写真はフィルムの質感をとどめていないが、そのかわりに秘密の手書き原稿から破り取られたページを思わせる。そしてモデルは被写体とみなされていず、むしろ苦悩と欲望の強烈かつ示唆的な魔術的シンボルに変貌させられている。

ジョエル＝ピーター・ウィトキンは魔術を奇怪なものに再構築する。彼のフリークスは悲劇的な医学上の障害ではなく、不思議や驚異、そして前兆である。彼の作品が問題視されるのは差別につながるからだ。つまり、身体障害者を建設的に表現する今日的な考えとは一致しない。ウィトキンの数多くのイメージは歴史的様式美を巧みに用いており、事実、古典的な表象モードを想起させるが、それら伝統的な手法も場合によっては、今では問題視されるかもしれない。にもかかわらず、各イメージはそれら被写体との密接な協力関係において普通に制作されており、ウィトキンによれば、西欧文化が無視しがちな存在に対する可視化を復活させているのである。

被写体の身体障碍者たちは見世物として提示されているが、イメージの両義性が鑑賞者にとってそれを分類し、哀れむ、ないしはその逆に被写体に適合することを困難にしている。ウィトキンのフリークスは飼いならされていないのだ。彼らは奇妙で、不穏で、凝視するのがむずかしいこともある。この点でテクノロジーは写真という形式において、フリークスを類別も〝治療〟もしない。だが、特異で、美しく、実に不安にさせる存在となりえる可能性を彼らに与える。

ジョエル＝ピーター・ウィトキンは、古典的な歴史画もしくは特別な絵をパスティーシュするが、そうすることで作品に不気味な質を与えている。お馴染みのイメージがグロテスクなひねりとともに再びとりあげられるのだ。

『侍女たち《ラス・メニーナス》』は、ヴェラスケスの有名な絵画のウィトキン版だが、王女を痕跡脚の九歳の女の子と置き換え、車輪の付いた釣鐘型の籠の上に腰掛けさせ、その装置の底には先端を上向きにした大釘がい

『ラス・メニーナス』ジョエル＝ピーター・ウィトキン（1987年），ゼラチン・シルバー・プリント写真。

くつも突き出ている。元の絵画の王女のように、少女は力強く同時にか弱い。彼女は籠に閉じ込められているのではないが、それなしでは動けない。厄介な大釘はハンス・クリスチャン・アンデルセンの人魚姫をかすかにほのめかしているが、その半人半魚もまた驚異のフリークであり、針とピンの上を歩いて残りの人生を過ごすという代償を払って人間としての完全な姿を獲得した。こうした脅威のほのかな感覚がイメージを支えている。

王女の位置にいる少女の両目は薄いベールに覆われているが、これは目隠しや仮面と並んでウィトキンの多くの作品に繰り返し用いられるモチーフだ。被写体の遮断されたまなざしが逆説的に彼らをより有力な人物、さながら幻視者ないしは予言者のように見せる。見つめ返さないのが故意であり挑発的のように思え、見るという行為についてわれわれをより自意識的にさせる。『侍女たち』における十七世紀カトリック国スペインは、『放浪者メルモス』や『マンク』のようなゴシック小説と似たような方法でゴシック化されているが、双方ともにこの特別な建造物の支柱を熟知していて、神秘と欲望の感覚像を断念することなく観察者にまなざしを戻す。

実際、ウィトキンがリアルなモードによる表象を控えるのは、フレームの彼方を指示し、肉体の超越性を指し示しているからだろう。これまでウィトキンは、あるレベルでは、自分の作品はすべて自分自身のことだと語っている。厳密に言えば、自分の知らない部分についてのことだと。未知の部分を丹念に探索することで、ウィトキンは無意識の暗き深遠ばかりか神秘的なもの、崇高《サブライム》なものまで身振りで示す。

ウィトキンの人物像の中には明らかにアレゴリカルなものがある。たとえば、「プルーデンス」のような、前方を見つめる若くて美しい顔と後方に向けられた死体の首とを合わせ持つ双頭の女性、あるいは、「アバンダンス」では、壷から生え出ているかのような四肢のない女性が見事にバランスをとって頭に花かごを載せている豊潤かつ魅力的な姿を見せている。他の場合は、細部と事件性に富んでいるために物語が暗示されていて、一言では表現できない。それらは問題を提起し、解釈よりむしろ困惑や狼狽を誘発する。なぜ「レダ」は骸骨のように痩せているのか、小児麻痺を患った服装倒錯者なのか？　どうして「美女」には乳首が三つあるのか？

ウィトキンが宗教的図像に影響されていることは明白だ。具体的に言えば、カトリックの家庭で育った名残がある。彼は聖なる苦難の質を被写体に添える。被写体は今日的な殉教者や聖人となり、異質であることの負荷を担っている。かくて、「ウン・サント・オスキュロ」において、被写体は皮膚や髪、瞼、あるいは四肢の欠損したサリドマイドの被害者であるが、そのイメージは受難の聖像へと翻訳され、そうした状態（ひいては、人間の条件）のとぎれることのない恐ろしい痛みを超越している肉体は精神的存在に到達している。グロテスクは崇高美《サブライム》への門なのだ。

したがってウィトキンの作品は、今日のいかなるアーティストによる作品よりも徹底的に首尾一貫したゴシックでありながら、究極的にはゴシック的感受性の変化を示唆している。イメージの遂行、たとえば閉所恐怖症、歴史的出来事のパスティーシュ、不気味なものと純粋な恐怖などは長年培われてきたゴシック的財産でありつつも、苦悩する肉体に対する精神の回復は新たな一種のゴシック・リバイバルを、現世的な時代に対する精神性を暗示しているようだ。

ウィトキンの解剖用死体は、グンター・フォン・ハーゲンスのそれとは異なり、名無しの権兵衛ではない。アイデンティティに満ちている。彼らは意想外にリアルでことのほか人生に満ちている。「インタラップテッド・リーディング」の座ったポーズをとる女性、「静物画《スティル・ライフ》」の首、その空洞になった脳には花が活けられている。アートの歴史的様式に対する気の利いたシャレである。双方ともに疑いようもなく死んでいるのと同時に、不穏で挑発的に〝まだ生きている《スティル・アライブ》〟のだ。それらはいぜんとして現在進行中の身体であり、カーニバレスクな身体であり、断片化され、損傷され、歪められた身体である。それら身体はけっしてユーモアを欠くことはなく、断じて人間以下でもない。腐敗していく肉体の組織を所有しており、プラスチックではない。それらは死の戦慄と不思議さを保持しつつ胸糞悪い笑いを喚起する。

グンター・フォン・ハーゲンスとジョエル＝ピーター・ウィトキンの両者はともに科学のディスコースを想起させる。フォン・ハーゲンスは公然と、ウィトキンは医学写真の系統を通じて。二人ともある意味で身体を超越しようとする。フォン・ハーゲンスは身体を保存し、意のままに形作ることで。ウィトキンは身体に精神を吹き込むことで。

それでもなお、フォン・ハーゲンスは人間の身体の〝事実《リアリティ》〟を展示することを約束する。とはいえ、彼のリアリティは悪化（貧弱化）され、身体は物質に帰着し、意味を略奪されている。

しかし、ウィトキンはリアリズムから逃避することで、神秘的ないしは精神的〝真実《トルース》〟の観点から身体を提示していると言える。これはコンテンポラリー・ゴシックにおける身体のパラドックスである。と同時に、一連のシミュラークルにおけるもうひとつの特徴でもある。際限なく繰り返され、果てしなく操作可能だ。かたや、その身体性はこれまで以上に提示される。非物質化・情報化社会であるにもかかわらず、われわれはたえまなく執拗に断言する——身体が息をし、夢を見、痛みを感じることを。

第三章　十代の悪魔たち

ゴシック・ティーンズ

数多くのコンテンポラリー・ゴシック物語の中心には、明らかに思春期の身体がある。というのは矛盾している。なぜなら、十代の身体の物質性は破壊に対する本能的恐怖を通して強調されるが、そのいっぽうでティーン・ゴスのアイデンティティはパフォーマンスとプレイを通して――ゴシックが提供するドレスアップのための特別な機会を通して形成されるからだ。

ニュー・ティーン・ゴシックにおける〝表面装飾〟、仮面、ベール、そしてイヴ・セジウィックがゴシックのもっとも特異で大胆な特徴の一部[1]として同定している変装は、きわめて重要である。コンテンポラリー・ティーンエイジ・ゴシックは明言する。しばしばスタイルを通して表現されるサブカル的な反抗とメインストリームの大衆娯楽とは敵対関係にあることを。

ロブ・ラザムは十代の若者向け吸血鬼映画『ロスト・ボーイ』（一九八七年）についてこう記している。「消費……ティーンにとっては自己表現の手段であり、またファッションの形で具体化されるものでもある。結果として、自己開発と搾取の相反する弁証法であり、ティーンは消費者であり消費される者、吸血鬼であると同時に犠牲者でもある」(2)。服装を通じて消費主義者の責務とパフォーマンスの悦楽が交差する。

これまでずっとゴシックは思春期と強く結びついてきた。二十世紀の概念をそれ以前の世紀のテクストに当てはめるには用心しなければならない――子供時代を制定する概念は常に文化的・歴史的に特異なものである――が、アン・ラドクリフの初期ゴシック小説のヒロインと当時の彼女の読者はほとんど常にかわらず成人のとば口にある若い女性であり、彼女たちの処女性の危機がプロットを推進させる原動力となっている。『ユードルフォの謎』（一七九四年）におけるように、その時代でさえ悪漢はヒロインの人格よりむしろ彼女の資産に関心を示している。ヒロインの純潔状態は経済的価値を強調している。結婚に適した商品としての、また彼女の相続遺産が夫に継承されるまでの法的執行者としての価値である。強姦の可能性に対するたえまない警戒。ラドクリフ夫人の語るエミリー・セント・オーバートは子供時代のルソー的無垢と結婚適齢期の性的な成熟との閾域にいる。そのエミリー・セント・オーバートとコ

ゴシック・ヒロイン。アン・ラドクリフ作『森のロマンス』(1832年版)の木版画挿絵。

ンテンポラリー・ゴシック・ティーンエイジャー、たとえば映画(一九九二年)やTVドラマ(一九九七年―二〇〇三年)でお馴染みの『吸血キラー　聖少女バフィー』のバフィー・サマーズとのあいだにはかなりの道のりがあるように思えるが、歴史的隔たりはあるものの、バフィーとエミリーは明らかに同じ伝統の表象に参加している。

エレン・モアズは画期的な研究書『女性と文学』で次のように論じている。女性作家に対してゴシックが放つ魅力は、少なくともそれが「少女時代の残虐性」[3]の捌け口として機能するためと考えられる。〝少女時代〟は、ここではゴシックの血統に沿って示唆的に構築されている。すなわち、〝上品さ〟、是認されている家父長制、大人の女性らしさなどを乱雑に転覆するものとして。『嵐が丘』（一八四七年）のキャシーの反抗から映画『ジンジャー・スナップス』（二〇〇〇年）やレイチェル・クラインの小説『モスダイアリー』（二〇〇四年）における現代のティーンエイジャーの不安に至るまで一直線の軌跡がある。

モアズによれば、初期ゴシック小説のヒロインは自分たちの歴史的文脈に対して大胆不敵で、より伝統的な男性優位のピカレスクに取って代わる可能性を与えられている。ロバート・キーリイがラドクリフ夫人の描くエミリーに注目しているように、「私たちが怪しむのは、彼女の処女性ではなくストレスに対する彼女の創意工夫である(4)」。『吸血キラー　聖少女バフィー』は、先行するゴシックにおける女性らしさのモデルに対する自意識的な批評かもしれない――シーズン2のエピソード「ハロウィーン」で、バフィーは魔法のかかったコスチュームで十八世紀のゴシック・ヒロインに変化し、あわや殺されそうになると予想通りに失神して面白半分に気を引き始める――が、シリーズはラドクリフ夫人の時代のエミリーやアメリアのようなキャラクターなしでは存在しなかっただろう。すでに彼女たちが地下通路や地下墓所への探検を果敢にも遂行していたからこそ、より機知に富み自覚的な今日の子孫が誕生したのである。

思春期と見なされるものは、たえずゴシックの読者と同定されてきた。マシュー・グレゴリー・ルイスが十九歳のときに創作した『マンク』に対する書評で、サミュエル・テイラー・コールリッジは不承不承ながらも、その作品が子供の目に触れないところに置かれるようにと律儀に警告している。「『マンク』はロマンスであるが、両親は息子や娘が手にしているのを目撃したなら、当然青ざめるだろう」[5]。

『ノーサンガー・アビー』（一八一八年）でジェーン・オースティンは、十七歳のキャサリン・モーランドとその友人のイザベラ・ソープがゴシック・ロマンスに夢中になっていて、新刊のタイトルをリストアップしたり、お気に入りの作品――当然、『ユードルフォの謎』について熱狂的に語ったりする様子を描いている。キャサリンは、「十五歳から十七歳まで……ヒロイン修行をしていた」が、一読んでいる作品に夢中になりすぎて、実生活をまるでゴシック小説であるかのように見なし始め、一連の滑稽ではあるが笑い事ではすまない勘違いを抱く[6]。オースティンは、今日の批評の非難に応じている。つまり、読書は若い女性をダメにするという非難に。女性に不適切な感情を導入する（一七七四年刊行のジョン・グレゴリー著『娘に贈る父の遺言』が裏付けている）、あるいは実生活に対してバカらしくて無駄な対処をさせる（一七九二年刊行のメアリー・ウールストンクラフト著『女権の擁護』で実証済み）というのだ。キャサリンは、ティルニー大佐は自分の妻殺しの犯人だという軽はずみな疑惑を抱いたことに恥じ入る。

しかし、フェミニズム批評が定着した今日では、多くのゴシック小説でヒロインの失墜の原因となる財産に対する家父長制的強迫観念は、ティルニー大佐の暴君的な行動を理解するための有効なモデルを提供してくれる。すでにオースティンは、作品の中で自分のお気に入りの作家に対して防衛線を張りめぐらしている。事実、『ユードルフォの謎』におけるラドクリフ夫人自身のモラルの趣旨、つまり想像力は常に理性に従うべしという点を支持している。とは言っても、ゴシック・テクストに取り憑かれた感受性の強い若者たちを堕落させると思われている力は、数世紀にわたって反響し、暴力的なホラー・ビデオや〝悪魔崇拝的〟ロックミュージックに関する今日の論争にまで鳴り響いている。啓蒙主義時代の間、文学は教育的道徳機能を持つものとされたが、そんなことはほとんどのゴシック・テクストでそれとなくバカにされていた（とはいえ、同時代のゴシック作家のなかでもラドクリフ夫人の評価が高い理由の一部は、彼女の小説は理性の価値についての教えをモラルとして読むことができるといった事実による）。

ジョンとアンナ・レアティティア・エイキンのような作家はエドマンド・バークの崇高《サブライム》理論に影響を受けているが、恐怖譚の目的を説明するために新しい意味を産出しようと奮闘努力しながら、超自然的〝精神の覚醒〟、そして〝その力の拡大〟を引き起こす幻視によって誘発される想像力の刺激を示唆している。(7) さらには最近の多くのホラー映画は、実際かなり強烈な道徳的教訓を含んでいると論じることもできる。

多数の批評家が指摘してきたことだが、ホラー・テクストは支配的イデオロギーを支援することもある。善人には報酬、悪人には罰で幕を閉じるといったぐあいに。自己言及的ホラー映画『スクリーム』（一九九六年）が示唆したように、「ホラー映画で生き残るためには守らなけりゃならない規則があるんだ。たとえば、ルールその1。セックスはけっしてしてはいけない……その2。ぜったいに酒を飲んだりドラッグをやったりしてはいけない――悪の要因だ……そしてその3――ぜったいに、なにがなんでも、どんな状況でも、これだけは口にしてはいけない。〝すぐに戻るよ〟」悪行はブギーマンに常に罰せられる。もっとも健全なティーンエイジャーだけが続編でモンスターと再び対峙することができる（この伝統にひねりを効かせて転覆しているのが二〇〇〇年公開の『インシデント』で、連続殺人鬼は処女しか殺さないので、高校生たちに性的熱狂を引き起こす）。

超自然によって提供された快楽とはいえ、暴力や凄惨なシーンはあいかわらず批判者たちに不安を抱かせる。ホラー映画に対する少数派とはいえかなりの数にのぼる危惧を抱く大人の集団から引き出されているらしい懸念は、道徳的なあいまいさは言うまでもなく、映画の途中で語られることのほうが結末より勝っている点にある。つまり、伝統的な勧善懲悪を伝えるためとはいえ、物語の進行過程で成就する堕落ぶりはやりすぎではあるまいか、というわけだ。

批評家エリザベス・ナピアーが語っているように、ゴシックの鑑賞者は、「人がこわがることで喜び、苦痛から快楽を得、恐怖を楽しむ(8)」のか、と常に詰問されつづけてきた。こうした反応の相反る感情、あるいはナピアーが表現しているように、不安定な性質は、このジャンルの明確な特性の最たるものだ。そこにはおそらくマゾヒズムの要素があるのだろうが、それだけではなくより重要なのは、クリス・ボルディックが不安に対する〝同種療法《ホメオパシー》〟として言及してきたようなものがある。若干の恐怖、それはとりわけ明らかに虚構であり、実生活からの逃避の形式であり、実質的には身の安全が保証されていて、いっとき夢中になれることが許されているがゆえに恐怖の感情を受け流すことができる、というわけだ(9)。

今日の西欧文化は思春期を特別な不安の時期として、また幼年時代の〝無垢〟と成人の〝知識〟とのあいだの移行期として構築している。その枠組みのなかで、ゴシック物語は、〝未知〟の恐怖と折り合いをつけるための特別な戦略を提供しているように思われる。

サブカルチャー・スタイル

ティーンエイジャー・プロパーは、新たな購買層をやっきになって同定し獲物にする戦後大量消費文化に生み出された。十八世紀と十九世紀では物語の主流は性的成熟のとば口にある若い女性だったが、コンテンポラリー・ゴシックではモダン・ティーンエイジャーだとつくづく思う。彼女たちは二十世紀と二十一世紀の西欧文化が思春期に転嫁したあらゆる不安と欲望を抱えている。

ティーンエイジャー向けゴシックの大量生産現象は、ティーンエイジャーを集金対象の有価物と見なす商業マーケティング・マシーンの駆動の痕跡である。たとえばR・L・スタイン作『グースバンプス』シリーズのような思春期前のヤングアダルト向け大衆小説からアメリカの高校を舞台にした十八禁ホラー映画までの作品があげられる。

それとは対照的に、自主的な若者文化《ユース・カルチャー》は一九七〇年代後半から発展してきた。その美学はゴシック文学や映画的伝統から派生し、主流の消費主義や広告に比較的あらがっている。こちらのサブカルは、いわゆる〝ゴス〟として知られてきたが、けっしてティーンエイジャーに制限されるものではな

ゴシック・ヒロインの今日的な解釈。ウィットビー・ゴシック・ウィークエンド（2005年4月）にて。

ゴシック・ヒロインの今日的な解釈。ウィットビー・ゴシック・ウィークエンド（2005年4月）にて。疑似年代ものとパンクとフェティッシュ・スタイルのコンビネーション。

く、マスメディアにおいても大々的に表象され、ホラー映画それ自体の内部においてさえ、否定的なステレオタイプとして描写されている（そうしたイメージの修正は、『ブレア・ウィッチ・プロジェクト』の続編『ブレアウィッチ2』で試みられているが、残念ながらゴス・ガールは比較的共感できるキャラクターとしてしか描かれていない）。とはいえ、ティーンエイジャーとゴシックとのつながりは、一般的な認識のゴス・サブカルに頼りがちである。双方ともに問題にしたい概念だ。

ゴスは賛否両論、ときにはかなり論議をかもす用語である。ここでは、そのヴィジュアル・スタイルや最大の関心事がゴシック文学と映画的伝統に由来する若者のサブカルのことをさす。

ゴス・サブカルは一九七〇年代末の英国で最初に登場したが、若者による多くの文化運動のように、たちまち大西洋沿岸諸国とその彼方へ広まった。ゴスは一連のヴィジュアル・スタイルと同じものと見なすには留意すべきサブカル的実践を含むが、同時にメインストリームとオルタナティヴ双方のメディアによって均質化されたり定型化されたりもする。メディアの一連の特徴的な反応は、サブカルを滑稽な気取り、傍若無人、そして中産階級に分類する。

ジョニー・シガレットは、今や廃刊となっている英国の音楽雑誌ヴォックスで次のように書いている。「お行儀がよく、ものすごく地味な育ち方はもうけっこう、だからゴスはあえて不快なことに熱中し、苦しみ悩み、自滅的に振る舞い、日がなのんべんだらりと過ごす」[10]。

エレン・バリーは、ボストン・フェニックス誌で同じようなことをより共感を込めて書いている。「当初から、ゴスは中産階級のとりわけ厭世的な若者たちに語りかけていた。追従者たちは彼らの富裕な両親や良家の坊ちゃんお嬢さんのクラスメイトに、そして陽気な一般の文化にうとんじられる……キーツを読みすぎるのがそんなによくないことなのか?」[11]。

二〇〇六年のガーディアン紙の記事によれば、たくさんの元ゴスたちが航空会社関係の職業に落ち着いているらしく、そこからサブカルはより知的なティーンエイジャーを惹きつける傾向にあるという事実に結び付けている。[12] 興味深いことに、そのような反応はサブカルに対する内部からの共感を込めたパロディとして使用されることがある。たとえば、ジョーネン・ヴァスケスの風刺のきいたマンガ『殺人狂ジョニー』に登場する〝アン・グウィッシュ〟やセレーナ・バレンティーノの親しみのこもったお茶目なコミック・シリーズ『グルーム・クッキー』。逆にワイドショーや極端な保守主義のアメリカン・クリスチャンは、ゴスとサタニズム、サド・マゾ、吸血鬼活動との一連のつながりをもっとセンセーショナルに提示する。

衣料品はゴス・サブカルに絶対不可欠なものである。ゴスはディック・ヘブディッジが〝見世物《スペクタキュラー》〟サブカルと名づけたものに大別できる。それは賛否両論をともないつつも明確に認識できるヴィジュアル・スタイルを通じて象徴的な反抗を演じようとする。(13) サブカルの他の局面――音楽、特定の本や映画に関する共通の趣味、クラブ巡り――は、ゴス・アイデンティティ形成に重要だが、おそらく決定的な特徴は見た目である。ゴス・スタイルは多くの順列組み合わせを有していて、地域と音楽の趣味の双方によって異なる(オーストラリアでは、不健康そうな顔色を保つために日傘をさしている)。

しかしながら門外漢には、実に首尾一貫しているように見える。年代ものの黒服の組み合わせ、パンクやフェティシュ・スタイル、凝った宝飾品類、男女共に〝吸血鬼《ヴァンプ》〟メイクアップ、染めた髪、それもまた黒が多いといった具合。彼らのスタイル・アイコンはとりわけ次のようなゴス・ロック・グループの人物たちだ。バウハウスのピーター・マーフィーとダニエル・アッシュ、スージー＆バンシーズのスージー・スー、シスターズ・オブ・マーシーズのアンドリュー・エルドリッ

ゴス・スタイルのイコン，スージー・スー（1983 年）。

チとパトリシア・モリソン、ザ・バースデイ・パーティやザ・バッド・シーズのニック・ケイヴ、そして近年ではマリリン・マンソン——ファンのあいだでは、マンソンの商業主義的ヘビメタは〝ゴス〟の名に値するのかどうか論議がかまびすしいが。

音楽もまた、ゴスのサブカル的アイデンティティを定義する上で重要だ。七〇年代後半から、バウハウス、スージー&バンシーズ、ザ・バースデイ・パーティのようなバンドがパンクをより暗い方向へ持ち込み、八〇年代のシスターズ・オブ・マーシー、ミッション、キュアーのメインストリーム・チャートでの成功を経て、九〇年代のよりハードな〝インダストリアル〟サウンドのミニストリーやナイン・インチ・ネイルズに至り、ゴスは千差万別に進化してきた。コアなサウンドを特定することは可能だが、むしろ不吉な歌詞、メロドラマ風に激しい、あるいは独特の雰囲気のある幽玄なボーカル、重々しいベースライン、そしてポストパンク的感受性などで識別される。

ファンにゴスと認められてきたものは、いつも実に柔軟性を備えていて広範囲のミュージック・スタイルをとる。実際には〝ダークウエーブ〟に分類されるゴスとオルタナティヴは変更可能なことで競合しており、そうしたレッテルは出世証明書というより趣味の大まかな親族関係を解読する方法として機能している。事をややこしくしている理由として、次のようなことがあげられる。多くのゴス・ミュージシャン——すでに記したミュージシャンたちも含まれる——は、自分がゴス・シーンと同一視されることを拒むことがあり、その用語から距離を保っているからである。

二十一世紀には、ゴスはますます拡散浸透し、アンダーグラウンドなバンドのほとんどがメインス

ドレスデン・ドールズのゴシックじみた〝ブレヒト流パンク・キャバレー〟（2006年）。

トリーム・メディアに登場する気がない。もっとも興味深いゴシック・ミュージックは、文学的コンテクストに見られるように、ジャンル混淆から誕生している。たとえば、ドレスデン・ドールズはパンク的でゴシック様式の屈折したキャバレーで、損傷された人生を帝王切開による出産時にまで遡る「ガール・アナクロニズム」（二〇〇三年）を演奏する。対照的に、ハンサム・ファミリーはカントリー&ウエスタンを創作していて、『スルー・ザ・トリーズ』（一九九八年）や『シンギング・ボーンズ』（二〇〇三年）、そして『ラスト・デイズ・オブ・ワンダー』（二〇〇六年）のようなアルバムは、孤独と妄念と死に関する気色の悪くて奇怪な物語の寄せ集めである。

九〇年代半ばの〝トリップ・ホップ〟というジャンルは、ゴス・サブカルと関連付けられる

ゴシック・カントリーの旗頭。ハンサム・ファミリー（2003年）。

ことはない。とはいえ、ポーティスヘッド&トリッキーのようなバンドは、サンプリングやディストーションを駆使して閉所恐怖症的な幽霊の出没しそうな聴覚空間を創造し、不気味な雰囲気を醸しだす楽曲を生み出している。

かたや、ブロック・パーティ、ラプチュアー、ヴァイオレット、そしてホラーズのようなインディーズバンドは、ヒップの新たなコンテキストで八〇年代からのゴスの影響をリサイクルしている。ニック・ケイヴやザ・キュアー、そしてスージー・スー（バンシーズのサイド・プロジェクト、ザ・クリーチャーズのメンバーとして）のようなミュージシャンは、当然まだ新曲をリリースしているが、彼らの五〇年代へのアプローチを鑑みると、ますます制度化されているようだ。

音楽様式としてのゴスは、パフォーマンスやドレスアップ感覚を通してもっとも明確に統一されている。ゴスに分類されるバンドは結果として（より文学的意味合いにおけるゴシックとは対照的に）、たいていヴィジュアル・スタイルに行き着く。同時に、ゴス・サブカルとゴシックの文学的伝統とをもっとも強固に結びつけるのは衣裳でもある。

イヴ・セジウィックによれば、ゴシック小説の〝表面性〟の特徴、たとえばベールや仮面、そして変装は著しくゴシック的効果を生じさせる。(14) すでに第一章で語ったゴシックのフェイクぶりや芝居がかった要素は、このコンテクストにおいてはコスチュームやマスカレードに転換される。

かつて『ファッショニング・ゴシック・ボディーズ』で私が論じたように、「ゴスは……ゴシックのひとつの兆候である衣裳への拘泥を表象している」(15)。その著作で私は、ファッションと女性性《フェミニティ》との文化的つながりは、ゴス・ミュージック・シーンにおける男性のより強度なヴィジュアリティにもかかわらず、ゴス・フェミニティをジェンダー化する典型的な働きをすると示唆した。ティーン・ゴシックはこの関連性を、ゴス・コスチュームに見え隠れしているティーンエイジ・ガールズの表象を通じて再配置することがある。

雌叫《ガールルウ》びパワー

ゴシックとティーンエイジャーとの関係がすべてゴスと認証されるわけではない。『吸血キラー 聖少女バフィー』や『スクリーム』などから派生した亜流やスピンオフ作品の隆盛の一因となってきた若者文化が山ほどある。それらのひとつとして、大衆文化におけるティーンエイジ・ガールの台頭があげられる。ホラー映画は、七〇年代と八〇年代には主として少年たち（ハリウッド方式でより幅広く特定すれば、十代の男性層）を魅了していたと見なされるいっぽうで、そのジャンルに対してかなりの女性の鑑賞者もいるといった認識が新たなタイプのゴシック・ヒロイン開発の一翼を担った。

キャロル・クローヴァーの影響力のある著作『男性と女性、そしてチェインソー』では次のように述べられている。スラッシャー・フィルムは当然のごとく悪評高いが、潜在的に革新的な人物像をはらんでいる――〝ファイナル・ガール〟であり、このキャラクターは以下のようなものである。

（1）艱難辛苦に耐え、（2）事実上ないしは実際に敵を倒して自らを救う。民間伝承に鑑みると、彼女はいわゆる従来のヒロインではない。誰かに救出されるというお約束に反しているからで、実のところヒーローである。難局に対処し、自らの叡智と腕で敵対者を打ち負かすからだ。(16)

クローヴァーによれば、映画においては〝ファイナル・ガール〟の一目瞭然の転覆作用は緩和させられている。というのも、少女の行動は女装した少年のそれであり、したがってトランスジェンダー・アイデンティフィケーションの可能性をはらんでおり、また彼女は覗き見趣味的サディズムに服従しているからである。逆にヒロインの原型を今日的にリメイクすることで、彼女の積極的でフェミニスト的な可能性はますます強調される。

たとえば、『吸血キラー　聖少女バフィー』の七シーズンにわたるヒロインの発育は、彼女に情念的そして性的アイデンティティの成長をもたらすが、それは彼女を覗き見の対象もしくは女装した少年としてのヒロインと見なすことをむずかしくしている。さらには、シリーズ内でのホラーとティーン・ソープ・オペラやロマンスとの接合は、これまでは男性の視聴者と関連づけられていたジャンルをさりげなく女性化することで、ありがちな目くばせを混乱させている。クローヴァーも看過しているのだが、〝ファイナル・ガール〟の原典は十八世紀ゴシック小説のヒロインであり、そうした作品はわりと頻繁に女性によって書かれたり読まれていたりしていたのである。

〝ファイナル・ガール〟の再生は広範囲の文化的変化を反映している。九〇年代半ばには〝ガール・パワー〟だった。その呼称は主としてポップ・パンク・ガール・グループのシャンプーのアルバム・タイトルによるが、スパイス・ガールズが我が物顔で使用したことでグローバルなスローガンとなった。〝ガール・パワー〟はいわば矛盾語法である。少女（年端もいかない経験不足の女性）たちは、近代西欧文化史を通して常に無力な存在の社会的集合体だった。文化理論家のアンジェラ・マクロビーとジェニー・ガーバーが記しているように、最近まで若者サブカルチャー研究は少女たちを無視しがちだったが、それは社会的抑圧がストリート・オリエンテイド・サブカルチャーにおける彼女たちの活動を少年たちより目立たなくする傾向にあったからだ(17)。

少女たちに注目する打開策のひとつとして、十代前半の女の子たちが寝室でこっそり楽しむ〝ティーニーボッパー〟文化の調査が一九七〇年代に行なわれている。それまでこの文化現象が過小評価されてきたのは、明らかに大々的にポップ・レコードや雑誌を通じて商業的に宣伝されてきたからである。〝ティーニーボッパー〟文化は、数多の社会学的研究において取り上げられている法律侵犯者たるストリート・ギャングとしての、いわば信憑性に欠けている。にもかかわらず、それは同年代の男性たちよりも行動を制限されている若い女性たちが享受できる唯一の文化であり、少女たちが自己表現のできる自律的空間を供給するので、主体性を明確にしようとしている彼女たち自身にきわめて重要なのだ。

二十一世紀初頭において、〝ティーニーボッパー〟文化はまだ存続しているものの、十代前半の女の子たちというより思春期直前の少女やゲイのあいだで流行っているようだ。テイク・ザットやスパイス・ガールズに続けと言わんばかりに結成された少年や少女たちのグループの大成功がその証である。スパイス・ガールズのおかげで、フェミニズムは糖衣をまとわすことで十二歳の少女たちに売り込めて由々しき効果をあげ得るものだということが発見された。十代の少女文化は、事実上、総じて主流メディア文化の中心となってきた。

そのいっぽうで、マクロビーとガーバーが語っていた寝室サブカルチャーは、ライオット・ガールのような急進的で反商業主義的な形式で再浮上した。ちなみにライオット・ガールとは、ファンジンやウェブサイト、ポスト・パンク・ロックを通して女性の体験を前景化することに焦点を合わせたDIY（自身でやる《ドゥ・イット・ユアセルフ》）倫理を有するガール・オリエンテッド・サブカルチャーのことである。ライオット・ガール――気骨があり（肝がすわっていて）、粗野（下品）で、妥協しない（頑固一徹）――は〝ティーニーボッパー〟のアンチテーゼだった。似たような十代女性の体験から発生したのだろうが。それは実にうまくフェミニズムと噛みあい、主流ポップカルチャーの商業主義を徹底的に拒絶する――影響力絶大の英国グループのハギー・ベアーの素晴らしい歌詞にあるように。「奴らはあんたらの夢をTシャツに仕立てたがっている(18)」。

だが、双方の運動はガール・パワーを同種のものとして一致させた。いっぽうを自己表現のパワーとして、他方を消費者のパワーとして。だが、両者のパワー形態はほぼまちがいなく幻影だった。メインストリーム・メディアを拒否するライオット・ガールの姿勢は、結果的に必ず狭量なものの見方に行き着き、そのいっぽうでティーニーボッパーの消費力はほぼまちがいなく少しも力を持ち得ない。とはいえ、対抗文化的と商業主義的との双方の形式において、ガール・パワーは第一検討事項だった。

二十世紀末に近づくにしたがって、少女がパワーに、それもやたらに超自然的な力に取り憑かれる映画やTVドラマがますます増え始めた。それらのうちでもっとも顕著な作品が『吸血キラー　聖少女バフィー』で、タイトル名を冠されたヒロインは〝選ばれし者〟であり、超人的な格闘技と自己治癒力を備えた十代後半の少女で、その能力のせいで吸血鬼や妖魔の軍団による世界の破滅を阻止するために休みなく戦い続ける。同様の番組に、『チャームド　魔女三姉妹』（一九九八年―二〇〇六年）があり、これは魔女三姉妹（のちのシリーズでは一人は従姉妹に換えられた）の英雄的行為を物語っている。また、十代の魔女をヒロインにした『サブリナ』（一九九六年―二〇〇三年）もあって、こちらは同名タイトル映画のスピンオフ作品である。

メディアにおける若い魔女人気は、〈ウィッカ〉への関心の高まりと一致する。伝えられているところでは、〈ウィッカ〉は二十一世紀初頭のアメリカで急成長した新興宗教である。シルヴァー・レイヴンウルフ著『ティーン・ウルフ』（一九九八年）のような書物が魔術の初歩知識を学ぶことを少女たちに可能にした。その手の書籍は、魔術的パワーを使用するのと同じぐらいに自分に力を与えることを強調する。そうした書籍が与える精神性についての考えは自己啓発本の言葉にかなり浸透しており、キャンドルやクリスタルから式服や儀式用道具までの一連の印象深い付属品に対する必要性によって増強されている。

その種の大半の書籍が等しく強調しているのはちゃちなオルタナティヴの効果なのだが、それでもやはり魔術的生活必需品はかなりの産業を維持している。すでにダイアン・パーキスがこう述べている。「自己改善の言説はここではきわめて支配的である。自己形成の自己は後期資本主義でお馴染みのもの、つまりは彼女自身の運命を操作するために奮闘努力する将来性豊かな自己である(19)」。

パーキスにとって、その種のガイドブックが教示している呪文は、大方が漠然としていて、精彩を欠き、独りよがりであり、しかも家庭的で受動的で〝善良〟であることが女性らしさであるといった退化したモデルを重視している。オルタナティヴに傾倒する十代の少女のための人生案内書は、非常に信心深く敬虔な両親を動転させるようなものはほとんどない。

二〇〇二年にBBCで放送されたドキュメンタリー番組では、十代の〈ウィッカ〉のグループが念願のヴェルサーチのジャケットの購入金を工面できるように仲間の一人のために呪文をかけている模様が映し出された[20]。それとはかなり異なって、青少年向け映画『クラフト』のナンシーや『吸血キラー 聖少女バフィー』シーズン6のダーク・ウィロ一のような〝悪い〟メディア・ウィッチたちは怒りや欲望やパワーに対する飢えを、批評的視点や魔術の〝良い〟使用を超えがちな方法で生き生きと表現している。それをより広範な〈ウィッカ〉文化や信仰の表象として読む必要はない。むしろ九〇年代に増加した〈ウィッカ〉人口とその商業化の双方は、ティーンエイジャーとオカルトとの結びつきを示して強化したことを物語っている。

ニュー・ティーン・ゴシック

七〇年代と八〇年代のティーン・ゴシックの特徴は抑制力の喪失だった。世界は逆さまになった。

外部の力が物語内部でティーンエイジャーを乗っ取り、取り憑き、もしくは所有した。ティーンエイジャーは犠牲者で、続編のために生き残るにしても、彼らに敵対する超自然の力を出し抜き、自分たちの世界の統制を取り戻すために悪戦苦闘する。『エルム街の悪夢』（一九八四年）のナンシーと『ハロウィン』（一九七八年）のローリーは襲撃者に脅かされ、長い間脅威にさらされたのちに初めて相手を出し抜く。『エクソシスト』（一九七三年）では、思春期前の少女リーガンは悪魔的な超自然の力を自身で持ち合わせているわけではない。

しかし、九〇年代とそれ以降のティーン・ゴシックでは、ティーンは物語の支配権を掌握しているようだ。彼らは特殊能力を持っていて、その力でバフィー・サマーズのように悪と対決する。そのいっぽうで、彼ら自身がモンスターなのかもしれない。たとえば、ポピー・Z・ブライトの長編『ラスト・ソウルズ』（一九九二年）の吸血鬼ナッシングや映画『スクリーム』のホラー映画マニアの十代の殺人鬼、『ジンジャー・スナップ』の人狼ジンジャーなど。旧態依然の〝怯えるティーン〟映画は相変わらずたくさんあるものの（『ラストサマー』、『ジーパス・クリーパス』、『ブレア・ウィッチ・プロジェクト』）、それらには従来の作品と一線を画す知見がある。ニュー・ティーン・ゴシックは、『ユードルフォの謎』よりは『ノーサンガー・アビー』であり、双方のキャラクターと鑑賞者は伝統的技法に気づいていて、それらを批判的に精査し、皮肉をこめて吟味する。

さらにはニュー・ティーン・ゴシックでは、アウトサイダーが従来とは異なる新たな役割を演じる。前章で論じたように、コンテンポラリー・ゴシックで繰り返し語られる特徴は、モンスターに対する共感である。従来は〝他者〟として表現されたモンスターは、ティーン・ゴシックではやはり〝共鳴〟の手法で語られる。変人やオタクはもはや物語の周縁に押しやられずに主人公となる。九〇年代のアメリカ産ティーン向け映画の社会構造、つまり、いっぽうに体育会系男子とプロム・クィーンがいて、他方にはオタクと仲間はずれ組がいるといったアパルトヘイト体制が存在し、それが今日のティーン・ゴシックのテンプレとなっている。

ところが八〇年代の映画では、たとえば、『すてきな片思い』(一九八五年)や『プリティ・イン・ピンク/恋人たちの街角』(一九八六年)、『ブレックファスト・クラブ』(一九八五年)のように、のけ者にされていたキャラクターは常に物語の最後では中心にいる正統派に溶け込む。だが、コンテンポラリー・ティーン・ゴシックでは周縁に留まる異端派はかえって称賛されることがある。

TVドラマ・シリーズ『吸血キラー　聖少女バフィー』では、バフィーは分断線をまたぎ越し、反主流派へ足を踏み出す。そして空虚なチアリーダーの日々を後にして、吸血鬼ハンターとしての役割を喜んで引き受け、ガリ勉のウィローやクラスのお調子者ザンダーと運命を共にする。彼ら三人のキャラクターはみな、シリーズが継続されるにしたがって社会的地位の変化をこうむるものの、誰一人としてクラスの人気者にはならない。つまり、吸血鬼や妖魔たちの世界を一掃するといった不眠不休の仕事は、自らを同級生から孤立させ、イケテル変人とみなされることをよしとさせるのである。

アウトサイダーにスポットライトを当てるのは、いわゆる〝男性《メール》〟ゴシックの伝統的特徴である。ヒロインよりむしろ悪漢の心理に焦点を合わせることで、社会的疎外のテーマを楽しんで再解釈させせると同時に、ティーン・ゴシックに男らしさをより正しく判断させることにもなる。

ジョニー・デップがティム・バートン監督『シザーハンズ』（一九九〇年）で演じたタイトル名を冠せられている主人公はプロトタイプを形成している。フランケンシュタインの怪物の妖精譚版であるエドワードの外観の奇怪さは、アメリカの郊外居住者の内なる醜悪さから目をそらさせる役割を果たしているのだ。

リチャード・ケリー監督『ドニー・ダーコ』（二〇〇一年）は、フランクという名の邪悪で巨大なウサギに取り憑かれているらしい主人公を語っていて、ジェイムズ・ホッグ『悪の誘惑』やロバート・ルイス・スティーヴンスン『ジキルとハイド』などでお馴染みの悪魔のような分身のテーマを現代の高校生の文脈に置き換えている。ドニーの抱えている今日の不安定な思春期は、かようにゴシックの男性性の初期モデルと隣接するように描写されることで、不気味なほど共感できる人物を創造している。パーカーのフードを目深にかぶるような不良に自分が憧れないように先手を打って、ドニーはフランクの影響下にあるときはフードをかぶらないが、それでもカジュアルな格好をした薄気味の悪い死神さながらだ。ディレクターズ・カット版では分身の概念は薄められ、当初公開されたさいの心理的曖昧性はフランクが来世からの訪問者だったことが強調されることで除去され、そのために脱ゴシック化された作品になっている。ドニー自身はモンスターではなく、単にそれに来訪されたのである。

ニュー・ティーン・ゴシックとして重要な映画の先行作品は『キャリー』（一九七六年）だ。原作はスティーヴン・キングの同名タイトル長編。この映画では、いじめを受けていた少女が超能力を発揮して迫害者たちに血みどろの仕返しをする。キャリーは犠牲者であり、狂信的な母親や軽い気持ちで残酷なことをするクラスメイトたちに虐待されている。だが同時に、キャリーはモンスターであり、高校の同級生たちを皆殺し同然にする。キャリーは、『ハロウィン』でジェミー・リー・カーティスが演じたローリーのような〝良い娘《グッド・ガール》〟ではない。しかしながら、紛れもなき〝邪悪な存在〟でもない。グレゴリー・A・ウォーラーが示唆しているように、キャリーは伝統的な道徳観を超えた、ないしは埒外にある特殊なモンスターを表象している[21]。意義深いことに、キャリーもまた思春期のとば口にある。オープニングシーンで、キャリーが学校の共同シャワールームで遅い初潮を体験する様子が描かれる。この不快なシーンは様々なレベルをほのめかしていて、念動力は思春期の少女と関係があるといった自明のことを喚起させるだけにとどまらない。

ドナルド・キャンベルに言わせれば、ティーンエイジャーがホラー映画にすごく惹かれるのは、スクリーンに映し出される身体変容が若者たち自身のそれを反映しているからである。デヴィッド・パンターは次のように説明している。

> 若者たちがホラー映画に惹きつけられる根拠は血みどろの殺人にあるのではなく、むしろ一般的な嫌悪感にある。つまりそれは若者たち自身の身体に現れるニキビからメンスまでの変化に対する嫌悪感の二重写しなのだ。肉体は、いわば常に若者に対して反乱を起こしていて、血なまぐさ

くて、未熟で、内部にとどまっているべきものがいつだって外部に出たいとうるさくせがむいっぽう、外部の注目をせびるもの――感情、自己像――ははけ口がないので、明らかに永続的な緊張状態に置かれなければならない。(22)

挑発的というかむしろ本質主義的なこの意見は、ホラーに対する若者の情熱は親の世代や社会的に〝認可された〟物の見方や解釈に対する意識的な反抗の方法でもあることを看過している。

そうした身体変容に関する見解は、『ジンジャー・スナップス』でひとくくりにされている。タイトル名になっているジンジャーとその妹のブリジット、あるいは単に〝B〟は、自分たちの両親や教師たちに対して故意に恐ろしいイメージを用いて意識的に反抗を演じる。映画の冒頭のシークエンスで、凄惨かつときには異常な死の犠牲者として姉妹の一連の映像が映し出される。だがそれらは彼女たちの学校の課題なのだ。イメージ自体はタイトル・クレジットのあいだじゅう映し出されるが、滑稽であると同時に衝撃的で、ホラー映画に対する期待感をコケにしている（白い杭柵に刺し貫かれているジンジャーの姿が映し出されるが、そのあとで妹がカメラをかまえながら、「血が多すぎる！」と文句を言う）。そうしたことは、姉妹が自分たちの世界を統御し、恐怖を個のアイデンティティを築くために使用して、自らの思春期の不安を遊びに転換していることを示唆している。

同時に、映画はドナルド・キャンベルの仮定に文字どおりにしたがっている。ジンジャーは月経の到来の際に人狼に噛まれ、思春期になるのとモンスターになることの繋がりが事実上築かれる。学校の保健室でのコミカルなシーンで、ジンジャーが苦痛に喘ぎ、それまでなかったところに毛が生えてくる驚くべき状況は、まったく普通のこととして片づけられる。彼女は自分の行動を抗弁するために、妹にこう語る。「生理になったの、わかる？　たしかにおぞましい毛が生えてきたわ、だからなによ！　つまりはホルモンのせい。そのおかげで見苦しくなったけど、モンスターになったわけじゃない」ジンジャーは尻尾が生えてきていることに気づくと同時に、セックスやドラッグ、暴力に対する欲求も増進させる。避妊処置をしないセックスのありきたりの危険もまた、コンドームの使用を忘れたあとで、ジンジャーがセックスをした相手に人狼ウィルスを感染させることでほのめかされる。『キャリー』の伝統を継承する〝月経映画〟、『ジンジャー・スナップス』は、キャリーの〝犠牲者転じて復讐者となる〟からの感性の典型的な転換を示している。

『ジンジャー・スナップス』のトーンを解明するのはむずかしい。それが部分的に作品を成功させているからだ。人狼への変身において、ジンジャーはセクシーかつ共感できる存在となる。キャリー同様にジンジャーは、意地悪な同級生たちに恨みをはらすために自分のパワーを使うが、結果はより陳腐だ（同級生のアバズレの死体をアイスボックスに隠したあと、ジンジャーと妹のブリジッドはその死体があまりにも凍ってしまったのでスクリュードライバーで彫り出さなければならず、その過程で指を何本か割ってしまう）。キャリーとは異なり、ジンジャーはまったく犠牲者ではない。彼女の家族は、うんざりするほど機能不全に陥っているとはいえ、それでもなお比較的普通である。狼憑きになる以前でさえ、ジンジャーは学校での肉体的および言葉の上でのいやがらせから自分自身と妹との双方を守っている。むしろ、彼女は青春映画では通常抑制されているある種の思春期の女性らしい激情を明確に表現している。

ジンジャーは良い娘《グッド・ガール》ではない。おおかたのホラー映画のヒロインという観点からは。彼女は世界を認識していて、そこでは女性らしさのある種の型だけが容認されるので、それを利用するつもりなのだ。自身の犯罪を隠蔽しながら、彼女は妹のブリジッドにこう言う。「カワイイ女の子がまさかこんなことをするなんて誰も思わないわ。信じて——女の子なんて尻軽女、アバズレ、からかわれる対象、あるいは純情可憐な処女でしかないと思われているの。だから世界の仕組みにならってやっていけばいいのよ」

ジンジャーは決まりどおりにふるまったり、期待される役割を演じたりするのを拒否する。滑稽なほど自己防衛過剰なセックスの相手によって引き起こされた「ここにいる奴は誰だ?」という問いに対して、ジンジャーこう返答する。「ここにいるクソ野郎は誰かだって?……あんたって、超ウケル白人坊やね!」しかしながら、彼女の怪物性は持続不可能だ。すなわち、しだいに制御を失い、ますます人間として認知しがたくなり、最終的には死ななければならない。ジンジャーは自身の人間性をしっかり握っておくことができなくなり、完璧な他者、醜悪な野獣と化して、メタファーは破綻する。この映画はつまるところジャンルの要請に屈し、クライマックスでモンスターの破壊活動による血みどろ惨劇が描かれる。しかしながら、ジンジャーの激情の壮大かつ鮮烈な表現は映画の保守的な結末を逸脱しているように思える。

マリリン・マンソン（2005 年）。メディアの標的である〝民衆の悪魔〟ないしは狡猾な自己宣伝者？

怯えるティーンから脅威を抱かせる側への変移はコンテンポラリー・ティーン・ゴシックに行きわたっている。十代の若者自身は、今やホラーの犠牲者であると同時に恐怖の源泉でもあるらしい。それはふたつの対照的な軌跡を描いているように見える。ひとつは、十代の若者、特に少女たちがより力強くかつ自分の人生を統御しているように表象されている。もうひとつは、ティーン・ゴシックは十代の暴力に関する現実のモラル・パニックに乗じている。たとえば一九九九年のコロンバイン高校銃乱射事件のような出来事に。

十代の脅威

コロンバイン高校銃乱射事件は四月二十日に起きた――ヒトラーの誕生日だ。犯人のエリック・ハリスとディラン・クレボルドは、コロラド州デンバー郊外の何不自由のない中流家庭で育った。ふたりは自分たちの通っている高校で十二名の生徒と一人の教師を射殺し、二十四名の重軽傷者をだしたあとで凶行に使用した銃で自殺した。

メディアは即座に、ハリスとクレボルドが黒のトレンチコートをはおり、噂ではKMFDAのようなインダストリアル・メタルバンドの音楽を聴いているといった事実にくいついた。そのせいで彼らはゴスのレッテルを張られ、彼らの暴力は病的で薄気味の悪いことに取り憑かれている若者文化のせいにされた。

自称〝アンチクライスト・スーパースター〟ことマリリン・マンソンは、その事件のすぐあとにデンバーでコンサートをすることになっていたが、メディアによって犯罪のスケープゴートになった。商業的に成功した人物であり、頽廃や反抗、そして死のことばかり考えている若者のサブカルチャーのすぐにそれとわかる〝顔〟だったからだ。マンソンの〝悪魔的な〟影響は、十九世紀末の医者・社会思想家マックス・ノルダウの唱えた説になにがなし似ている論拠の腐敗要因を想起させる。ノルダウはベストセラーになった著書『頽廃論』(一八九一年―九二年)で、頽廃的な芸術家は自身のエネルギッシュな影響力を感受性の強い鑑賞者に注ぐことで人類を堕落させる要因となっていると提唱したのである。(23)


ハリスとクレボルドが実際にマンソンの音楽を聴いていようがいまいが関係なく、同時に特別なファンであろうがなかろうが知ったことではなく、アメリカのキリスト教右派に餌をまくマンソンの手の込んだメディア戦略は、自分がすでに都合のいい民衆向け悪魔の位置を確保していると知らしめることを意図していた(興味深いことに、英国の週刊音楽雑誌ニュー・ミュージカル・エクスプレスは二〇〇四年に次のようにコメントをしている。「マンソンの国民的嫌われ役としての立ち位置は……二年間しか続かず、ツイン・タワーとともに崩れ去った」(24))。

コロンバイン銃乱射事件に対するマンソン自身の反応は慎重かつ知的だった。マイケル・ムーア監督のドキュメンタリー映画『ボウリング・フォー・コロンバイン』(二〇〇二年)の中で、殺人犯

〝悪魔のような〟殺人者。法廷のマヌエラ・ルーダ（2002年）。

たちに何か言うことはあるかと問われたマリリン・マンソンは、こう答えている。「一言もないね。それより彼らが言わなければならないことに耳を傾けたい――それこそ誰もしなかったことだから」

自身のことをゴスだとみなしている、ないしはゴス・サブカルチャーに共鳴している人は、メディアの魔女狩りに警笛を鳴らしたり、あるいはタブロイド紙や反体制的な新聞雑誌で相次いで記事に取り上げられたりした。またインターネット上では、ゴスが擁護され、ハリスとクレボルドに関してはサブカルチャーと切り離して考えるべきだという意見が見られた。ゴス擁護派の書き手は、特徴として次のようなことを強く主張している。ゴスのほとんどが穏やかな傾向にあり、彼らの関心は文学や文化やファンタジーの重要性に対してであり、悪魔主義との関連、たとえばもっともセンセーショナルな非難としてあげられるネオ・ナチ集団などとの関係は希薄である。

ゴスは高校でいじめの対象となることが多々ある。そのことに関しても、ネット上ではこう指摘されている。メディアが悪者扱いすることの本当の危険性は、十代の若者たちをクラスメイトたちからより孤立させ犠牲者にしてしまうことにある。コロンバインの虐殺は、通常の高校の物語パターン――〝一般的な〟生徒によるオタク虐待――を逆転させている。ハリスとクレボルドの犯罪は、少なくとも部分的には公的なイマジネーションを刺激した。彼らは、何十年もハリウッド映画であたりまえのように作り上げられてきた運動選手とチアリーダーたちの健全なアメリカン・ワールドに対するはぐれ者たちの報復攻撃を再創造したからである。

メディアにおいては、なにもハリスとクレボルドだけがゴシック・ディスコースに関連づけられている犯罪者ではない。マヌエラとダニエル・ルーダは〝西ドイツの吸血殺人鬼〟として知られたが、二〇〇二年にダニエルの仲間のひとりを悪魔崇拝儀礼の一環として殺害したために有罪を宣告された。ダニエルとマヌエラは自分たちのことを吸血鬼だと信じきっていた。マヌエラの見ごたえのあるゴス・スタイルは、世界中で新聞の一面を飾る決定打となった。英国のメディアは、マヌエラがロンドンのアンダーグランドなゴス・シーンに参加した年に焦点を絞り、ティーンエイジャーたちがゴス・サブカルチャーとかかわることで堕落することになりえるといった煽情的な結論に再び行き着いた。

標準的な論議は常にメディアの告発に言及するが、犯罪への影響がここではすべて適応されている。おそらく、陰気な傾向を有する個々人は、ホラー映画／ロックミュージック／サブカルチャーに魅力を感じてそれらを歪曲するのであって、それらのせいで堕落するわけではない。ロック・スターやサブカルチャーから民衆の悪魔を作り出すことは、根本的な社会問題から注意をそらさせる。各人にそのような傾向があるとしたら、どんなものにも自分たちの行動を鼓舞するものを見出すだろう（チャールズ・マンソンがビートルズを流用したように）。とはいえ、われわれは研究対象としてゴシック物語をより具体的に見ることができる。

歴史的には、ゴシックは芝居がかっており、キャンプかつ粉飾過多である――ゴシック様式の城館ストロベリー・ヒルでホレス・ウォルポールが夢に見た巨大な甲冑の籠手、十九世紀末ロンドンでのリチャード・マンスフィールドによる『ジキルとハイド』の仰々しい演技、パンク・ロック歌手スージー・スーの巧妙に仕立て上げられたコスチュームなど。

しかし、それらは行為遂行的ファンタジーのつもりでも観衆にはリアルだと誤解される可能性がある。舞台役者マンスフィールドのパフォーマンスはかなり説得力があったので、彼は一時の間、切り裂きジャック事件の容疑者とみなされたと言われている。より最近では、この手の誤った推論が繰り返され、パトリシア・コーンウエルは、後期印象派の画家ウォルター・シッカートが切り裂きジャックに魅了されていたことを証拠として、彼を真犯人とする悪評高いノンフィクションを刊行している。(25)このミステリ作家は、芸術と実人生（もしくは、フィクションと犯罪行為）との根本的なちがいをないがしろにしているか、ないしは想像力が欠けているだけなのかもしれない。

コンテンポラリー・ゴシックにおいて、さらに厄介な傾向はパフォーマンスが現実に屈してしまい、技巧を真偽のために放棄してしまうことである。先に述べたマヌエラ・ルーダは、吸血鬼としての幻想的再現が不十分だった。彼女は自分が本当の吸血鬼だと信じているが、その信念をしかるべき行為で具体化しなければならなかったのだ。ゴスの行為遂行性はサブカルチャー・アイデンティティに伴う〝本当らしさ〟を得ようと奮闘することとは釣り合わない。吸血鬼に関する興味とゴシック・スタイルに対する好みは、パフォーマンスを超えて過剰な同一化を演じる。もはやマヌエラとダニエルのルーダ夫妻は脅威をかわそうとしていたのではなく、危険な存在になってしまったのである。

ティーン・ゴシックは、ゴシック的な作り事を現実に変えたいといった衝動にひどく悩まされている。そのいっぽうで、一種のタブロイド的怒りを創造し、マリリン・マンソンはアメリカのもっとも危険な人物だといったようなことを声高に唱える——マンソン当人はそのようなレッテルを喜んで承認するが、それが商売になるからだ。しかし、そういったことは、より凡庸な英国の音楽記者には冷笑をもって迎えられてきた。

他方では、不変のアイデンティティに対する懐古的な熱望が若者文化に新しい本質主義を吹き込んだ。キャスリン・ラムスランドが『闇を貫く』（一九九九年）で論証しているように、九〇年代にはアメリカで新しいサブカルチャーが登場したが、それは吸血鬼信仰に基づいており、同時にゴスから乖離していることを標榜している。その状況は吸血鬼信仰や吸血鬼同一性《ヴァンパイア・アイデンティティ》に関する信念の範囲に含まれるものの、サブカルチャーの肝いりのメンバーは自分たちのことを真正の吸血鬼とみなしていて、単に吸血鬼になりたいとか吸血鬼の振りをしているだけの人たち、そしてもちろんゴスの連中を見下している。そうした軽蔑されている連中は吸血鬼のコスプレ——なりきり——を楽しんでいるだけのようだが、真正の吸血鬼は本当の吸血鬼同一性を有していて、実際の吸血行為によって認証されることが多い。

この新たな本質主義は、ポピー・Z・ブライトの吸血鬼小説『ロスト・ソウルズ』（一九九二年）に反映されていて、十代の吸血鬼ナッシングはゴスの友人たちより優れているがゆえに暗黙のうちに距離を置かれ、彼のアイデンティティは吸血鬼であるという結果よりむしろ社会的な疎外という原因にある。[26] 換言すれば、ナッシングは本当の吸血鬼であるがために憂鬱なのであって、憂鬱だから吸血鬼に単に興味があるというのではない。これはラムスランドのインタヴュー相手のひとりが発した問いに対応する。「動機を検証しよう。あなたが最初に血の渇望を抱いたのはいつだったのか……？吸血鬼小説のファンになってからのことか？」[27]。理由などない、アイデンティティは断固として文化的知識に先立つ。

しかし、自らの真正を主張しているにもかかわらず、〝本当の吸血鬼たち〟はコスプレに夢中になっているようだ。アメリカの吸血鬼シーンに関してラムスランドが明らかにしたことによれば、吸血鬼として何を着たらよいのかという問題が最重要事項となっている。

ラムスランドは臨床心理学と哲学を修得しているが、おそらくアン・ライスの伝記作家としてもっともよく知られている。彼女が吸血鬼サブカルチャーを研究することにしたのは、そのシーンを調査していたジャーナリストのスーザン・ウォルシュの謎の失踪に関心を抱いたからだ。ラムスランドのその後の追跡調査で発見された非常に注目すべきことがある。彼らがどんなに退屈な連中かということだ。彼女が出会った〝本当の吸血鬼たち〟が打ち明けた身の上話や空想のおおかたは、必然的にかなり繰り返しが多かった。

たぶんもっとも興味深い物語の局面は、ラムスランドが〝内密に〟参加するように要請された吸血鬼クラブやフェチ系ダンスパーティでのドレスコードに彼女自身が悪戦苦闘するところだろう。ザ・ロング・ブラック・ベールという名の吸血鬼クラブ初体験で、彼女はこう述べている。「要請された衣装は、〝ダーク・フェティッシュ、ゴス、アーサリアン、エドワード朝、吸血鬼、ラバー、あるいはヴィクトリア朝〟。で、私はブラックを着た」(28)。ついで初めて牙を装着しようとしていると、ピアスとタトゥーを誇示している三人の若者と出会い、そのあとでラムスランドは以下のように述べている。

彼らは中に入れてくれたが、私は自分が変な恰好をしていることに気づいた。普通のブラウスとスカートを身につけていた——少なくともスカートは黒だった！——それに私のヘアースタイルは縮れやスパイク、あるいはこの建物近辺の通りで頻繁に見かけたようなエキゾチックな装飾に欠けていた。メイクは言わずもがな。私は自分が普通すぎて目立っている気がした(29)。

ラムスランドはしだいに吸血鬼信仰のヴィジュアル・テクニックを習得し、シーンのもっとも接触困難なメンバーと話ができるようになる。ニューヨークの吸血鬼ダンスパーティに参加し、「ジプシータイプの長い黒髪の鬘、ビロードの黒い手袋、ビロードの編み上げブーツ……ビロードの黒いドレス、金鎖が付いていてフードのあるビロード製の鮮やかな赤いオペラマント」を身にまとい、さらには必須のメイクを施し、ラムスランドは誇らしげにこう語っている。「これなら私だとはわからないだろうと思った（実際、誰にも気づかれなかった）」[30]。

とはいえ、ラムスランドが出会った吸血鬼の外観についてもっとも特筆すべきことは、過度の反復性である。一人や二人は〝ストレート〟な服装をしているが、ほとんどはゴスやフェティッシュのスタイルに合わせている。自分たちがゴスとは異なることを熱心に表明しているにもかかわらず。実際、みなが黒ずくめで、文学的・映画的伝統を順守しつつ、闇の、悪魔的な、葬儀時間との関連を喚起させる。これはスクリーン上の吸血鬼の表象によって何度も繰り返されているお約束であり、ゴスのスタイルと大差ない。ゴスは吸血鬼信仰への視覚的な近道となったように思える。われわれは容易に識別可能であり、型通りの衣装記号に適合する吸血鬼像を求めている。『吸血キラー　聖少女バフィー』は、伝統的な表現法をもっとも小馬鹿にしている吸血鬼物語であり、その種のクリシェには不寛容なのだが、それでもゴス吸血鬼が登場する。そして、『吸血キラー　聖少女バフィー』が演技／真正の二分法でもっとも苦労しているのが、まさしくゴス・ファッションの使用法においてなのだ。

『吸血キラー　聖少女バフィー』とゴス

『吸血キラー　聖少女バフィー』は、これまでのＴＶショーと比べると評論家や学者から前代未聞の注目を浴びてきた。というのも、機知の巧妙さ、複雑で緻密なインターテクスチュアルな語りのせいだが、カリフォルニアの普通の十代の少女が〈闇の勢力〉から世界を救うために選ばれるといったストーリーが同世代の想像力を捉えたことはまちがいない。本書を執筆している時点では、シリーズは開始されて十年に満たないが、すでにとてつもないアカデミック産業を発生させている。『吸血キラー　聖少女バフィー』は、コンテンポラリー・ゴシックの可能性を他の何よりも具体化しているテクストだと思う。物語やそこから湧き出る周知のお約束（たとえば、「ウィローのドッペルゲンガー」の回における分身、シーズン４におけるフランケンシュタイン神話、「ドラキュラ」の回における吸血鬼の親玉）にいつも疑問符をつきつけるばかりか、他のジャンル（「ワンスモアウィズフィーリング」の回におけるミュージカル、「迷監督アンドリュー」の回におけるドキュメンタリー・ドラマ、「スーパースター」の回におけるファン・フィクション）と戯れ、絶えず倫理的かつ存在論的大問題を喚起させるからである。

バフィー自身は、知力と体力と人的資源に恵まれた新しい女性像として、通常は支持されている。

二〇〇四年に、英国教育監査局の調査責任者デイヴィッド・ベルは、学校教育システムをないがしろにしている少女たちにバフィーを模範的人物として推奨した（この意見は明らかに、ある事実を看過している。多くのコメンテイターがすぐさま指摘したように、バフィーは自分の通う校舎を全焼したために退学させられている）[31]。

『吸血キラー　聖少女バフィー』は、ゴシックをティーンエイジャーの領域に公然と位置づけている。ようするに、ゴシック小説の奥に潜んでいる十代のトラウマを地図化することで、高校を文字通りの地獄（もしくは少なくとも、そのとば口）にしている。不適切な年上のボーイフレンドは実際には吸血鬼である。そして不格好な外国の交換学生はインカ帝国の再生させられたミイラだ。番組の成功に寄与した若者たちの中心層は中高校生なので、バフィーとその仲間たちが大学二年生になると、バフィーの妹ドーンが登場し、ついで彼女の友人たちが吸血キラー予備軍として紹介される。

とはいえ、ゴス・サブカルチャーとの関連は曖昧である。私がより深く調査研究したいのは、そのドラマのゴス・サブカルチャーの局面である。それが〝ティーンエイジ・ゴシック〟の軸を決定しているからだ。

ゴスは、一般的には知られていないものの、観衆（消費者）がかなり重要な役割を占めるショーのひとつである。したがって、『吸血キラー　聖少女バフィー』はゴスの魅力を利用しながら、何人かの人気キャラクターにおけるゴスのイコノグラフィーを搾取している〝ゴス〟ショーだ、といった批判に対して、防御的に先手を打っている。

非公式の証言によると、ゴス自身は、『吸血キラー　聖少女バフィー』について相反する感情を抱いているらしい。その不敬ぶり、ないしはアメリカン・ハイスクール・ジャンルに大衆的な熱中を示しているように見せかけているがゆえに、ショーを拒絶する者もいるが、スパイクやエンジェル、ドルーシラのようなキャラに自分自身を重ね合わせる者もいて、ショーは若い世代のあいだにゴスに対する新たな関心を発生させているようだ。もちろん、そうしたふたつの柱の間には反応の幅がある。ショーの実際の視聴者の意見をここで深く考察しようとは思わない。私はぜったいに存在すると思っている――スパイクのクローンたちが。黒装束で日に焼けて白茶けた金髪の英国人吸血鬼たちは国中のそこかしこのスモールタウンで目につく。

　私の関心は、『吸血キラー　聖少女バフィー』自身がいかにして視聴者を受け入れると同時に視聴者から距離を置くということをなしえているのかということにある。かつてジャスティン・ラーバルスティアーが論じたように、『吸血キラー　聖少女バフィー』は、「スーパースター」や彼女に関する論文の出版のあとの「迷監督アンドリュー」のような自己照射的《セルフ・リフレクティヴ》エピソードの中でファンたちを一時的に受け入れている。[32]『吸血キラー　聖少女バフィー』はゴスと共同しているが、それは少しためらいがちにであって、特殊な視聴者の受けを狙ったショーとして分類されることに慎重になっているかのようだ。ゴス様式が物語へ流入していることはめったに注目されないものの、その様式が自己照射的コメントや機知に富むやりとりの基礎を形成している。

「私は血を吸う悪鬼よ、服を見て！」吸血鬼信仰と実践

シーズン3のエピソード「ウィローのドッペルゲンガー」で、バフィーのガリ勉の親友ウィロー・ローゼンバーグはバフィーの邪悪な分身を装う。そのさい、ウィローは自分が邪悪なるものの信任状を得ていることを証明するために、着ている衣類を頼みの綱とする。「私は血を吸う悪鬼よ、服を見て！」ウィローの叫びは滑稽だ。というのも、服装からでは善良なウィローが実際には血を吸う悪鬼であるとわれわれに納得させるほどの確信を抱かせないからだ。外見は内なる邪悪を伝えるのに十分ではない。にもかかわらず、『吸血キラー　聖少女バフィー』は、悪を伝達するものとして常に服装を用いている。

〈邪悪なウィロー〉が紹介される最初のエピソード「ねがい」では、人気のあるチアリーダーのひとりコーディリアがバフィーの存在しないサニーデールの町を望むが、その架空の町と〝本物〟のサニーデールとの重要な差異の印は服装だ。皮肉にも、別世界としてのサニーデールでは、最良の服を所有しているのはオタクであり、ファッション中毒者たちではない。そのことはウィローとザンダーのSM風の粋な恰好が証明しており、それとは裏腹に、〝一般的〟なハーモニーや彼女の友人たちが吸血鬼の注意を惹かないように着ている衣装は地味である。

『吸血キラー　聖少女バフィー』の吸血鬼たちは誰もがみなゴス吸血鬼の典型というわけではないが、シリーズで主要な役を演じるほとんどの人物がある程度それに当てはまる――吸血鬼スパイクとドルーシア、そしてエンジェルがもっとも顕著だ。さらには、邪悪の仕着せを喜んで受け入れているすべてのキャラクターには、そうした服装の意味についての自意識や自己照射性がある。

服装やパフォーマンスとウィローとを関連づける数多くのエピソードがあり、内面と外見との乖離に関する不安を語っていることがある。それ自身にはゴシックの伝統に興味深い変化をもたらす可能性があるものの、ここではむしろ関心があるのは、ウィローの吸血鬼と認知される遂行的性質を暴露する彼女の吸血鬼としてのもうひとつの自己である。

「ウィローのドッペルゲンガー」における善良なウィローは、バフィーの邪悪な分身のふりをすることを強要され、その役割を吸血鬼の恰好で演じるが、そうした一種の〝吸血鬼偽装《ドラグ》〟はジュディス・バトラーがジェンダー・アイデンティティの遂行的性質を明らかにするものとして描写するジェンダー偽装《ドラグ》と類似している。バトラーによれば、「偽装は暗黙のうちにジェンダー自身の模倣的構造を露呈させる――同時に、その偶発性も」[33]。吸血鬼偽装は同様に、ヴァンパイア・アイデンティティの模倣の性質を露呈させる。ただし、それもまたオリジナルのない模倣ではあるが。

文字通りの意味において、人は吸血鬼に生まれるのではなく、それになる。心身ともに吸血鬼の状態であるのは、生物学的性差同様にほとんどの場合、客観的に決定される（ここではエンジェルと中性化されたスパイクは例外である）が、そのいっぽうでヴァンパイア・アイデンティティはバトラーが論じているジェンダーのように、「長期にわたる定型化された行動の反復」(34)から構成される可能性がある。そうした行動にはファッションの実践が含まれる。つまり、吸血鬼になるための扮装である。理論上は、『吸血キラー　聖少女バフィー』の吸血鬼は、顔が変わるときにのみそのような存在であると知れる。人を襲わない吸血鬼は、吸血キラーとしての特別な知識のない人々には検知されない。自己矛盾のない安定した性格となった、それゆえに頻繁に非吸血鬼様態として見られる吸血鬼たちは、それでもたいてい異なるものとして目星を付けられるし、そうした特徴的な様相を示す服装をしている。

サニーデールの他の住民の大方は自分の個性に合わせ、それからずれないように最新流行のファッションを着ているが、それとは異なって主要な吸血鬼の衣装は時代を超えた質を有している。実際、吸血鬼たちの時代を超えた視覚イメージは、人気のある吸血鬼の特徴かもしれない。シーズン1のエピソード「ヘルマウスへようこそ」で、バフィーはファッションを一九八〇年代のものと特定することで相手を塵と化す吸血鬼と認定する。それにひきかえ、スパイクとエンジェル、それとドルーシラの衣装は特定の時代のスタイルを慎重に反映しているが、決して歴史的に正確ではない――フラッシュバックされるエピソードの中においてさえも。これは本質的に、ゴス・サブカルチャー内で一般的な特定の時代のスタイルの自由なリサイクルに匹敵すると解釈できる。

優れた吸血鬼たちは、定期的に成敗されるためにちょっとだけ登場するザコの吸血鬼とは対照的に、彼らの役割にふさわしいファッションを挑発的に着こなしている。ことにスパイクとドルーシアの華麗さは芝居がかった一種の邪悪さ、悪の仕着せ風味である。シリーズの常連作家でありときには共同プロデューサーも務めるマーティ・ノクソンによれば、スパイクとドルーシアのインスピレーション源はパンクのイコンであるシドとナンシーだったが、パンクとゴス・サブカルチャーとの近接性がここではっきりと可視化されている。それは疑いようもなくゴス化されたシドとナンシーであり、狂気と愚かなニヒリズムに対する、より自意識的なバロック的要素が含まれている。[35]

サブカルチャー的謀反は権威と伝統に対する不遜な振る舞いである。にもかかわらず、スパイクとドルーシアの反抗は他の吸血鬼のステロタイプに準拠している。彼らふたりは、シーズン2のエピソード「ウソつき」に登場する吸血鬼志願者が望むような吸血鬼に瓜二つだ。スパイクとドルーシアは吸血鬼らしい一種のパフォーマンスを提示する。そこに潜むまさに不自然さが逆説的に彼らをより効果的に見せている。

アン・ライスの長編『呪われし者の女王』（一九八八年）では、新たに目覚めた太古の吸血鬼は、ベラ・ルゴシのような恰好をすれば、よりよき成果をあげられることに気づく。ボードリヤール的観点に立てば、記号としての吸血鬼は本物の吸血鬼よりリアルである。スパイクとドルーシアは吸血鬼の自己の蒸留をパフォーマンスとして上演する。「静まることなく……」におけるジャイルズの夢で、スパイクは集まったパパラッチのために印象的なポーズをとる。この吸血鬼の人気ぶりは、スパイクのパフォーマンスをいくつかの定型化された身振りに結晶化する。これは明らかにバトラーの言う「身体の様式化の反復」を想起させる。同様に、「ウソつき」でドルーシアは、バフィーとその仲間たちと最初に知り合ったとき、白いエンパイアラインのドレスを着ている。そのスタイルは十八世紀末に流行ったファッションであり、ゴシック小説のヒロインやアンチ・ヒロインの典型的な衣装であることをはっきりと喚起させるが、ドルーシア自身の吸血鬼歴にとっては時代錯誤である――まさに自意識的ゴシック主義。引用符付きの吸血鬼、スパイクやドルーシアはそれでもなお、実に説得力がある――ジュリエット・ランダウのロンドン下町訛りについては異議を唱える向きもあろう――が、多くの吸血鬼はそうではない。シーズン5の始まりで、バフィーがドルーシアにこう言うように。「これまでにもレスタトを自称する肥満したできそこないの吸血鬼を見てきたわ」。

「もっと風変わりな服はないの？」服装とサブカルチャーの現状

正真正銘の吸血鬼を構成している問題点がゴス・コミュニティの今日の表象の中心となっている。そのことは先述したようにキャサリン・ラムスランドの調査結果がすでに示している。私はラムスランドの説明をアメリカにおける吸血鬼志向に彩られたサブカルチャーを代表する必須のものとして採用するつもりはない。とはいえ、ラムスランドが述べる真正サブカルチャーのアイデンティティに対する矛盾した要求は、サブカルチャーおよびことにゴス研究内の典型的な特徴である。

吸血鬼の真正を偽ることやコスプレに関しては、「ウソつき」でバフィーがそのまま取り上げてい

TVドラマ『吸血キラー　聖少女バフィー』シーズン6（2002年）でゴス・パワー・ドレッシングを着こなすダーク・ウィロー。

る。バフィーは、吸血鬼はロマンチックで〝高貴〟な人物ではないと示すことで、吸血鬼崇拝者のグループを迷妄から解き放つ。吸血鬼に〝なりたい人たち〟は、とりわけゴスとして表現され、典型的なタイプ――「以前、こういうタイプにはお目にかかったことがある」とエンジェルが語るような表象として描かれる。彼らは、ゴスのナイトクラブさながらに内装された地下室で暮らしているが、そこではゴス・ミュージックが流れていて昔の吸血鬼映画が壁に映写されている。服装もゴス・アンダーグラウンドのそれで、女性のなりたい吸血鬼一番の魅力的なシャンテレルのまあまあ納得のいく外見のバージョンから彼女の男性仲間のアホらしい肩マントや袖フリルまで、それらはバフィーを腹立たしい気持ちにさせてこう言わせる。「もっと風変わりな服はないの？」

吸血鬼〝気取り〟の服は、実際、ヘンテコリンで、サブカルチャーのスタイルの適正な表象というよりむしろハロウィンのコスチュームだが、バフィーが繰り返して語る、流行に影響力を持つ人々、主流のスタイルと〝オルタナティヴ〟なタイプとの伝統的な遊び場の区分けの交換ということが興味深い。ラムスランドが自らを吸血鬼として見劣りしないようにする努力は、ここではウィローとザンダーが吸血鬼志願者〝クラブ〟に入場するさいの不快な関係と共鳴する。「私たちはすっかり溶け込んでる。ぜんぜん場違いじゃない」とウィローは辛辣な皮肉を口にする。「ウソつき」のエピソードは、所持品や社会的ステイタスの異なるレベルにおける服装の差異のレトリックは多重に変化し強化されるということを入念に喚起させる。

しかしながら、服装の区別の偽装において、ゴスは最悪となる。ゴスはここでは否定的な明かりのもとにはっきりと提示されている。番組は視聴者を奇妙な立場に置く。視聴者は吸血鬼志願者を騙されているダサイ奴らと見なすようにしむけられる。そのいっぽうで、番組は彼ら(そして視聴者)を〝既知の〟特権的なグループ、つまり吸血鬼に関する〝真実〟に気づいている連中の一人に含む。これは非ゴスの視聴者にわかりやすい単純な方法で演じられているのかもしれない。しかしゴスの視聴者には、たぶん効果はより複雑だ。彼らは完全に疎外されているのではないとすれば、実際そうなのだろうが、彼らは吸血鬼志願者を劣ったもしくは不完全なゴスとして追放しなければならないのだ。

この策略は実際のところ、サブカルチャーの機能に不可欠なものである。信憑性の追求はヒエラルキーの創造や〝サブカルチャー資本〟ないし関与の少ないものに対する拒絶に至る。チャンテレルとその友人たちは、自分たちのサブカルチャー・アイデンティティにはっきりとかなり関与しているが、彼らのリーダーのハロウィン用の仮装が示しているように、サラ・ソーントンがピエール・ブルドューの説を適応して唱える〝サブカルチャー資本〟——自分たちのサブカルチャー的立場を知らせる内的知——を欠いている。[36]だが同時に、〝本物〟の吸血鬼たちもまた自分たちの自己認識の欠如のせいでバカにされる。エンジェルは次のように主張する。吸血鬼志願者たちは実際の吸血鬼の服装について何も知らず、同じような服装をしている若者たちとたちどころに直面するのがオチだ。もちろん高級品市場があるが、それでもエンジェルの特徴的な黒い衣装に対するゴス要素はきわだっている。かくて、エピソードは二重のディスコースを可能にする。ゴスは否認され、人を欺くバカらしい衣装として提示される。そのいっぽうで、主要な吸血鬼たちの魅力とカリスマ性を通してゴスは回復される。

「なんだ、そのひどいイメチェンは？」ゴス・スタイルの回復

回復の過程、あるいはゴスを『吸血キラー　聖少女バフィー』へひそかに戻すことは、シーズン6の最後の三話に引き継がれていて、劇的な肉体的かつ衣服的な変容が描かれるが、そこではウィローがダーク・サイドへの旅を経験する。「なんだ、そのひどいイメチェンは？」とは、ウィローの変容に対するザンダー・ハリスの気の効いた言葉である。それ自体は、青春映画の大変身のモチーフに対する意図的な言及であり、オタクの一般大衆への参入儀式や反抗的な若者の上品な主流文化への回帰を示唆している。そうした例は、『ブレックファスト・クラブ』から『シーズ・オール・ザット』（一

九九九年）までの若者向け映画に豊富に見られる。

ファッション・プラクティスとしての変容は、つまるところ十九世紀の医学写真に由来する。〝使用前〟と〝使用後〟の写真は過程の物語を創造することに用いられ、医学的に不完全な対象は処理されるか、もしくは正常な社会的役割を担うように回復させられるかした。医学的名目を欠いているものの、十代の変容は多くの同様の機能を遂行する。すなわちそれは、〝より良き〟自己を、それとなくもっと普通の自己を作る機会を提供しながら、自己改善の主流の倫理を注ぎ込むのだが、そのさいファッションは必然的に道徳的なうわべを取り繕うことにふさわしいものとなる。

ウィローの〝ひどいイメチェン〟は通常の自己改良の過程の正反対である。彼女の変化は自身の差異を、共同性の欠如を、絶望を際立たせる。平均的な〝若者向け映画〟では、ゴスは通常、普通の女の子に変化させられるのだが、ウィローの変容は逆に作用し、シーズン6のボーホーシックなスタイルはいわゆるゴス・パワー・ドレスに変化している。物語の経過は螺旋状に頽廃や堕落のひとつに落下する。仲間組織化された変容は内輪的かつ唯我論的になる。魔術的変容は伝統的な変化の望ましい結果だが、文字通り制定される。事実、それまでの五つのシーズンを通して陽気に探索されていた悪として成功したパフォーマンスと悪そのものとの明確な区別は突然崩壊する。

ウィローは、これまでのエピソード、たとえば「悪夢」や「静まることなく……」でパフォーマンスやアイデンティティにかなりの不安をうかがわせてきたが、今や挑発的な〝真正〟の激情と超自然的な力にアクセスすることを許されていて、その力と差異は彼女の皮膚や髪、衣服に文字通り銘記さ

トッド・ブラウニング監督『魔人ドラキュラ』（1931年）のスチール写真。ドラキュラ役を演じるベラ・ルゴシ。

れている。自分の皮膚を通して魔法書のテクストを吸収することで、ウィローはもはや魔法を遂行するのではなく魔法そのものとなる。

ある程度、われわれはダーク・ウィローの思わせぶりなゴス・アイデンティティにおける遂行性の崩壊を後退性運動や転覆性の収縮として、またアンジェラスやスパイクやドルーシアなどのより遂行性のあるゴス・アイデンティティに見出される演技として見なすかもしれない。実際、シーズン3のイーヴル・ウィローはそうだった。「ウソつき」の最終場面でのジャイルズの元気づけられる作り事を想起するかもしれない。「悪い連中はいつだってとんがった角とか黒い帽子で見分けがつくさ」。「悪党」とそれに続くふたつのエピソードにおいて、『吸血キラー　聖少女バフィー』は、この作り事をこれまで以上に強固にする。スパイクとドルーシア同様に、ゴスの服装はきわめて〝明白な〟悪を指示する。容易に識別でき、お馴染みの図像を再記入できる。

とはいえ、事は複雑である。ダーク・ウィローはまちがいなくものすごくクールに見えるからだ。「ウソつき」の〝バカな〟吸血鬼志願者たち、あるいは、シーズン6のエピソード「結婚式」のスパイクの〝不快な〟ゴス・デートとはちがって、彼女の外見はセックスとパワーに覆われている。これはスペキュタクラー・ゴス・アンダーグラウンド・スタイルというよりむしろ、九〇年代のデザイナー・ゴスである。ウィローの服装は、アレキサンダー・マックイーンやオリヴィア・ゼイスケンズのようなデザイナーが提供する世紀末ハイ・ファッションを想起させる。〝ダーク・ウィロー〟のコスチュームは明らかにあるレベルでシーズン3の〝イーヴル・ウィロー〟のしっぺ返しである。そのいっぽうで、性的幻想もしくはサブカルチャー・スタイルの世界にあまり深く根付いていず、かわりによりまじめで洗練されていて、具体的に言えば大人のパワーを提示している。再び番組はゴスを面白半分に弄びながらも自身はゴスから微妙に距離を置きながら、高級品向け市場ファッションのレンズのフィルターをかけられたゴスのバージョンを提供している。

伝統的な変容モチーフをひとひねりすることで、回復するのはゴスたちではなく、ゴス自身である。ついに、『吸血キラー　聖少女バフィー』はどうにか一石二鳥を得て、ゴスが規定した衣服に関する生気あふれる語彙を利用しながら、他方ではお定まりの〝ティーンエイジ・ゴシック〟に抗っている。

それゆえ、『吸血キラー　聖少女バフィー』では、大衆娯楽としてのゴシックとサブカルチャー・スタイルとしてのゴシックとのあいだの不一致は歴然としている。この不一致を解消するのはたやすいことではない。意味を空虚にすることと深みを求めて悪戦苦闘することとの緊張は、コンテンポラリー・ゴシックの特徴のひとつである。しかしながら、ゴシック消費の明確なモードには差異がある。次章では、そのことについて論議する。

第四章　ゴシック・ショッピング

ゴシックを消費する

ゴシックの歴史は常に消費と結びつけられてきた。十八世紀のゴシック小説は基本的に使用価値のない産物の贅沢品と関連している。また一九六三年には、死去したばかりのベラ・ルゴシの親族とユニバーサル・スタジオとのあいだで法廷闘争が繰り広げられている。『魔人ドラキュラ』のスター俳優の金になるイメージのマーチャンダイジング使用権をめぐってのことである。ユニバーサルが勝訴したのだが、重要なのは、魔人ドラキュラ役がベラ・ルゴシだったなんてほとんどわからない、と参考人が主張したことである。その役を演じた際、ルゴシはノーメイクだったにもかかわらず。

マーケティング・イメージが結果として、役者当人のイメージをもしのぐ〝本物〟のイメージをもたらす。デイヴィッド・J・スカルが『ハリウッド・ゴシック』で語っているが、公判自体が一種のポストモダン・ゴシックのテクストだった。「『魔人ドラキュラ』／『ドリアン・グレイ』／ドッペルゲンガーものにおいてはイメージが役者を飲み干す。役者は死んで再生し、彼の幽霊は経済的搾取のために子供たちを魅了して映画館に誘い込むことに従事する。吸血鬼主義と消費主義とは不鮮明な関係にある。片方がもういっぽうを生み出す(1)」。

しかし二十一世紀までには、マーケティング・ゴシックの異なる意味は、あるいは他の製品を市販するためのゴシックの使用法は、これまで以上により多様化、複雑化、微妙な差異化が行われてきた。それゆえ、ゴシック・ショッピングとは何か？　単純にゴシック的なオブジェを購入することなのか？　あるいははっきりとしたゴシック的な消費モードがあるのか？　これは答えの容易に出る問いではない。

ジョージ・A・ロメロ監督の古典的ホラー映画『ゾンビ』（一九七九年）は、有線放送のＢＧＭの流れるショッピングモールに脳死状態のゾンビをうつろな表情でよろめき歩かせることで、機械的な消費のひとつの形と滑稽に強調された消費のもうひとつの形との関連を描いている。

ロブ・レーサムはこう指摘している。われわれの〝消費文化〟は、マルクスが資本家を労働者から労働力を吸い取る吸血鬼にたとえた時点にまでさかのぼることができる。レーサムにとっては、「文化的労働のモードとしての若者の消費はマルクスの十九世紀の工場労働者にとって代わる(2)」。二十一世紀では、〝消費する若者〟は弁証法的なイメージとなっている。つまり、若者は絶えざる消費の要請下に置かれると同時に、消費の対象にもなった。そして彼らは、映画やTV、ファッション、広告のイメージを通して、われわれのお楽しみのために繰り返し供されている。さらにレーサムによれば、今日のポピュラー文化内の吸血鬼やサイボーグへの執着はマルクス理論の無意識的表現である。

ヴァンパイア・サイボーグは強力な象徴であるがために、今日の若者文化は、たとえ無意識的であっても、若者文化それ自体を事実上理解するようになった。人気のあるヴァンパイアとサイボーグのテクストは、今や工場という公共の場所から消費と〝ライフスタイル〟の私的な所有地へ輸送される資本主義的自動化に対するマルクスの弁証法的批判の基本的枠組みを効果的に具体化する。(3)

先に述べたように、ゴシックとポストモダンには数多くの類似点がある。ゴシックは後期資本主義の状況に見事に適合する。また私は、E・J・クレリーの議論を引用した。すなわち啓蒙思想資本主義は、迷信的信仰を娯楽にすることをやめて迷信を娯楽の形式に変えることができる文化においてのみ、大量消費に十分なゴシック製品を可能ならしめる。さらにはクリス・ボルディックによれば、ブルジョワに対するマルクスの記述もまた特徴的なゴシックの用語で語られている。

もはや、歴史における合理的で自律的な代理人ではなくなったブルジョア階級は、余剰価値の追求も、それに必要な生産力さえも支配できぬ、呪われ取り憑かれた階級として姿を現す。……この新しい視点からみると、世界征服を達成しつつあるブルジョア階級は、自分が呼び出した強力な魔物にしっかりとつかまれた麻薬中毒者、逃亡者——さまよえるユダヤ人やヴィクター・フランケンシュタインのような——として見ることができる。(4)

消費衝動が後期資本主義の文化を駆り立てているかのようで、今日では十九世紀の血を吸う工場主がブランドの吸血鬼的な自己複製に置き換えられてしまったわけだが、それは西欧の消費者が集団的に取り憑かれていることを示しているのかもしれない。ゴシックは時代精神を表現するためのとりわけ示唆的なモードを提供すると言える。

この章では、ゴシックと消費主義が、ある具体的な例を通して交差するさいの意味が考察される。二十一世紀においては、ゴス・サブカルチャーに参入することで必然的に伴う拘束のあるなしにかかわらず、ゴシックをテーマにした製品は流行している。おかげでゴシックをライフスタイルのひとつとして気軽に選択することができる。

ロック・スターのシェールは、一連のゴシック調の家具をデザインした。ローレンス・ルウェリン＝ボウエンは、BBC2番組『テイスト』のシリーズで、自身のキャンプ・ネオダンディズムにおいて、ホレス・ウォルポールやオスカー・ワイルドの自意識的模倣版としてゴシックを提案している。『テイスト』でのゴシック・キッチンを誇りに思っている所有者は（「店内で目にして、これはぜったいに買おうと思っただけ」）、主流派でブルジョワ層の上品な人たちである。二〇〇二年に西ドイツで有罪を宣告された、いわゆる吸血鬼殺人鬼たちやウィットビー・ゴシック・ウィークエンドのために年に二度ウィットビーに集合するゴスたちとは大違いだ。(5)

ウィットビー・ゴシック・ウィークエンドの参加者たちは、しかしながら彼らなりのショッピング形式を持っている。プロヴィンシィアル・ブリティッシュ・ゴス・シーンに関するポール・ホドキンスンの研究は、サブカルチャーの消費者向けに採用された様々な戦略を詳述している。(6)消費の最も一般的なオブジェクト——サブカルチャー的状態を有効かつ強固にするもの——は、衣服や化粧品、宝石類、そして音楽の類である。

ポール・ホドキンスンの調査対象者たちは、専門店から傑出したものを買うが、捕捉としてメール・オーダーやオンラインで品物を注文購入したり、一般店で品目を見つけたり、それを自分に似合うようにカスタマイズしたりする。隙間市場としてのゴスの整合性は、サブカルチャーにかかわっている生産者自らの需要に主として応じるものだったが、ホドキンスの見解では、それはサブカルチャー集団としての統一性と長命性を保つ手段である。

しかし、ゴシック製品の市場はそんなことよりもっと複雑だということを、および各自異なる消費者たちは重なり合うと同時により截然とした区別を生じさせるということを、私は述べたい。

一九九四年に人類学者テッド・ポラマスは、こう書いている。ゴスはいくつかあるサブカルチャーのひとつだが、陰気さと病的なものにとりわけ注目するために、主流派には決して認められない[7]。とはいえ、ポラマスの主張はおそらく、いささか時期尚早だった。今や主流派がますますゴスを消費しようとしているように思えるからだ。

九〇年代後半には、何人もの高名なデザイナーたち、たとえばアレキサンダー・マックイーンやジャン＝ポール・ゴルティエが自分たちの作品にゴシック的なイメージを活かし始めていた。そうしたデザインの中にはゴス・サブカルチャーにインスパイアされたものがあり、他にも――とくにマックイーンや彼の共同制作者である宝石デザイナーのショーン・リーンの作品など――ゴシック・ディスコースのより知的な考察に着想を得たものがある。キャロライン・エヴァンスはこう書いている。今日のファッション・デザインは過去の断片を、〝抑圧されたものの回帰〟を想起させる仕方で再利用している。つまりそれらは、「新しい層の表面に到着する過去の作品の断片であり、今日の象徴として機能するように意図されている[8]」。

キャロライン・エヴァンスは、マックイーンの仕事（自身のレーベルとジバンシーの両方）をこのプロセスの典型的な例と見なしており、マックイーンの九九年春／夏コレクションにとりわけ関心を示している。そのショーでは、アンピュティのモデルとして知られるエイミー・マリンズがマックイーンによる手彫りの義足を誇示したり、モデルのシャロム・ハーロウが「回転台の上でオルゴールの人形のようにくるくるまわったりしたが、その際に着ていた白いドレスはアシッド・グリーン・アンド・ブラックが吹き付けられていて、しかもそれらは危険な工業用塗料だったので、キャットウォークの上で突然、生命を帯びた」[9]。

とはいえ、マックイーンのコレクションの中にはあからさまにゴシック的ではないもの（たとえば、ダンテやジャンヌ・ダルク、そしてカルト的なホラー映画『ザ・ハンガー』や『シャイニング』など

ウィットビー・ゴシック・ウィークエンド（2005年4月）でのコンテンポラリー・ゴシック・スタイル。

義足のモデル，エイミー・マリンズ。『デイズド＆コンフューズド』誌（1998年9月号）掲載。

に刺激を受けたもの）もあって、人間の身体と自動化とのあいだの置換がそのショーにおいて生じていたが、とりわけ今日の不気味《アンキャニー》なものを想起させる。エヴァンズはこう指摘している。

有機体と無生物とを並置すること（人形の擬態をするモデルや人間の動きを再現した塗料吹き付け、そして人間の行動を強化する義足）、コレクションは客体と主体との関係を歪めてマルクスの十九世紀の商品取引を喚起させる。つまり、「人間と物は見かけを交換する。社会的関係は対象関係の特徴を帯び、商品は人間の活性媒体を担う」それらふたりの若い女性の彫像においては、マルクスの亡霊が鼓動していて、疎外や具象化、そして商品的フェティシズムの体現した形式として二十世紀末によみがえっているかのようだ。[10]

総じてコレクションは身体の構成をほのめかしていた。マックイーンのデザインによる成型加工された革製〝補綴《ほてつ》〟コルセットは乳房と乳首があり、装着者のそれらと挑発的に置き換えられている。とはいえ、それはシームレスな構成物とはほど遠く、傷跡や縫い目がフランケンシュタインの怪物を想起させる。このように提示された身体は人工的にもかかわらず妙に有機的で、また損傷の徴が露骨に肉感的でありながら触れることのできない保護用の殻を表現している。とりわけマックイーンのコルセットは表層としての、服飾から作られたものとしての身体を産出し、イヴ・セジウィックがゴシックの最たる特性として語っている深みの拒否[11]を想起させる。

鏡張りの箱に囚われる。ゴシックの監禁される乙女としてのファッションそのもの。ロンドン・ファッション・ウィークにおけるアレキサンダー・マックイーンのショー（2001 年）。

マックイーンの二〇〇一年春／夏ショーはゴシック的イメージを過激に更新した。モデルはマジックミラーで囲まれた空間を行進する。観客は空間内部を見ることができるが、モデルは鏡に映った自身の姿しか目にすることができない。かくて自己愛的分身化と窃視趣味とが見事に一体化する。ショーの最後では、空間中央に置かれたガラス箱の両側が倒れて開き、マスクをかぶった全裸の太った女性が蛾に覆われた姿でソファーに横たわっており、ジョエル＝ピーター・ウィトキンのイメージを意図的に想起させる。

マックイーンのイメージ、つまりウィトキン作品のようなイメージは、厄介で筆舌に尽くしがたい欲望を喚起させる。観客は朽ち果てているファッションを見世物として提示されたのだ。彼女のドレスは暗黙裡に蝕まれていて、モデルは消費主義の生き証人を着ているのである。箱が開くということは、蛹の繭から成虫が出現する際の変身の瞬間であると同時に、恐るべき秘密で一杯のパンドラの箱が開くことをも暗示している。ファッショナブルな女性たちが型どおりに蝶々と比較されるならば、蛾は暗くて、より邪悪だという陳腐な表現のニュアンスを含むように思われるが、取り囲んでいる鏡はファッション自体がゴシックにおける監禁される代理人となる身振りを演出している。マックイーンはファッションをゴシック的見世物として提示するが、それは隠れた意味に向かう身振りであり、はたまた自己照射的に自己自身のみを指示し、完璧に表層だけを振り返っているようにも思われる。

マックイーンのような作品は次々にハイ・ストリートに影響を与え、今やそこでは〈トップ・ショップ〉で髑髏の印のブレスレットを、および〈リヴァー・アイランド〉で脱構築されたヴィクトリア朝のブラウスを購入できる。このメインストリームのトレンドを無視することで、ゴス消費者は自分たちのサブカルチャーに対する忠誠心を世に知らしめる。あるいは自分たちの趣味に対する要求をハイ・ストリートが満たしてくれる稀なる瞬間として、メインストリームのトレンドを熱狂的に受け入れることも可能である。

とはいえ、服を着たときには、いずれの戦略であるのかをどのように区別するのだろう？　このハイ・ストリート・ゴシック主義は、七〇年代後半に登場したパンクをすぐに取り込んだメインストリームとはいささか異なる筋書きを有する。なんだかんだ言っても、パンク・スタイルはマルコム・マクラーレンとヴィヴィアン・ウエストウッドの発案だったことはほぼまちがいない。しかし当時は、パンク・スタイルがメインストリームに採択されるまでに一年半ほどかかり、あるいはそれに関する明確な定型はストリート上ではさほど口にされなかった。

二十五年かそこらの歳月のうちに新しいトレンドのグローバルな露出度は未曽有の度合いで加速した。少なからずインターネットと同様にトレンドスカウトやイメージのデーターベースのおかげである。新しい流行の型は、今や世界中のデザイナーたちのコンピューター・スクリーンに提示され、ストリートに登場するまで数時間しかかからない。対照的に、ゴスは二十年ほどのあいだ――サブカルチャーの歴史において長期にわたって別個のものとして存在したのちにファッションの世界に出現した。さらには、ゴスはそれ自体、他の流行のスタイル――当時の衣装、フェティッシュ、仮装服（たとえば、妖精の羽、あるいはサイボーグ・ゴーグル）、そしてパンクの要素でさえ再利用するスタイルである。ゴス・スタイルをハイ・ストリートが盗用したのは、新しいものへの欲望だけではなく、古いもの、過去の流行との関係――別種のリバイバルでもあった。

ゴス・スタイルは、上っ面の反抗といった凡庸なスリルを提供しない。また、サブカルチャーの流行をリサイクルしたり盗用したりして提供されるノスタルジアも創造しない。だが、一連の衣服のかなり異なった意味を実演させる。八〇年代ゴスのスーパースター、たとえばスージー・スーや彼らの今日版であるマリリン・マンソンなどが大衆向けゴス・スタイルを大いに開拓したことは言うまでもない。彼らは批評分野でも商売面でも成功したにもかかわらず、〃サブカルチャー資本〃を与えられたアイデンティティを保有している。

二〇〇〇年に女優のアンジェリーナ・ジョリーが真っ黒な鬘を付けてヴェルサーチのゴシック風ガウンをまとい、『十七歳のカルテ』に対するオスカー像を受け取ったが、反響は今日予想されるようなものとはまったく異なっていた。ジョリーは当時、スター俳優になりかけていたが、危険な性質を備えた反逆児としての評判をも確固たるものにしつつあった（彼女は当時、ナイフのコレクターであり、数多くのタトゥーを入れており、最初の結婚式のさいにはウェディンク・ドレスに自分の血で夫の名前を記した）。ジョリーは即座に、『アダムス・ファミリー』の魔女モーティシア・アダムスのようだとしてベスト&ワースト・ドレッサー賞のリストでバカにされ、その服装は共演者（であり、ときにはゴスのアイドル）のウィノナ・ライダーが着た〃上品な〃黒のドレスとはっきりと区別された。その結果、アンジェリーナ・ジョリーは、自身を重要なハリウッド俳優の正真正銘のメンバーである

ヴェルサーチを着こなすアンジェリーナ・ジョリー。アカデミー賞授賞式にて（2000 年）。

と同時に先端を行く反抗的なアウトサイダーとして表現することができたのだ。

アンジェリーナ・ジョリーのデザイナー・ゴシック・ドレスアップの巧妙な展開は、彼女のパブリック・イメージの暗い面を演出するいっぽうで、依然として彼女を主流派セレブの言説の中に加えている。その後も大々的に公表された奇行にもかかわらず、たとえば、二番目の夫の血を小瓶に詰めてそれを香水のように首にかけたりしたが、ジョリーはだからと言って、サブカルチャー・アイデンティティの特色を示すゴスに深く傾倒しているわけではない。けれどもアカデミー賞授賞式の夜にゴシック・スタイルを選択したのは最新流行を上っ面だけ消費したのではない――それは特異なアイデンティティと意味を伝えるために慎重に選ばれたのだ。はたまた、サブカルチャー・モードにおける単なるゴシック・ショッピングでもなかった。

この章で、私はゴシック消費主義の対照的なふたつの現場をより深く検証したい。それらこそがサブカルチャーとメインストリームとの間の不安定な境界線をまたぐゴシック製品の市場であるからだ。ふたつの特別な例に焦点を当てながら、コンテンポラリー・カルチャーにおけるゴシックのちょっとした普及率を明らかにできればと思う。有効にして不必要なといったパラドキシカルな方法のように見えるが。

ひどい説得者

一九九九年後半のこと、英国の映画館にスミノフ・ウォッカの売り上げを狙った広告が登場した。悪魔的雰囲気〈闇の公子〉自身でさえあるかもしれない）の青年が破壊された都会の風景を決然とした足取りで通り抜けてやってくる。九九年後半のゴス・スタイル、マリリン・マンソンに強い影響を受けたファッションに身を包んでいる。黒い長髪に黒い革のトレンチコート、そして黒い杖。やがて青年はタトゥー除去手術の店に立ち寄ると、頭蓋骨にある〝666〟のタトゥーを露呈する。すると気味の悪い恰好をしたサディスティックな看護士は衝撃を受けて従順になる。ついでシーンは淡い色調の草原に変わると、剃髪したばかりの同じ青年が今度は修道衣を着ていて、魅惑的な若い修道女にサクランボを思わせぶりに差し出している。

スミノフは、ファンタジーとリアリティとの認識をもてあそぶような創造的で最先端を行く広告キャンペーンで知られている。たとえばテレビのキャンペーン・シリーズは、日用品がスミノフの瓶の歪んだレンズを通して見ると驚くほどエキゾチックなものになるといった具合。だが、彼らのプレ・ミレニアムの映画館キャンペーンは、ウェイターがペンギンに変わって見えるといったことよりもたしかに不穏である。

件の広告はあからさまに悪魔主義や身体改造、そしてゴスのイコノグラフィーをもてあそんでいる。事実、それはマシュー・グレゴリー・ルイスの『マンク』のプロットを逆にしたもので、サウンドトラックにインダストリアル／テクノが使用されていた。その広告スタイルと機知は人を惹きつけてやまない。とはいえ、広告代理店がウォッカを売るのに最良の方法として、公然と、しかも人を不安にさえさせるゴシック物語を採用するに至った経緯はなかなか想像しづらい。きわめて不快な言外の意味（閉所恐怖症、不安、腐敗、そして道徳的に卑劣な行為）を含むジャンルがアルコール販売の手段として復活したのだろうか？

しかし、スミノフの広告は単に少数派の非常にきわだった例であるばかりか、ここ十年ぐらいにわたって発展してきたまぎれもない流行でもある。ゴシックのイメージはアルコール飲料の広告でもっとも頻繁に採用される——ティア・マリアの「闇の皇女」シリーズやメッツの「ジャダーマン」などはきわめて印象的だ——が、同様に粉末洗剤、ソフト・ドリンク、ヴィデオ・ゲーム、サングラス、ガス・セントラルヒーティング、そしてマーマイトにさえ広告として使用されている。

ゴシックのイメージは、厳密にはどのようなオーディエンスを対象にしているのだろうか？　ほぼまちがいなく、疲弊したポストモダンなオーディエンスを狙ったものである。ゴシックのイメージは、アイロニカルでモラルの曖昧性を目指している広告の一般的な傾向の一部であり、常に新しさを探し求めている産業におけるきわめて新奇なものだ。同時に、消費主義の最大の傍流によるゴシックの流用という枠組みの中で、より広い文化的意義を追求したくなるイメージ群でもある。

このセクションのタイトルは、社会学者ヴァンス・パッカードがアメリカの広告産業について執筆した露悪本『かくれた説得者』を不正流用している。パッカードのその著作は五七年に刊行されて大ベストセラーとなり、今日でも増刷されている。その理由として、ゴシックではお馴染みの権謀術策はほのめかされる程度だが、少なくともその本では共同謀議がよりセンセーショナルなスタイルで語られていることがあげられる。

ここでヴァンス・パッカードの論議を検討する余地はないが、彼の表現方法は注目に値する。〈説得者〉は悪党で、消費者――〝軽度の催眠的トランス状態〟にある主婦としてしばしば象徴される――の秘密の知識を入手して構築した不可視の作用を駆使して、恐怖や欲望を操作する。そして消費者の金と精神を支配するのだ。[12] 監視のメカニズムをゴシック化した〈説得者〉は、シェリダン・レ・ファニュの創造した悪党アンクル・サイラスを想起させるし、さながらジョージ・オウエルが描いた〈ビッグ・ブラザー〉のような趣もある。

パッカードの『かくれた説得者』刊行以来、広告は西欧文化においてより多義的で不確実性の状態に達し、その効果がまさに疑問視されるときにあってさえ、さらに浸透するようになった。グレッグ・マイヤーズが提唱しているように、広告は西欧文化において偏在しているが、絶大な力を有するものでも一枚岩的なものでもない。[13] マイヤーズによれば、それはむしろ統一感のない数多くの異なる世界から成り立っている。〈説得者〉はもはや隠れ潜んでいないが、しばしば分析されたり、批評されたり、あるいは消費者に無視されたりしながら吸収される世界で、むしろ注意を喚起させるためにますます大騒ぎしている。したがって、広告主は自分たちのメッセージを伝える新たな手法を開発しなければならないというわけだ。それらは、数多くのスポンサーを含むが、ブランド銘による製品の支配と自己言及的広告として表れている。広告業者はもはや邪悪な姿として構築されることはない。むしろ広告自体が邪悪な、もしくは衝撃的な形態として構築されているのかもしれない。

　広告におけるゴシック的イメージの使用は、消費者によって得られる満足感ないしは快楽と製品とを関連づける伝統的なキャンペーンから離れた広範なトレンドと一致する。ますます洗練され、皮肉家で、広告に対して目利きとなった大衆は、今や戦略の多様性を懇願している。それにはウォーレン・バーガーによって、〝衝撃広告《ショックヴァタイジング》〟や〝奇怪広告《オッドヴァタイジング》〟として言及されているものも含まれる[14]。〝衝撃広告《ショックヴァタイジング》〟は八〇年代後半に最初に登場したが、暴力や露骨なセクシュアリティ、もしくは政治的に問題含みのイメージを通して故意に論争を引き起こすことを狙いとしていた。そしてほとんどの現代広告の骨格となっている〝肯定的効果《ポジティヴ・レジスター》〟を故意に無視している。同時にオーディエンスを分裂させ――ついでマスコミを激怒させることでさらなる宣伝効果をも達成しようという意図を有している。この戦略ないしは複合的な戦略ともっとも顕著な関連のあるブランドがベネトンである。その会社のエイズ患者や死刑囚を表象している広告キャンペーンは左翼と右翼の両陣営の批評家から同時に非難を浴びた。

　かたや〝奇怪広告《オッドヴァタイジング》〟は九〇年代後半に登場したが、現在のところ（ゼロ年代前半）明らかに流行のひとつとなっている。〝奇怪広告〟は異様で過激にして、しばしば不可解である。広告の陳腐な論理——「この商品を購入したくなる理由は……」——を放棄して、かわりに不条理にうったえかける。しかしながら逆説的に、それは高度に自意識的かつ不条理だと即座に認識できる形態をとる。つまり、パッカードの隠れ潜む〈説得者〉は意識下の欲望を開発していたと思われるが、その反面、そうした広告は様式化された、自意識的かつ不遜な方法においてのみ実践されうる。

実際のところ、その種の広告はシュールレアリズムやカーニヴァレスクの範疇を通して説明できることがある。シュールレアリズムはアルコールやタバコの広告にもっとも頻繁に登場するが、八〇年代後半以来、広告において割と主流のテクニックとなった。それはもっともらしい外見を可能にする非合理な形式であり、見てそれとわかる文化的枠組み内に含まれる。その結果、消費の原動力と完璧に見合った侵犯の比較的〝安全な〟形式を提供することになる。

カーニヴァレスクの出現は、より純粋に破壊的だった。九〇年代のタンゴの広告は、この範疇に置かれる。全身オレンジ色の太った男が突然現れて、タンゴのソフト・ドリンクを飲んでいる人の顔をピシャリと叩いてまわる広告は、ミハイル・バフチンがカーニヴァルと結びつけて考察した一種のグロテスクな身体的コメディや野放図な笑いをほのめかしている（興味深いことにこのことは、つまるところ〝奇怪広告〟が完璧に不可解であるわけではないことをほのめかしている）。

とはいえ、もちろんタンゴの広告は想像力の羽をいくら広げてもゴシックではない。ゴシック的なグロテスクは、二〇〇二年のマーマイトの広告に現れていて、十九世紀末スタイルのフリークショーで普通の人がマーマイトを食べるところがパフォーマンスとして披露されている。「マーマイトなんて嫌いだ」キャンペーンは全体として、トーストに塗るおいしいトッピングをいささか不合理にアピールするといったことを意図的に開拓している。オーディエンスたちをマーマイト好きと嫌いとに故意に分裂させることによって、キャンペーンは〝衝撃広告〟と〝奇怪広告〟との手法を見事に融合させている。実際、その自意識的な承認とオーディエンス分極化の刺激とにおいて、それは〝ポスト衝撃広告〟と呼ぶことができる。

ゴシック的な広告はしばしば、これらふたつのカテゴリー双方、ないしはいずれかひとつに分類される。ゴシック的な広告はときおり、否定的効果《ネガティヴ・レジスター》を用いることで時流に乗った広告の正統派的慣行に抗う。たとえば、先述したスミノフの広告における悪魔崇拝主義を喚起させるような仕方である。同時に、完璧に自意識的な方法で不合理性もしくは奇妙さを用いることもある。一例をあげれば、メッツの「ジャダーマン」の広告は、ギクシャクと動くゴブリンじみた像に注意するように鑑賞者にことわっている。ルイス・キャロルの「ジャバーウォッキー」やハインリッヒ・ホフマンの「もじゃもじゃペーター」といった詩のみならず、ティム・バートン監督のゴシック・アニメーション、より具体的に言えば、ヤン・シュヴァンクマイエル監督の作品などにおける先例を用いて、奇妙さの美学を慎重に洗練させているのだ。そうした広告は論理的合理性など持ち合わせていないように思われるが、ほぼ全世界で人気を博している。その手のゴシック的な広告は、二〇〇三年にはチャンネル4の視聴者によって、〝最恐動画〟のひとつに選出されている。(15)

ここで広告イメージとの関係におけるゴシックという言葉に使用制限を課すことは重要である。私は、大勢に対して必ずしも異を唱えるつもりはないし、そうした広告をなんでもかんでも必ずゴシックと見なすという気もない。しかし、次のように言いたい。今日のある一定量の広告はゴシック美学と関連するイメージ、たとえばドラキュラ伯爵やフランケンシュタインの怪物などのストック・キャラクターから不吉なもしくは恐ろしいプロットや視覚的資料まで略奪している。あらたな文脈に置き換えられた、そうしたイメージは〝脱ゴシック化〟され、恐怖や戦慄、あるいは崇高《サブライム》の含意を奪われて、口当たりのよい健全なものとなってしまうことがある。にもかかわらず、ゴシック的イメージは、自らの起源のジャンルとの対話を交わし続けることで、ゴシックに関する大衆の今日的理解に貢献している。

広告にゴシック・イメージを採用するさいのもっとも一般的な方法は、それが有するお馴染み感をじゅうぶんに活かすことである。ベラ・ルゴシのドラキュラ伯爵やボリス・カーロフのフランケンシュタインの怪物の偶像的イメージをしばしば開拓／搾取することで、そうした広告はゴシックの語り口をパロディにするか、ないしは伝統的表現法を滑稽な効果へと転倒する。その結果、オレンジ・モバイル・ネットワークのための二〇〇二年の広告では、アニメで表象された吸血鬼が格安の日中料金を公表するために真っ昼間の街中を歩き回ることになる。消費者にとって昼間の格安料金などまさかのビックリ仰天。同様に、日中に歩き回るドラキュラ伯爵なども予想外の驚きというわけだ。

このタイプの広告は一種のアンチ・ゴシックを形成していて、製品が消費者の生活を改善できることをほのめかす、より伝統的な広告戦略と一致する。オレンジ社のモバイルを使用することで、もはやドラキュラ伯爵は、おなじみのゾッとする伝統的表現の循環に監禁される運命にない。かれは包括的な束縛状態から解放されたのだ。このゴシックの滑稽なガス抜きは、実のところ不穏どころかむしろ安心感を与えてくれる。ドラキュラ伯爵の認識値は、かれをおそろしいというよりむしろ親しみやすい人物像に作りあげる。ドラキュラ伯爵自身は、おそらく一種のブランドであり——そして、すべての優れた広告制作者が知っているように、消費者は自分がそれと認識できるブランドが好きなのだ。まさに過度に反復することはゴシックの顕著な特性のひとつであり、潜在的にもっとも不穏にする効果のひとつにしてその主たる悦楽のひとつなのだが、それがオレンジ社の広告ではゴシック性を消去するために——そしてもちろん、携帯電話を販売するために機能している。

最近の広告の多くは、似たようなストーリーを使用している。ミニカーのためのある広告では、ゾンビの群れがウンザリして自宅に戻ろうとする。というのも、求愛しているカップルの車に侵入しようとしたが、そのふたりが乗っているのはミニカーなので難攻不落だと証明されたからだ。ほかには、とりわけ独創的な広告では、郊外にある悪魔の家でブリティッシュ・ガスを取り付けている設備工事員が描かれているが、ガスの火の傍らでケルベロスが座ってくつろいでいる。

フレッド・ボティングにとって、そのようなゴシックのストック・キャラクターの使用は、ロラン・バルトが『神話作用』（一九七三年）で明確にしたような意味で、それらキャラクターの神話化の兆候である。バルトにとっては、なにかが神話となるのは、それが形成されている社会的・歴史的・政治的文脈から切り離され、普遍的に認知される概念、もしくはイメージになるときである。イデオロギー的には、複雑な問題を単純化ないしは純粋培養化・衛生無害なものにして、自然で永劫不滅な状態へと縮小させることである。九〇年初頭にTVで放映された電力民営化の広告は滑稽なフランケンシュタインの怪物像を採用しているが、それについて論議しながら、ボティングは次のように書いている。

『フランケンシュタイン』は、数多く論議され、大いに修正され、すっかり変形されて、脅威の意味が浄化されてしまった……TVドラマ『マンスターズ』や『アダムス・ファミリー』、それと『原始家族フリントストーン』においてさえ、不穏なボリス・カーロフの怪物は愛想がよく、無能な、そして笑われるべき姿に変えられてしまった。怪物を飼いならすことで、脅威となる他者は安全で認識可能な領域に取り込まれる。(16)

にもかかわらず、ボティングにとって、電力民営化の広告キャンペーンは、『フランケンシュタイン』神話をかなり明確な政治路線を効果的に伝えるために用いていることになる。たとえば、国家や〝冗長な……不自然な怪物〟としての労働を古い神話として表象するために笑いを使用し、そのオーディエンスを民営化の新しい神話に再教育する、といった具合に。(17) この場合には、ゴシック的元型の利用は込み入っていて政治色が濃厚だが、ゴシック的広告の一般的な事例ではない。
オレンジ社の携帯電話の広告は、ブラム・ストーカーの『吸血鬼ドラキュラ』が当時の最新テクノロジーを取り入れて執筆されていることを想起させるかもしれない。その吸血鬼は現代世界を受け入れることで生存できることをほのめかしているが、関連性は希薄なので、そのことにほとんどのオーディエンスは気づかないだろう。

そのような広告がドラキュラ伯爵やフランケンシュタインの怪物のようなゴシック〝神話〟の承認価値や笑いの効果における典型的なゴシック物語の伝統的表現法を効果的に使用しているとしたら、他は対抗戦略をとってゴシック・イメージが供給する神秘や危険、そして予期せぬ出来事などの特性を開拓／搾取する。そうした広告は、〝奇怪広告〟の不合理な外装と幻想的かつ超自然的な性的誘惑の思わせぶりとを融合させている。

たとえば九〇年以降の広告、ティア・マリアの「闇の皇女」は、その名の由来となったヒロインが、ピクルスの瓶の蓋を開けさせるために神秘的な力を用いてマッチョな若い映画男優を自分の隠れ家に引きずりこむさまを描いている。この陳腐な仕上がり、そしてキュウリの男根的含意といった凡庸さにもかかわらず、これは狼狽させる不可解な広告にとどまっていて、おそらくは存在しない隠された意味を身振りで伝えようとしているのだろう。

かくして、それは思わせぶりに、「闇の皇女」を忌まわしいというよりも〝かくれた説得者〟として表象している。しかしながら、ティア・マリアの広告には、より多くの伝統的な要素もある。ゴシックを神秘的な性――一種の〈美しすぎる未亡人《スコティッシュ・ウィドウズ》〉的効果として単純に表現しているのだ。典型的な九〇年代の女性、「闇の皇女」は望むものを得て主導権を握っている。たとえ、自分のピクルスの瓶を開けることができなくとも（苦にすることもない）。ブランドのスローガンは、「あなたは闇の皇女に会ったことがある？」だが、広告がターゲットとしているのは闇の皇女に会いたがっている男性ではなく、彼女のようになりたいと思っている女性のように思える（女性は、噂によると、リキュールの主要な消費者らしい）。

このシリーズに先行する広告では、男性がバーで衣服だけを残してなんの説明もなく消えてしまう。やはり神秘と危険とセックスは省略されているが、闇の皇女と出会ったあとのことなのだ。それは二〇〇三年の〝セイレーン〟キャンペーンの前ぶれとなっている。そちらの広告では、木々にピンで留められている〝行方不明者〟のポスターをカメラがパンしているあいだ、「かれら若者たちはどこに行ってしまったのか？」といった忘れがたい憂いを帯びたセリフが繰り返される。孤独な若者がカフェの座席から消えたのち、視聴者はかれが川のほとりにたたずむ若い女性と会っているところを目にする。メッセージは明白で、その若者は彼女の香りに惹きつけられてそこにやってきたのだ。その芳香は男性には抗いがたいものだが、サブテクストでは彼女が超自然的な存在もしくは一種の連続殺人鬼（ないしはその両方）であるようにほのめかされ、おおかたの香水の宣伝よりいささかダークな魅力がある。同時に、オープニングの〝行方不明者〟のポスターの際限のない繰り返しが不気味《アンキャニー》なものの正真正銘のおそろしさを提示している。

ダミアンの冒険を語っているスミノフの広告は、一種の男性版ティア・マリアである。その広告はリリースされた当時のミレニアム感覚を演出しており、〝666〟のタトゥーが聖書の黙示録で語られる

〝獣の数字〟を暗示している。一見したところでは、大胆かつ罪深い宣伝であり、洗練されたオーディエンス向きで、一連のお定まりの二項対立にしたがって機能している。善と悪、聖なるものと卑俗なもの、純真無垢と経験豊富、田園と都会といった具合に。それら二項対立は中心人物によって混乱／粉砕させられている。広告によって構成されているふたつの対立する世界を青年が横断することを可能にしているのは、その人物の表面的な象徴操作のおかげである。それゆえ、「純正スミノフ」というキャッチ・コピーは、ウォッカの見かけは純正かもしれないが、実際には魅力的な邪悪――〝少しヤバイけど素晴らしい〟、〝恐ろしく素敵〟テーマのヴァリエーションであることをほのめかすために象徴が転倒させられている。〝純正〟は〝澄みきった〟や〝完全な〟や〝真正の〟などの言葉と連携を保ちつつ、あまり魅力的ではない道徳的含意は剥奪されている。

広告はまた、偽装およびその偽装と自己との関係というゴシック的テーマに精通していることをはっきりと示している。この点で、スミノフは真正のアイデンティティを偽装できることをそれとなく知らせている。つまり、主人公の〝真正の〟アイデンティティである邪悪な自己は、認証マーク（頭蓋骨の666）を抹消することで、純粋という名の仮面の下に隠される。ダミアンは〝白い悪魔〟となる。かれの新たな偽りのアイデンティティは一般的なオーディエンスには有効だが、かれの欲望の気高き目的のためには役に立たない。

イヴ・セジウィックが論じたように、肉体に刻むことに関するゴシックの伝統的表現法は一種の反復に等しくて、肉体に記された痕跡をアイデンティティとして繰り返し述べるのであれば、〝666〟の広告は現代のレーザー技術がこの過程を逆転させ、悪魔的な象徴を単なるファッションのあやまちの状態にまで減じてしまう可能性があることを示唆している。あるレベルでは、それは本質主義者の提唱するアイデンティティに関する観念を擁護している――ダミアンはゴスの服装における修道僧のように邪悪な服装をしているだけである――が、もうひとつのレベルでは、アイデンティティの印は流動的かつ操作可能なものとなり、野獣の印と同じように取り消せないというかぎりにおいて、象徴性は反転できる。

　しかし、そうしたゴシック的な虚飾にもかかわらず、広告は九〇年代後半の〝ニュー・ラッド〟精神に準拠している。「闇の公子」は世界を破壊したり、混沌や大混乱を創造したり、あるいは魂を堕落させる（本来はこれが主たる目的だが）ためにでもさえなく、むしろ単純にもっとセックスをするために変装をしている。邪悪は、現代のオーディエンスにはセクシーかつ愉悦として描写され、実際のところは、まったく邪悪でなく、単に少しばかりお行儀が悪いだけだ。さらには、キャンプな要素にもかかわらず、それは〝ピエール＆ジル〟スタイルの牧歌的風景のソフト・フォーカスやキッチュな心地よい刺激、いま起こりつつあるなんらかの下品さは明確な異性《ヘテロセクシュアル》愛の表象として提供され、その超越的な性質は、今日の英国文化においてはもはや高い価値を得ていない恥ずかしい純潔から生じている。

　そのような広告は、たとえば桃から作られるリキュール酒アーチャーズのような表向きはより〝安全〟な広告と異なっているわけではない。そのアーチャーズの広告では、人気ＴＶ俳優のジェームス・ランスが深夜にこっそりと帰宅して、ガールフレンドを起こさないためにベッドではなくソファーで眠る男を演じているが、視聴者にはさらに遅く帰宅したガールフレンドがかれの横を忍び足で通り過ぎて二階の寝室にこっそり上がっていくつま先しか見えない。

それらふたつの広告は同じひとつのメッセージを伝えている――アーチャーズ／スミノフを飲んで、もっとイケナイことをしちゃおうぜ（見つからずに）。いずれも雰囲気と美的感覚をとおして自分たちの製品の特性を単純に立証しようとしている。おそらくは、そういうことなのだ。なぜゴシック作品がとりわけアルコール類の広告に適しているのかの理由――人々は概して〝善人〟になったり自身の生活を改善したりするために酒を飲むわけではない。罪深い行為は製品を使用したいという欲望と合致する。

最先端のヴィジュアルと耳を聾するほどの音楽、さらには総じて悪魔的な調子であるにもかかわらず、それがゆえにスミノフの広告は非常に〝安全〟な侵犯行為を提供している。製品に危険な感覚を与えるために悪魔主義をもてあそんでいるが、異性愛化されたキャンプに退却することで違反を無効にしている。さらに巧緻なことに、広告ターゲットに関してふたつの層にうったえかけている。サブカルチャー・イメージをそのまま手つかずで残しておきながら（ゴスと性的魅力や危険、侵犯との関連を保ちながら）、他方ではメインストリームの客層のための劇的な品質を開拓／搾取している。実に逆説的である。故意に不快であると同時にできるだけ多くの人々に嫌われないようにしている広告なのだ。つまるところ、その広告はオレンジ社によるアニメの吸血鬼より少しばかり本当に心かき乱されるものにすぎない。

広告は本質的に寄生虫的で、自身の目的のために大衆文化を見境なく吸血鬼化するが、その過程で対象から生命まで吸い取ってしまうことがある。したがって、広告が利用するものを理路整然と特定する方法はない。また、ゴシックとは異なり、多様な一連のディスコースに乏しい。

九〇年代後半にゴシック・イメージが広告へ大挙して出現した現象は、音楽やファッション、映画における今日の流行を消極的に反映している。同時に、それ自身の意図を積極的に提示している。個々の広告はゴシックを用いて各自の製品について述べたり、もしくは他の類似製品との差異化を図ったりしながら、結局のところ、特別な市場を対象にすることより、むしろ銘柄の優秀性を創造する過程について多くを語っている。たとえば、スミノフ（あるいは、ティア・マリアやオレンジ社のモバイル）が取り組んでいる市場の規模拡大は、ニッチなサブカルの顧客だけをターゲットにしたのではむずかしいだろう。むしろ、なじみのあるゴシック・イメージをメインストリームの顧客に向けて用いるほうが容易に市場を略奪できる。さらには視覚的な魅力やテーマ的に過激な性質が広告を独特にしてかつ忘れがたいものにする——もちろん、基本的にはそうしたことをすべての広告が望んでいるわけだが。

不滅の貨幣《アンデッド・ダラー》・不死者人形《アンデッド・ドール》の探求

とはいえ、ニッチな購買層に直接向けた製品があるので、今度はそれについて語ろう。八七年にゴス・バンドのシスターズ・オブ・マーシーがシングルナンバー『ジス・コロージョン』でヒット・チャートのトップ10入りを果たした。ミートローフとの共同作業でよく知られているジム・スタインマンがプロデュースし、シスターズ・オブ・マーシーのトレードマークである低くこもった陰気なボーカルとディープなベースラインとが清澄なサウンドや高揚した教会の聖歌隊および女性の力強いバックボーカルによる聖歌を思わせるコーラスと混然一体となり、売れ線の歌になっている。

破滅を予告するシスターズ・オブ・マーシーのゴス・サウンドがヒット・チャートの素材に変換されている皮肉はさておき、歌それ自体は、異質なもの、サブカル的差異を熟考した市場戦略を意識するよう示唆しているらしい。主要メンバーであるシンガーのアンドリュー・エルドリッチの歌詞、「なじみのないものを売る」が喚起される。つまり、おそらくは、より微妙な意味合いのこめられた身売りの定義——金に対する自分の理想なんか後生大事に守るより、アウトサイダーとしてのアイデンティティを売り払って腐敗もしくは頽廃を喜んで受け入れたほうがましということだ。[18] この場合、エルドリッチは九〇年代とその後のゴス・サブカルの主要テーマを先取りしているようである。生き残るためには、いやます消費されたカウンター・カルチャーと契約する方法を見つけなければならないというわけだ。

サブカルチャーは根本的にメインストリームの大量消費文化に対抗ないしは反するものであるといった議論はナイーヴであり、サブカルチャーの理論家によって繰り返し論争されてきた。たとえば、アンジェラ・マックロビーは、サブカルチャーを支えている経済的な活気（古着屋の売り上げなど）を是認する議論をしている。[19] その議論はポール・ホッドキンソンの『ゴス』で取り上げられている。ホッドキンソンによれば、ゴス・サブカルチャーは経済取引に染みこんでいる——たとえば、レコード、衣服、メイクアップ、宝飾品などの売り上げに。にもかかわらず、それはいぜんとしてメインストリームの市場とは明らかに性質が異なっている。実際、ゴス製品のマーケティングは非メインストリームとして認められているものをセールス・ポイントとして使用し、サブカルチャーのメンバーによって称賛された差異を強調することがある。

それでもこの数年、伝統的なサブカル市場を脱却ないしは乗り越えたゴシック美学と連携した製品の抬頭が見られる。それらのうちもっとも顕著なものが、『エミリー・ザ・ストレンジ』だ。たとえば、不気味ながらもおしゃれなデザインのTシャツや他のアイテムを呼び物にしている女性用スケートウェアーのブランドがあって、それがエミリー自身ないしは彼女の飼っている使い魔の黒猫のイラストを売りにしている。

『エミリー・ザ・ストレンジ』は大ヒットしたので、アクセサリーや玩具、ランチボックス、香水、さらにはバスマットやシャワー・カーテンにまで商品は広がっている。『エミリー・ザ・ストレンジ』はフェイスやエルなどの様々なファッション雑誌ばかりかガーディアン紙の生活面でも特集され、グラウンジ・ロックのスターからハリウッドのアイコンに転身したコートニー・ラヴも身に着けていると伝えられている。同様のファッション・ブランドは、たとえば、赤毛のゴス・ガール〝ルビー・グルーム〟や〝レノーラ〟、〝スケアリー・ミス・メアリー〟など、いずれも漫画のゴス・キャラを取り上げているが、たちまち人気商品となった。

すでに述べたように、ゴス・サブカルは音楽やファッション・スタイルを形成する商品の製造や売れ行きに依存している。ある程度、『エミリー・ザ・ストレンジ』や『ルビー・グルーム』は、このあらかじめ存在しているサブカルチャー的な消費パターンに適合している。特殊な衣料品専門店ないしはインターネットのショッピング・サイトでしか入手できないので、『エミリー・ザ・ストレンジ』や『ルビー・グルーム』は、いくらかのインサイダー情報が要求される。たとえ、その独占性（排他性）がメインストリーム・メディアの報道によってどんどん摩滅されようとも。

そうした製品は主として衣料品で、しかも音楽と連動している。衣服＋音楽はサブカルチャー市場の礎である。ファッション・スタイルとミュージック・テイストは常にサブカルチャー的結びつきの重要な指標のふたつと見なされてきたし、それらニーズをメインストリーム派とサブカル派との双方の生産者が伝統的に満たしてきた。

より興味深いことに、従来のサブカルチャーのニーズを満たしていない〝ゴシック〟をテーマにし

リビングデッド・ドールズの限定セット。「ノスフェラトゥ＆ヴィクティム」（2003年発売）。

た製品のめざましい進展がある。その種の製品のなかで傑出しているのがリビングデッド・ドールズだ。醜いプロム・クィーンや拘束着の狂人、殺人狂のピエロなどがラインナップとなっている成人向けのおぞましい玩具である。しかもボール紙製の棺桶型ケースに入れられて販売されている。

エド・ロングとダミアン・グロネクのふたりの若者がトイ・フェアで売るために手作り人形を制作したことがリビングデッド・ドールズの始まりである。その後、二〇〇〇年にアメリカの玩具会社メズコと契約して販売を行い、今日では九つのドールズ・メインシリーズに加えて四つのミニ・ドールズのシリーズがある。他にも様々なスピンオフや特別限定版、たとえば、ヨーロッパ限定のジャック・ザ・リッパーやアメリカ限定のガール・スカウト——その名もずばり、クッキー！——もある。

リビングデッド・ドールズは驚異的な商業的成功を収めている——どのシリーズも毎回生産規模が拡大している。そのいっぽうで、カルト的な信頼性を維持しているのは限定販売や入手困難性、そしてロングとグロネクが放っている異端的な創造性のオーラのせいだ。かれらふたりは、そのオーラをトイ・フェアやコミコンに定期的に登場してファン・サービスを行うことで強化している。また、かれらのブランドは最近、いくつかの亜流品を生み出したが、そのことが市場での人気を物語っている。

リビングデッド・ドールズは、明らかにゴシックのテーマを意図してゴスの消費者をターゲットに想定しているにもかかわらず、サブカル的ファッション・スタイルもしくは個人の音楽上の知識を開拓することはできない。同様に、社会的な行動を通じてのサブカル的コミュニティを構築することもできない。リビングデッド・ドールズの数多いファンは、インターネットやトイ・フェアで慎重に同好の士を探すかもしれないが、それはリビングデッド・ドールズを購入してコレクトするための二次的な行動であり、決してすべてのコレクターが参加するわけではない。

さらには、リビングデッド・ドールズのコレクターに必要とされる財政投資の度合いは驚異的であり、もっとも熱心なレコード・コレクターのそれといい勝負だ。新しいドールズの小売価格（販売される時点で）はおよそ二〇ポンドであり、各シリーズの新作を購入するとなると少なくとも一〇〇ポンドはかかる。しかも多くのファンは比較的最近になって蒐集を始めたために、とりわけ初期三つのシリーズを喉から手が出るほど欲しがっている。そのために今や希少価値を帯び、もっとも人気のあるドールズはインターネットのオークション・サイトで劇的な高値がつけられている。世間一般のコレクターが対象アイテムをふたつ購入するのはあたりまえのことだ。ひとつは保存用、もうひとつは遊ぶため。しかし、リビングデッド・ドールズのコレクターは、カスタマイズするためにさらに余分に購入する。

ロングとグロネクの主張によれば、ふたりは金のためではなく愛のためにドールズをデザインしているらしい。そのいっぽうで、躍進目覚ましいスピンオフ製品の領域――衣服、文房具用品、ボード・ゲーム、フェアリー・ライト――でもきちんと仕事をこなさなければならず、それは彼らのサブカル的信頼性の言説と日和見主義資本主義とのそれとに矛盾を生じさせる。この明らかにくいちがう言動に関して、数多くのファンがオフィシャルなメッセージ・ボードに意見を寄せている。

そうしたコレクターたちの活動は、ゴス・サブカルチャーの伝統的なそれ、つまりドレス・アップ、音楽鑑賞、ゴス・イベントへの参加などとはあまり合致せず、むしろ〝ファン〟カルチャーと同族である。ファン・カルチャーはたいていの場合、カルト・フィルムやTV番組、あるいはコミックスあたりを拠点としていて、しばしばテーマ別収集品獲得も含まれる。

リビングデッド・ドールズは特別な衣料品店――ことにアメリカのチェーン店ホット・トピック――で購入できるが、最近ではHMVやタワー・レコードといった大手CD販売店でも入手可能だ。より一般的にはコミック専門店、もしくはカルト的な玩具やコレクター向け商品を扱っているオンライン・サイトで見つけられる。たとえば、UKのそうした消費者の需要に応じる有名な会社フォービドゥン・プラネットのメイル・オーダー・カタログに、『吸血キラー　聖少女バフィー』や『指輪物語』、『スター・ウォーズ』そして『ザ・シンプソンズ』といった商品と並べて、リビングデッド・ドールズは掲載されている。

リビングデッド・ドールズは、カタログのなかではマイノリティー製品である。映画作品やTV番組とのタイアップ商品ではないからだ。まずもって意義深いことに、ロングとグロネクによる手作り人形は八八年に制作されている。『吸血キラー　聖少女バフィー』シリーズがアメリカのTVで最初に放送された一年後のことだ。これは影響というより時代精神《ツァイトガイスト》の観点から考察されるべきものである。とはいえ、確実にロングとグロネクはTV番組の生み出した市場の恩恵を受けている。『吸血キラー　聖少女バフィー』以降（それ自体が大いに商品化されている）、ゴシックを題材にした十代／二十代のオーディエンスのための気のきいた再パッケージングは儲けの多いビジネス戦略となった。

カルト的なコレクター品は特徴として特定目的を満たす。つまりファンに対して、彼らの選んだ映画やTVドラマを見ることの初体験を越えた、それらとの抜き差しならない関係性を拡大することができる。映画やTVドラマでもっとも成功した究極的なマーチャンダイジングの例は、鑑賞体験から独立して存在することが可能な商品である。たとえば、『スーパーマン』のロゴマークやミッキーマウスの手袋。それらは私がカルト的コレクター品と呼ぶ事例ではなく、その大多数は映画やTV番組に関する事前の特別な知識なしでは意味がない。そのようなアイテムを誇示することが、実際のところ、自分がファン共同体の会員であることを示す専門知識を目に見える形にする手段となる。そのことは服装を通して自分の所属するグループを示す手段がないファン文化にとってはとりわけ重要である。ゴスのような人目を引くサブカルチャーとは異なり、独自にして統一されたファッション・スタイルがないからだ。かくて、大勢を占める（独占しているわけではない）男性のカルト・コレクター品消費者は、自らのメディア消費の初体験を自己のライフスタイルの声明とする。

興味深いことに、リビングデッド・ドールズはカルト・コレクター品市場では開拓／搾取されなかった女性層を取り込んでいるようだ。ドールズは特徴として女性化されたオブジェで、モンスターやエイリアンがモデルではない。リビングデッド・ドールズは、バービー人形やアンティーク・ドールなどの伝統的な人形コレクターから無視されたり軽蔑されたりすることがあるいっぽうで、カルト的な魅力と伝統的な女性化されたオブジェとの組み合わせが若い女性ばかりか男性をも惹きつけている（リビングデッド・ドールズには数多くの男性コレクターがいることを強調しておくべきだろう）。

ドールズ自体は八〇パーセントが女性で、もっとも人気のあるドールズは各シリーズでこれまで女性だった。まちがいなくこれは部分的には人形と女性性との文化的に規定された関係のせいである——もしくは、女性のドールズは男性のそれより単にいい服を着用しているからだろう。

すでにヘンリー・ジェンキンスが『テクスチャル・ポーチャーズ』で十二分に示してきたように、ファンは単なる受動的な消費者ではなく、新たなカルチャーを流行らせ、メディアから漁った残りかすや断片、つまりジェンキンスの称する〝テクスト密漁《ポーチャー》〟からコミュニティを作ったりする。[20]

リビングデッド・ドールズは、とりわけファン・マーケット内で興味深く、その場で特別なファンは〝密漁〟を実践しているようだ。コレクターたちは自分のドールズをカスタマイズすることでそれを文字通りリメイクし、新たなキャラクターないしはオリジナルのキャラクターに新たな外見を創造している。ファンのメッセージ・ボードに載せられている最近のカスタム・ドールズは、『ビートル・ジュース』や『キャリー』などのホラー映画のキャラクターに似せて作られたものや私が個人的にとても気に入っているアナカリアと称されるオリジナルのキャラクター――岩礁の鋭利な角に頭をぶつけて溺死した女性サーファー――などが含まれる。(21)

さらには、多くのドールズがよりゴスのように見えるようにカスタマイズされているか、タトゥーやピアッシングを施されているかして、サブカル的スタイルのセルフ・カスタマイズを模倣している。実際、リビングデッド・ドールズによって具体化されたキャラクターの範囲は、ゴス・スタイルによってふさわしいとみなされているものを反映する傾向にあり、ゴスの人たちに直接消費されていないドールズの場合でさえ、それらはゴスのアイデンティティを複製していることを示している。

ファンはまた、ドールズを用いて写真物語《フォト・ナラティヴ》を創造していて、ティーンエイジャー向け雑誌の伝統的な〈ボーイ・ミーツ・ガール〉ものフォト・ストーリーをアイロニカルに再現している。しかしながら、これらの物語はたいていブラック・ユーモア的なひねりが加えられていて、たとえばアクセサリーを殺人武器として使用するといった想像力豊かな発想が含まれたりする。

したがってリビングデッド・ドールズのコレクションは、ゴス・サブカル的実践における例外と見なしてはならない。ゴスそれ自体のことを見世物《スペクタキュラー》とファン・サブカルチャーとのハイブリッドとして理解するならば。そもそもカルチャーは常に演劇的《ドラマチック》なファッション・スタイルだけではなく、〝密漁〟もしくは他の物語、たとえばゴシック文学や映画のそれをリライトすることに依存してきた。各ドールズそれ自身がそれぞれ小さな物語《ミニ・ナラティヴ》であり、種々多様なゴシック的伝統の到達点であり、ファンが彼ら自身の新たな物語を創作できる出発点でもある。

　エレーヌ・シクスーはE・T・A・ホフマンの「砂男」を解釈して、次のように論じている。「砂男」についてのフロイトの有名な読解では、不気味《ウンハイムリッヒ》なものとは去勢不安である。だとしたら、それに相応する女性の不安は人形に変えられること――オペラ「ホフマン物語」のオランピアのように――である。(22) シクスーによれば、客体化されること、〝他者〟にされることへの不安を不気味な人形が表象している。となると、ファンのリビングデッド・ドールズ利用法は、そのシクスーの「砂男」読解に対するとりわけ興味深い応答を提供することになる。

　リビングデッド・ドールズは自意識的に邪悪である。つまり、ドールズの不気味さは所定のものであり、ファンを倒錯的に慰撫しているらしい。同時に、伝統的な人形と関連する従来の〝良い〟女性らしさ《フェミニティ》のステレオタイプを拒絶する手段と見なされているようだ。多くのドールズは、従来の〝良い〟女性のステレオタイプ――看護師や修道女からチアリーダー、そしてイースター・バニーまで――の茶番である。他のドールズは神話上のリリス、もしくは殺人鬼リジー・ボーデンのような歴史上の逸脱した反抗的な女性の原型である。さらには、ファンによる自分のドールズのカスタマイズとドラマ化は、彼ら自身の物語と一連のイコンをつなぎ合わせることで、自分たちが客体化に抗うことのできる方法を示している。

多くのドールズが公的に販売されているものもカスタマイズされたもののもともに既存の女性らしさ《フェミニティ》のイメージに基づいているという事実は、ドールズがファンに与える喜びやパワーを減じていると見なすべきではない。ドールズによって可能となる自己創造のファンタジーと遊びの感覚は皮相なステレオタイプに抗う。

子供時代と人形との関係はまた、とりわけ議論を引き起こす。シリーズ5のハリウッドが発売されたとき、多くのファンが好ましくないコメントをした。ドールズがあまりにも〝大人向け〟であり、自分たちはより子供っぽい初期のデザインのほうが好きだと述べたのである。この論議は、もっとも人気のあるドールズのいくつかをゾンビ・ファッション・モデルとして再フィギュア化したシリーズ〝ファッション中毒者〟がリリースされたさい、さらに激烈さをもって繰り返された。

ほぼまちがいなくドールズの人気の一端は、それらが〝悪い〟女性ばかりか〝悪い〟子供をも表象している点にあるからだ。不真面目で反抗的でいたずら好きで、言いつけに従わない子供。リビングデッド・ドールズを伝統的な〝可愛らしさ〟――プレ・デッド・ドールズと呼びたければ、どうぞ――に改造するカスタム・ドールズの創作者は、ウェブサイトの掲示板を定期的に炎上させている。ファンのなかには、ドールズの自意識的な不穏な局面を取り除くことで、逆説的にドールズをさらに不穏にし、ドールズを幼年時代への感傷的な態度や順応性の象徴に変えてしまうようだ。

今日のアメリカン・カルチャーは幼年時代の心的外傷物語――トラウマ的な記憶の抑圧の帰結とし

ての大人の問題――に固着しているのだとすれば、リビングデッド・ドールズはそうした物語への抵抗形式を演じていると見なすことができる。ドールズは陽気でおどけているが純粋無垢ではない幼年時代の異形を提供している。それぞれのドールズはトラウマを負っていることが暗示されている――ドールズにはばかげたくだらない詩が添えられていて、それによって彼らの死に至った事情が判明する。それは名目上繰り返される運命であっても、愉しい戦慄の物語の源として提供されている。

　だが、ファンは自分のドールズにまつわる新たな物語を創作することで、そのあらかじめ与えられた役割からそれとなく彼らを解放させる――たとえば、ボーイ・ドールのトラジディに関する掲示板での討論がある。伝えられるところでは、彼は愛するミザリーを喪うことに耐えられなかったのだが、自分は本当にゲイなのかどうか冗談まじりに自問していた〔実際にはトラジェディは女性、ミザリーは男性として販売されている〕。

　エド・ロングとダミアン・グロネクがインタヴューでこう主張している。ドールズはただの人形であり、死んだ子供たちではない。また、彼らふたりは明らかに、これまでに苦情の手紙を一通だけ受け取っている。ほとんどの消費者はドールズをファンタジーと見なすことができる。ドールズ自体は〝十五歳以上向け〟と記されていて、大人を購買対象としているが、より若い子供たちも魅了されていることは事例証拠が示唆している。

　にもかかわらず、先ほどのロングとグロネクのコメントはいくぶん素直ではないようだ。次のような知見をさけるのはむずかしい。すなわち、無垢と経験、可愛らしさとおぞましさとの正確な結合、それがコレクターにドールズをたまらなく刺激的なものにしているのだ。矛盾語法の名称が示しているように、ドールズは本質的にパラドキシカルである。生きながら死んで《リビング・アンド・デッド》いて、典型的ゴシック・ファッションにおける一連の境界に居住している。

ドールズの矛盾した性質がコレクターたちの矛盾性を象徴的に解決させる。つまりコレクターたちは、自らが反逆的消費者であることを意識し、伝統的なライフスタイル選択とは異なる立ち位置に我が身を置きながら、同時に消費のプロセスに参加していることを示したがるといった矛盾を抱えているのだ。ドールズは、コレクターたちがライフスタイルとしてゴシックを仕入れること、〝獲得する〟ことを許す。しかも同時に、各自のドールズがそれぞれのアイデンティティを主張できるような一連の表現活動にコレクターたちが従事することを承認する。

この章の最初に引用したザ・シスターズ・オブ・マーシーの歌詞に戻れば、「なじみのないものを売る」つまり、よく知らないことは同時に安心してくつろげる状態にはないということでもある。言葉を換えれば、不気味《ウンハイムリッヒ》なものである。不気味《アンキャニー》なドールズを購入することで、ゴス消費者は同時に不気味《ウンハイムリッヒ》なものを、家でくつろぎ《ハイムリッヒ》（at home）ながら、自身のアイデンティティ選択の周辺に一連の癒しと安定性を創造しているのだ。

リビングデッド・ドールズは新しい形式のゴシック・ショッピングを表象している。アメリカ、西ヨーロッパ、日本、いわば世界中で購入できるが、それでもカルト的信頼性のオーラを維持している。アンダーグラウンドな関心とグローバルな市場の成功の双方を示している。そのようなものとしてドールズは新たなゴシックを具現化する。すなわち、純粋な商品、純粋な贅沢品、純粋な余剰分としてのゴシック。この新しいゴシックは、十八世紀の先例と同じような特性を所有している。いや、それ以上のものを。もはやゴシック幻想はページやスクリーンに固定されることなく、市場を自由に浮遊しているのだ。

結論　ゴシックの終焉？

過剰の道は叡智の宮殿に至る。
ウィリアム・ブレイク『天国と地獄の結婚』(1)

今日の文化においてゴシック・ディスコースがかつてないほど偏在のレベルに達しているとすれば、その状況を差し迫った枯渇の兆候とみなす批評家もいる。ことにフレッド・ボティングは、コンテンポラリー・ゴシックの中核にぽっかりと口を開けた空洞を叙述しているが、〝キャンディゴシック〟という造語を用いて、結局は満足のいくものではないおぞましい戦慄の無駄にきらびやかな駄菓子屋として、浪費として現れるホラーのモードについて言及している。

〝キャンディゴシック〟とは、罪、タブー、禁制が耐えがたいほどの絶対的な限界をもはや示していないがゆえに社会的および道徳的境界を満足のいくほど擾乱し、定義するようなものに対する欲求の強度をもはや持ちえない（西欧）文化におけるホラーの機能を再評価する試みを意味する。ホラーの数多くのキャラが小説や映画によって輩出された――フレディ・クルーガー、チャッキー、ピンヘッド、レクター博士などが、彼らの賞味期限は、より背筋の凍る恐怖に対する要求に制限されていて、彼らの恐怖の指標は特殊効果、視覚技術、スタイリッシュな殺し方などが提供する新奇さに直結しているようだ(2)。

ボティングはほかのところでもこう述べている。「ゴシック小説は、初期モダニティのブラックホールの役割を果たしており、不安を恐怖へと結晶化させるさまざまな物体や人物を提供してきたが、二世紀のあいだ変化を繰り返してきたためにすっかりありふれたものになってしまい、新たな衝撃を生み出すことができなくなったようだ(3)」。

ゴシックは復活を肥やしにして成長する一連のディスコースかもしれないが、ポストモダニティのコンテクストにおいては、そのプロセスは短絡化され、意味ある恐怖の産出は、もっとも抵抗の少ない経路を通り抜ける残留物のチャネリングによって窮地に立たされている。かつてゴシックが提供していた空間では啓蒙主義の暗黒の夢を認識することができたが、今ではその空間は高度な消費文化の中心にある虚無をむきだしにするばかりである。「かつてはモダニティの暗黒の裏面であったゴシック・ホラーは、今やポストモダン状況の闇の輪郭を描く」(4)。

ボティングの分析は鋭いが、あまりにも悲観的だろう。スリルと戦慄を有しているにもかかわらず、いつだってゴシックは結果として、かなり信頼できるモードであり、単なる一般的な意味に限定されるものではなかった。確かにわれわれは、愉しいサスペンス、ぜいたくな恐怖、悪意のあるユーモアを提供してくれるものとして、ゴシックに依存している。以上のようなことは、ゴシックの信頼性と言った場合に予想される一般的な意味である。そうではなくて別の含意がある。ゴシックは文化的もしくは批評的な必要性が生じたときにこそ、常に頼りがいがあるのだ。

初期の学究的な批評において、ゴシックはしばしば資源要素のリストを通して定義された。たとえば、崩壊しかけている古城や超自然的なものの出現、そして迫害される乙女など。最近の多くの批評家は、なかには私がこれまで言及してきた人物もいるが、ゴシックについてより簡明にして凝縮された説明をしている。先ほどのゴシック構成要素の〝買い物リスト〟に頼る必要のない説明である。たぶんゴシックは、彼らが議論してきたように、抑圧されたものの回帰であり、もしくは歴史回帰と圧縮地勢との緊迫した結合、ないしは深層に対する表層の特権、あるいは現在における過去のアナクロニスティックな遺物かもしれない。あるいはおそらくゴシックは、それらの理論にかなり従順であり、いかにも大部分において今日的な解釈を甘受している。というのも、その構成要素は無限の順列組み合わせで並べ替えることができるからで、それら構成要素は百通りもの異なった目的のために略奪されうる語彙目録をもたらし、無数の再配列によって縫い合わせることのできる身体器官の安置所を提供する。

結局、おそらく今日の文化のかなり多くの領域におけるゴシック復興は、ひとつの包括的な理由からよりむしろ異なった局所的な要請から生じている。それは進歩的ないしは保守的、懐古的ないしは現代的、喜劇的ないしは悲劇的、政治的ないしは非政治的、女性的ないしは男性的、衒学的ないしは通俗的、並外れて精神的ないしはあくまでも物質的、邪悪ないしは愚昧でありえる。コンテンポラリー・ゴシックとはなんであるか、あるいはどのようなものであるかを言うのはむずかしい。今述べたことすべてにかなりうまくあてはまるからだ。

〝ゴシック〟というラベルは便利だ。数多くの工芸品に適応できる。だが、ゴシックそのものは使い勝手がよいかどうかは議論の余地がある。それ自体は完璧な生産物である。簡単に利用でき、幅広い様々な消費者の目的と要求に単純に適合する。最高の贅沢品。E・J・クレリーが十八世紀の先例を論述したように、コンテンポラリー・ゴシックは娯楽になりそこねることはめったにない。脈拍を速め、感覚を高揚させてくれる。スペクタクルやセンセーションへの今日的な欲望に訴えかける。だからといって、そういうことが世界に関する誠実にして鋭利なコメントを加えることに対して妨げとなるわけではない。

事の真相を述べれば、ゴシックはその最新の生まれ変わりにおいて、消費者がとりわけ好んで選択するライフスタイルの真髄になったのである。しかし、消費者は各自の政治性を持っていないわけではない。個々の消費者の選択は、アイデンティティ・ポリティクスの再交渉をミクロレベルにおいて表明している。たとえば、リビングデッド・ドールズ現象は消費者の特別なグループが認識する今日の幼年時代の解釈に関するとても興味深いものを示している。同様に、ゴシック的喜劇の優勢は有意義性の撤退ではなく、むしろ新たな一連の概念を生じさせているとみなすべきである。それらの真意を特定するのは困難かもしれないが、にもかかわらず意味を産出しているのだ。マクロレベルにおけるポリティクスは、これまでのゴシック小説内ではより重要だという十分な証拠がある。ゴシックの支配的な特長のひとつは現在内における過去の余波を表象するモードであるとみなせば、ゴシックは様々な政治的コメントに対する特異で柔軟性のある道具を提供する。ただしそれは、ポストモダン的な状況によって促進された自意識によって使用可能となる。

それがいかに機能するかを示す格好の例として、トニ・モリスンの長編『ビラヴド』(一九八七年)があげられる。十九世紀アメリカの奴隷制のトラウマに取り憑かれた黒人共同体の話である。ヒロインのビラブドは、殺害された子供の霊の具現化のように思われる奇妙な若い女性で、奴隷制の歴史的恐怖がむきだしにされ、それが完全には取り除くことのできないことの触媒の働きをする人物である。ビラブドは、彼らが思い出されたくないが進歩のためには取り組まなければならない自分たちの過去における出来事の性質を思い出させる。そのようなものとして、それは墓碑というよりむしろ死者に対する記念碑であり、遺言を提供する。クリス・ボルディックはこう述べている。「ゴシックの実存的な恐怖が我々の死にゆく身体から逃れることの不可能性をテーマとしているあいだ、その歴史的恐怖は、最終的には我々自身が過去の専制から本当に逃れたということを確信することの不可能性から派生する、と結論づけられる。自由の対価は、古いことわざにもあるように、不眠不休の警戒である」[5]。

ゴシックには常に政治的側面がある。十八世紀には革命のディスコースに深く関わっていた。『フランス革命の省察』で、著者のエドマンド・バークがフランスの革命派によるマリー・アントワネット襲撃を描くさいに使用したゴシックの表現法は、ゴシック的恐怖と政治的恐怖が長い歴史にわたって重なり合っていることを示している[6]。『革命の表象』において、著者のロナルド・ポールソンは、今日の出来事は十八世紀と十九世紀のゴシック小説から形成されてきたとみなし、その長い道のりをたどっている[7]。たとえば、M・G・ルイスの『マンク』において、残忍な群衆が大修道院に放火する場面はバスティーユ監獄襲撃を強く想起させる。さらに複雑なレベルでは、ポールソンが論証しているのだが、主人公の成長ぐあい――抑圧状態から抜け出すが、彼の原迫害者よりもひどい人間になる――は革命自体の進展を反映している。にもかかわらず、ポールソンが説明しているように、『マンク』に明白な政治的メッセージが込められているわけではない。現実の革命は虚構内のセンセーショナルな効果を明らかにおおむね剥奪してしまった。

すでに私は本書の序章でアステカ族の展覧会のことを語ったが、一種の文化作品であるゴシックのディスコースは有力なイデオロギーとの関係性で遂行される。同時に、ゴシックの伝統から明らかに脱臼したコンテクストにおいても。また私は同様にこう語った。サド侯爵の言葉に従えば、恐怖の時代における作家は、無感覚になった大衆を興奮させるために〝地獄の助けを借りる〟のかもしれない。等しくこのようにも論じることができるだろう。正真正銘の恐怖の時代には、ゴシックは余分で不要なものとなる――たとえば、ヨーロッパにおける両大戦間のゴシック作品に対する関心の明らかな消滅に注目。

本書の執筆を思い立ったのは9・11事件の直後のことである。当初の数カ月、本書の着想はまるでツイン・タワーの倒壊さながらで、ゴシックの終焉を意味するかと思えた――少なくとも、その段階ではミレニアムの変わり目の激震のようだった。ところが新たな世紀になって数年経っても、ゴシックに対する一般の関心は相変わらず衰えないようだし、形式は単に移行して時代の感性を包含しているように思えた。ジョアン・ホグランドはすでに次のように語っている。アメリカ帝国主義の進展は今日のハリウッドに十九世紀後半の帝国ゴシックのモチーフの回復を引き起こした。たとえば、映画『ヴァン・ヘルシング』（二〇〇四年）は、オサマ・ビン・ラーディンのイメージに合わせてドラキュラ像を作り直している。(8)

またおそらくゴシックは、クリス・ボルディックが〝同種療法的《ホメオパシック》〟機能と呼んだものを保っている。(9)ダン・ブラウンの金儲けのためのお粗末な小説『ダ・ヴィンチ・コード』（二〇〇三年）の驚異的な大成功は、古文書の解読を通して宗教的陰謀とオカルトの秘儀が暴かれる物語だが、ゴシックの文脈においては適切かもしれない。センセーショナルなメディアの現代の恐怖の報告と並べられると、陰謀の元凶としてのカトリック教会などきわめてとるにたりない。

ニコラス・ロイルにとっては、『不気味なもの《アンキャニィ》』に関する彼の決定的な研究の中で述べているのだが、ツイン・タワーの破壊は様々な形で不気味なものが自ら形象化する強烈な瞬間を提供した。

摩天楼に突っ込んでいく恐ろしい様子の飛行機事故は、数分後にその不気味な繰り返しに追従され、新たな一機がもういっぽうの摩天楼に激突し、即座に単なる〝事故〟だといういかなる感覚をも拒絶する(が、それでも、その瞬間には信じがたい)。ツイン・タワーが倒壊したとき、テレビで中継され、この倒壊のイメージはその後何時間も何度も繰り返し画面に映し出され、不気味なもの《アンキャニィ》の感覚がいたるところに浸透していくようだった。これは事実なのか? 本当に起こっていることなのか? もちろん映画だろ? これが我々の黙示録なのか?(10)

ロイルはまた、死者が残したテレフォン・メッセージにおける不気味なものの発生についても着目している。残虐行為の日にちはアメリカの救急サービスの番号でもあるといった偶然の一致。過去の軍事と経済政策の〝反動《ブローバック》〟(広く一般に知られたように)。軍事訓練とアメリカ政府自体によるテロ最有力容疑者のビン・ラーディン支援。

不気味なものの有無はゴシックであるかどうかの本質的な確認事項とはならない、と私は主張するいっぽうで、9・11以降の西欧世界と恐怖を喚起するディスコースとの関係は明らかに一種の修正をこうむらなければならないと考える。そのこととのまったく異なる例は、二〇〇五年にリリースされたふたつの創作物に見ることができる。クリストファー・ノーラン監督のハリウッド映画『バットマン・ビギンズ』とパトリック・マグラアの三編の中編からなる作品集『ゴースト・タウン――マンハッタン今昔物語』である。

『バットマン・ビギンズ』は、二〇〇五年に非常に評価の高かった大ヒット作のひとつで、ゴシック的な影響を受けたコミック本のヒーローを描いているが、ゆるやかなつながりのあるシリーズの一種の前日譚である。バットマンとゴシックの伝統との関連は繰り返し調査研究されてきた。『バットマン・ビギンズ』は、このシリーズの高度な定型化に寄与したティム・バートン監督版『バットマン』(一九八九年)や『バットマン・リターンズ』(一九九二年)よりも外見上はゴシックらしくない(アクション映画寄りだ)。

映画本編の内容は、トラウマの概念に頼っており、抑圧されたものの回帰、狂気、秘密組織、地下世界など、ゴシックの伝統的表現法を利用している。批評的な関心は主として、バットマン役のクリスチャン・ベールの演技、クリストファー・ノーラン監督のザラついた感受性に向けられているにもかかわらず、映画についてもっとも印象的なのは、テロリズムに関する今日の神話をリサイクルしていることだ。それを発生させるのはブルース・ウェインだが、彼は東アジア山脈のどこかにあるキャンプに隠れ潜んでいる秘密組織でトレーニングを積む。その組織は厳しい行動規範に従って活動し、ゴッサム・シティによって表現される退廃した資本主義文化を一掃することに全力で取り組んでいる。

ブルース・ウェインは組織の完全無欠なモラル規範を拒絶して組織から離脱する。組織はゴッサム（ニューヨークのファンタジー版としてこれまで受容されてきている）を攻撃し始める。そして悪夢的な幻覚作用を誘発する化学兵器を始動させる。決定打として、突進する地下鉄列車を都市の一番高いビル、〈ウェイン・コーポレーション〉に突っ込ませる。資本主義的帝国建設《エンパイア・ビルディング》の究極的な象徴に。そして、この映画はロンドンの地下鉄爆破事件の数週間前に封切られ、事件が起こったさいには、誰もがその場面を想起せずにはいられなかった。

だが、『バットマン・ビギンズ』が興味深いのは、テロリストたちとその彼らを退治するマスクをかぶった十字軍戦士とのモラル上の差異が繰り返しぼかされているからだ。〈影の同盟〉の謎めいたメンバーたちは、初めのうちはブルース・ウェインの救世主として登場する。彼らはブルース・ウェインを東方の苛酷な牢獄から救出し、スーパーヒーローになる道へ導く。堕落や悪徳と戦いたいという彼らの欲求はブルース自身のそれと一致している。手段と程度がわずかに異なるだけである。事実、ブルース・ウェインの犯罪に対する態度はいささか右翼がかった自警団的なもので、それ自体は彼が好意を寄せているリベラルな法律家レイチェル・ドーウズにモラル的に問題含みであると疑問視されている。

さらには、物語はブルース・ウェインの子供時代のトラウマに繰り返し戻る。両親の死と彼が蝙蝠だらけの洞窟に閉じ込められたこと、そのためにバットマンのヒロイズムは深刻な悩みを示しているが、それは精神的混乱と抑圧の多様な回帰によるものだ。ブルース・ウェインが全壊させられた自分

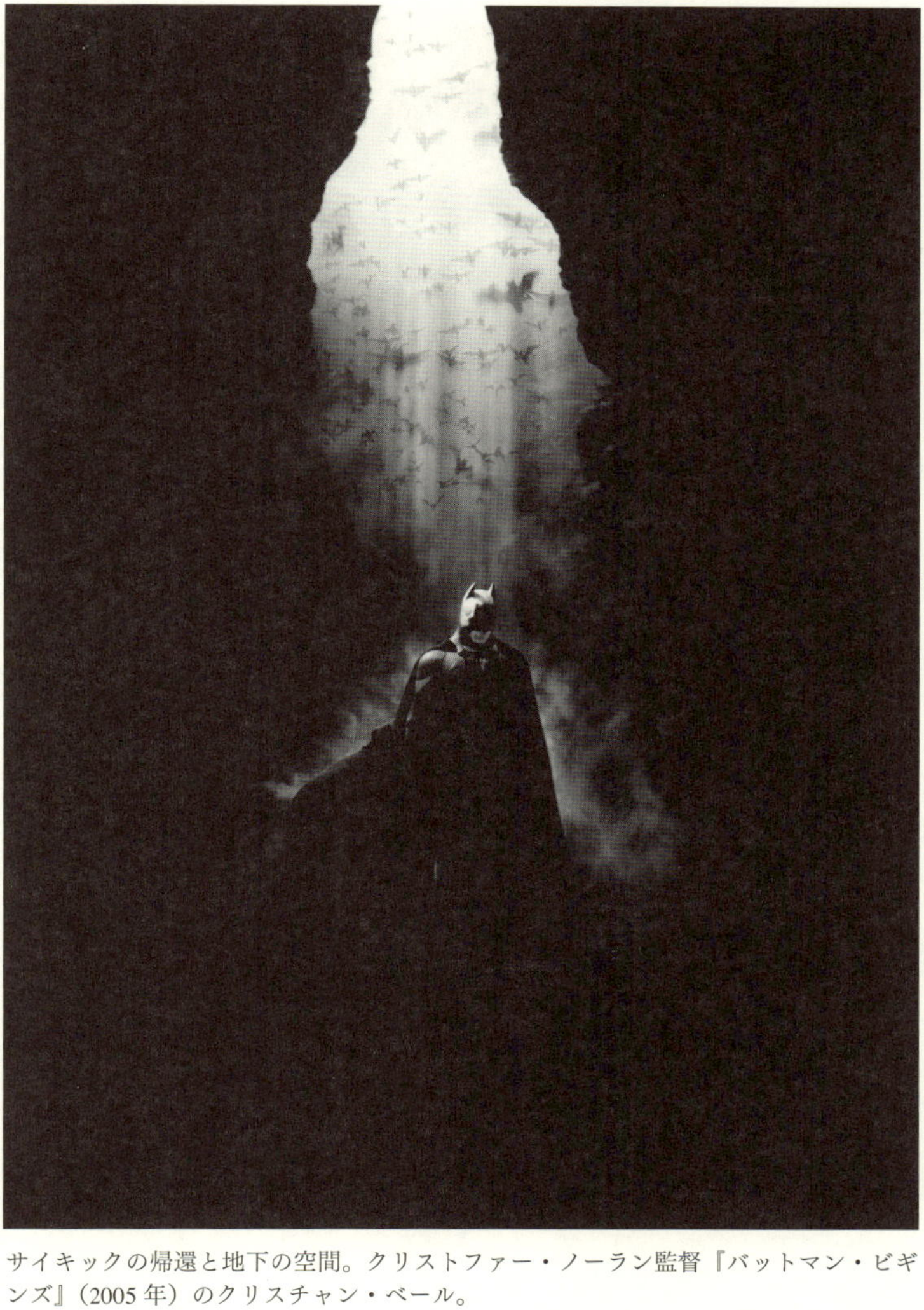

サイキックの帰還と地下の空間。クリストファー・ノーラン監督『バットマン・ビギンズ』（2005年）のクリスチャン・ベール。

の邸宅を元通りに建て直すことに決めるシーンは心強い――バットマンは挫けていなかったのだ――が、同時になにがなし不穏で、主人公の感情的な発達の意向を否認している。彼は自分の過去を果てしなく再創造するように動機づけられた男の面影を宿している。

映画本編はいささか還元的な、通俗なフロイト主義を立証している――ブルース・ウェインの蝙蝠のような衣装は自分の恐れているものになろうとしているためだ――が、それは標準的なハリウッド作品よりも複雑なモラル・ヴィジョンを提供するためである。ここでのゴシック・ディスコースはテロリズムに関する今日の不安の表現媒体をたいして提供していない（事実、この映画を見た大人がそれで真正の不安にかられたかどうかは疑問で、明らかにジャンルのお約束に準拠したファンタジーとして鑑賞した）。しかし善と悪、光と闇、東と西、テロリストと自警主義者といったおなじみのわかりやすい王道形式を用いてマニ教的二元論に疑義を抱かせる手段を示している。

それにひきかえパトリック・マグラアの作品集『ゴースト・タウン――マンハッタン今昔物語』は、ブルームズベリー出版社の高い評価を得ている〈作家と都市〉シリーズの一冊だが、9・11について明確で〝ハイ〟・カルチャーな熟考を呈示している。一連の中編はとりわけ、いかにゴシック的感受性が変化し、同時にいかに昔のままであるかを活写している。

マグラアのこれまでの七つの長編と短編集はいずれも、彼がゴシックの特徴として語って来たように、おなじみの〝侵犯〟と〝腐敗〟といったテーマの斬新な改訂版を呈示している。(11)『ゴースト・タウン――マンハッタン今昔物語』は、それらのテーマをさらに精巧にし、ニューヨークの都市の活気にみちたイメージと融合させている。しかも、グラウンド・ゼロ（三番目に収録されている作品のタイトルにもなっている）の不穏な幽霊ばかりか都市全体の動乱の歴史の亡霊をも喚起する。

〝絞首刑の年〟のアメリカ革命に始まり、マグラアは英国兵士に占領された交戦地帯としての一七七七年の都市を語っているが、イラクに関する不正な（遠回しな）レベルでの今日の報道イメージを思い出さずにはいられない。マグラアは喚起させる――アメリカは反帝国主義者のイデオロギーによって正当化されたテロリズム行為で築かれたということを。同時に、冒頭の文章はポスト9・11の都市を語っている。「私は街にいた。不安な体験だった。というのもニューヨークは死ばかりか死の恐怖でいっぱいの場所になっていたからだ[12]」。しかしながら、すぐさま暴露される。それは一八三二年のことで、都市の大量殺戮はコレラが原因であると。

『ゴースト・タウン――マンハッタン今昔物語』は異なる世紀を往来する複数のエコーで充満しており、あたかも都市の受難と苦悩が風景に刻み込まれているかのようだ。まるで都市は廃墟と死者のパリンプセストであり、都市自体の幽霊に取り憑かれているらしい。「グラウンド・ゼロ」の語り手は、倒壊したタワーとトリニティ教会の傾いた墓石とを比較しながら、「モダニズムの巨大な大伽藍の残骸[13]」を想起する。そうすることで、彼女は無意識のうちにトリニティの火災についての最初の語り手の描写を追想する。「火のついた船の炎上のように……轟音とともに屋根が落ち、一瞬後にはついで尖塔が火の海の中に崩れ落ちる[14]」。ふたつの荒廃場面は実質上、同じ場所で起こっていて、それらの破壊は歴史を通じてのトラウマの不気味な反復として象徴されている。

アメリカン・ゴシックに関する批評的論議はしばしば、自由と超越のアメリカン・ドリームの暗黒面を探索するものとして特徴づけられてきた。レスリー・フィードラーにとっては、アメリカ文学はゴシック文学である。[15] マグラアは英国作家だが、明らかにその伝統を継承しながら創作している。彼のテクストは徹頭徹尾両面性によって引き裂かれている。「〈絞首刑〉の年」の死にゆく語り手は、こう熟考する。

あとになって、夜開く感情の瞬間に、サウス・ストリートにある酒店の裏側で酒を飲んでごまかしても、それでもなお革命を理念が勝利を得た闘争とみなすことができた。というのも、われわれの運命がそうなることを要求したからだ。そう、我らの運命。だけどまあ、夜明けの寒々とした光の中で私の幻想は港の霧のように消えていく。そして私はまったく異なる物語を思い出す。もっと暗い物語を。[16]

マグラアの語り手は、戦争や疫病による都市からの退去を拒否しながらニューヨークの誇りを必死に具体化する。しかし、それは彼の個人的な罪と怠慢の感覚に、彼の母親の幽霊の出現に、忍び寄る悪疫に感染した都市の腐敗に損なわれる。「グラウンド・ゼロ」で、語り手はブッシュ大統領の米国愛国者法の調印と権利章典の衰退を思案しながら、かつて自分はそのことに困惑させられたことを認めるが、「今はだめ。私が目撃してきたことのあとでは」[17]。アメリカ産の自由と独立のレトリックは、テクスト全体を通して、そして最初の物語で我が子たちの前で反逆罪の咎で絞首刑になった母親の幽霊を通して、脅威のもとに置かれている。つまり、自由のためにどんな代償を払うことになるのか？彼の母親の夢の成就――アメリカは勝利を得て、独立国として成立した――にもかかわらず、「〈絞首刑〉の年」の語り手は、都市の拡張によって取り憑かれ続けている。

この両面性は二番目の物語「ジュリアス」で再設定される。十九世紀の商売が繁盛しているビジネスマンのノア・ヴァン・ホーンは都市の驚くべき経済的成功を表象しているが、息子のジュリアスとアイルランド移民で純潔さの不明瞭な娘との結婚を阻むことで自分の家庭を崩壊させてしまう。急成長する巨大都市はジェローム・ブルック・フランクリンの描く風景画と著しい対照をなす。フランクリンは超越論者で、「アメリカの真の精神は蹂躙されていない無限の原野の広大な荘厳さにある」[18]と信じている。にもかかわらず、キャッツキル山地はいくぶん家庭的で穏やかな風景として描写されている――その場所にある慈善精神病院でジュリアス・ヴァン・ホーンは、セラピーの一環として油絵の具で風景を描くように促される――が、そのいっぽうで、都市自体は荒野の質を帯びている。マックス・リンダーは、ヴァン・ホーンの保護を受けていて、結局は義理の息子になるのだが、「都市は蛮行、速度、そして狡猾さが最も重要である無法のテリトリーであり、それが自然状態であると見なしていた」[19]。自由企業に対するアメリカの権利はヴァン・ホーン一家に創造ではなく究極的な崩壊をもたらす。リンダーがアニー・ケリーの失踪を信じ、それがジュリアスの狂気の引き金となる。一家は物語の最後に向かって劇的な場面を迎える。「梅毒病みの泥棒男爵……片目の絵描きと精神病院を退院してきたばかりの男は、ヴァン・ホーン家の三姉妹たちの間の無言の絆によって繋がれており、資本主義の過度の欲望を随伴している堕落と腐敗のカップルだとわかる」[20]。語り手のアリスは、ヴァン・ホーン家のひ孫であり、名家ホーソーンの末裔のひとりのように残存しながら、家族写真を熟考し、そして父親たちの罪、すなわち偏見と抑圧の破壊的な効果が産出する危害について思案する。

私は、暴力と狂気が何世代にもわたって噴出し、来るべき家系の人々を苦しめているのは自分の場合だけではないことを理解した……ジュリアスが愛する機会を否定したのはノアだ、どうして？　偏見が恐怖の機能を獲得するからだ。愛は決して否定されてはならない、ぜったいに[21]！

アリスの怒りの爆発は今日のアメリカ人に対する一種の警告として機能するが、完璧にではない。自身の人生に隠された悲劇をほのめかし、家族物語《ファミリー・ナラティヴ》に関する自身の解釈を屈折させているからだ。マグラアの作品では、ゴシックは9・11によってもたらされた苦痛や受難を論議するための言語を呈示する——取り憑かれることとの、罪の、精神的不安定の、放棄（怠慢）の言語を。「グラウンド・ゼロ」の信頼のおけない語り手は、自分の患者にあまりにも投資しすぎる精神科医だが、思いやりがなく、エドガー・アラン・ポーの主人公のように自己認識に欠けている。彼女の感情的なアンバランスと転移はしかしながら、現実の歴史的トラウマの虜になっている。すなわち、彼女がダンとの専門化としての関係を締めくくれない個人的な不可能性は、被害者の関係者のそれを反響している。「私はバッテリー・パークから来た女性について思いをめぐらす。彼女は夫の葬儀をしたがっているが、納棺する遺体がない。私は夫が彼女に葬儀をするようにさせたのかどうか知りたかった。彼女は気持ちの整理がついたのかしら？　区切りをつけたのかしら、ダン？」[22]。総じてマグラアの語り手は初期ゴシックのさまざまな語り手たちを連想させるが、それらは完璧に歴史的かつ特定の地理的な出来事を喚起させるための仕掛けなのだ。

アヴェリー・ゴードンはこれまで次のようなことを示唆してきた。「幽霊はそれが取り憑いている場所ないしは領域に帯電したストレンジネスを運び込む。かくて、活性帯ないしは認識帯の範囲を定める境界線と妥当性とを不安定にする」[23]。ついでこのように述べている。幽霊は社会関係を通して、それによって構築されている〝社会像〟であると。『ゴースト・タウン――マンハッタン今昔物語』では、不穏な活性帯はニューヨークのみならずアメリカ全土であり、それは国民の自己認識としての認識帯なのだ。マグラアにとって幽霊の出現は社会批判として機能し、同時に死者への一種の追悼となっている。これ以上のゴシックの途切れることのない妥当性に関する卓越した見解はない。

原注

序文　甦るゴシック

（1）　Marquis de Sade, 'Extracts from "Ideé sur les romans"', trans. Victor Sage in *The Gothick Novel: A Casebook*, ed. Victor Sage (Basingstoke, 1990), p. 49.〔マルキ・ド・サド「小説論」、『サド全集第六巻』所収、私市保彦訳、水声社、二〇〇一年〕

（2）　Victor Sage and Allan Lloyd-Smith, eds, *Modern Gothic: A Reader* (Manchester, 1996), p. 4.

（3）　Chris Baldick, 'Introduction', in *The Oxford Book of Gothic Tales*, ed. C. Baldick (Oxford, 1992), pp. xi-xxiii (p. xiii).〔クリス・ボルディック編『クリス・ボルディック選　ゴシック短編小説集』、石塚則子他編訳、春風社、二〇一二年〕

（4）　David Punter, *The Literature of Terror: A History of Gothic Fictions from 1765 to the Present Day* (London, 1996).〔デイヴィッド・パンター『恐怖の文学――その社会的・心理的考察　一七六五年から一八七二年までの英米ゴシック文学の歴史』、石月正信他訳、松柏社、二〇一六年〕

(5) Baldick, *Oxford Book of Gothic Tales*, p. xix.〔クリス・ボルディック編『クリス・ボルディック選　ゴシック短編小説集』、石塚則子他編訳、春風社〕

(6) Emily Dickinson, 'No. 670', in *The Complete Poems*, ed. Thomas H. Johnson (London, 1975), p. 333.〔エミリー・ディキンソン「作品六七〇番」、『ディキンソン詩集』所収、新倉俊一訳、思潮社、一九九三年〕

(7) Robert Miles, *Gothic Writing, 1750-1820: A Genealogy* (London and New York, 1993).

(8) Chris Baldick and Robert Mighall, 'Gothic Criticism', in *A Companion to the Gothic*, ed. David Punter (Oxford, 2000), pp. 209-28 (p. 227).

(9) Ibid., p. 226.

(10) Mark Edmundson, *Nightmare on Main Street: Angels, Sadomasochism and the Gothic* (Cambridge, MA, 1997).

(11) Angela Carter, *Burning Your Boats: Collected Short Stories* (London, 1995), p. 460.

(12) David Punter, 'Introduction: Of Apparitions', in *Spectral Readings: Towards a Gothic Geography*, ed. Glennis Byron and David Punter (Basingstoke, 1999), pp. 1-10 (p. 2).

(13) Marquis de Sade, 'Extracts from "Ideé sur les romans"', p. 49.〔マルキ・ド・サド「小説論」、『サド全集第六巻』「小説論」、水声社〕

(14) Elaine Showalter, *Sexual Anarchy: Gender and Culture at the Fin-de-Siècle* (London, 1992); Robert Louis Stevenson, *The Strange Case of Dr Jekyll and Mr Hyde and Other Stories* (London, 1992). p. 109.〔エレイン・ショウォルター『性のアナーキー――世紀末のジェンダーと文化』、富山太佳夫他訳、みすず書房、二〇〇〇年〕

(15) Christoph Grunenberg, 'Unsolved Mysteries: Gothic Tales from *Frankenstein* to the Hair-Eating Doll', in *Gothic: Transmutations of Horror in Late Twentieth-Century Art*, ed. Christoph Grunenberg (Boston, MA, 1997). pp. 212-160 (the pagination runs backwards in this volume).

(16) E. J. Clery, *The Rise of Supernatural Fiction, 1762-1800* (Cambridge, 1995).

(17) Alastair Fowler, *Kinds of Literature: An Introduction to the Theory of Genres and Modes* (Oxford, 1982), p. 109.

(18) Jacques Derrida, 'The Law of Genre', trans. Avital Ronell, *Glyph 7* (1980), pp. 202-29.
(19) Eve Kosofsky Sedgwick, *The Coherence of Gothic Conventions*, revd edn (London, 1986).
(20) Allan Lloyd-Smith, 'Postmodernism / Gothicism', in *Modern Gothic: A Reader*, ed. Sage and Lloyd-Smith, pp. 6-19 (pp. 6, 8).

疑似ゴシック

(1) Jerrold Hogle, 'The Gothic Ghost of the Counterfeit and the Progress of Abjection', in *A Companion to the Gothic*, ed. David Punter (Oxford, 2000), pp. 293-304 (p. 298).
(2) Ibid. See also Jean Baudrillard, *Simulations*, trans. Paul Foss, Paul Patton and Philip Beitchman (New York, 1983), p. 83.〔ジャン・ボードリヤール『シミュラークルとシミュレーション』、竹原あき子訳、法政大学出版局、二〇〇八年〕
(3) Hogle, 'The Gothic Ghost of the Counterfeit', p. 300, quoting Bram Stoker, *Dracula*, ed. Maurice Hindle (London, 1993), pp. 31, 486.
(4) Allan Lloyd-Smith, *American Gothic Fiction* (London and New York, 2004), p. 126.
(5) Ibid.
(6) E. j. Clery, *The Rise of Supernatural Fiction, 1762-1800* (Cambridge, 1995), p. 76.
(7) Baudrillard, *Simulations*, p. 25.〔ジャン・ボードリヤール『シミュラークルとシミュレーション』、竹原あき子訳、法政大学出版局、二〇〇八年〕
(8) Avril Horner and Sue Zlosnik, *Gothic and the Comic Turn* (Basingstoke, 2005), p. 4.
(9) Ibid., p. 9.
(10) Ann Radcliffe, 'On the Supernatural in Poetry', in *Gothic Documents: A Sourcebook, 1700-1820*, ed. E. J. Clery and Robert Miles (Manchester, 2000), pp. 163-72.
(11) Mark Z. Danielewski, *House of Leaves* (London, 2001), p. ix.〔マーク・Z・ダニエレブスキー『紙葉の家』、嶋田

洋一訳、ソニーマガジンズ、二〇〇二年〕

(12) Ibid., p. 512.

(13) Ibid., p. 513.

(14) Ibid., p. 514.

(15) Charles Baudelaire, 'Les Fleurs du mal: Préface', in *Selected Poems*, trans. Joanna Richardson (Harmondsworth, 1986), p. 28.〔シャルル・ボードレール「序文」、『悪の華　ボードレール全詩集Ⅰ』所収、阿部良雄訳、ちくま文庫、一九九八年〕

(16) Danielewski, *House of Leaves*, p. 514.〔マーク・Z・ダニエレブスキー『紙葉の家』、嶋田洋一訳、ソニーマガジンズ〕

(17) Ibid., p. xxiii.

(18) J. G. Ballard, 'The Killer Inside', *The Guardian Film and Music* (23 September 2005), p. 5.

(19) Danielewski, *House of Leaves*, p. 464.〔マーク・Z・ダニエレブスキー『紙葉の家』、嶋田洋一訳、ソニーマガジンズ〕

(20) Lloyd-Smith, *American Gothic Fiction*, p. 93.

(21) Brian McHale, *Postmodernist Fiction* (London and New York, 1987), p. 50.

(22) Elizabeth Gaskell, 'Disappearances', in *Gothic Tales*, ed. Laura Kranzler (Harmondsworth, 2000), pp. 1-10 (p. 10).〔エリザベス・ギャスケル「失踪」、『ギャスケル全集　別巻〇一 − 短編・ノンフィクション』所収、鈴江璋子訳、大阪教育図書〕

(23) Rick Moody, 'On Gregory Crewdson', in *Twilight*, photographs by Gregory Crewdson (New York, 2002), pp. 6-11(p. 6). Italics in the original.

(24) Ken Gelder, *Reading the Vampire* (London and New York, 1994), p. 86.

(25) Fredric Jameson, *Postmodernism; or, The Cultural Logic of Late Capitalism* (London and New York, 1991).

(26) Eric Rhode, *A History of the Cinema from its Origins to 1970* (London, 1976), p. 183.
(27) Derek Gregory, *Geographical Imaginations* (Oxford, 1994), p. 7.
(28) Baudrillard, *Simulations*, p.158 n. 8.〔ジャン・ボードリヤール『シミュラークルとシミュレーション』、竹原あき子訳、法政大学出版局〕
(29) Ibid., p. 146.
(30) Jerrold Hogle, 'The Gothic at our Turn of the Century: Our Culture of Simulation and the Return of the Body', in *The Gothic*, ed. Fred Botting (Cambridge, 2001), pp. 153-79 (pp. 160-61).

グロテスクな身体

(1) *The Anatomists 3: A Modern Frankenstein*, broadcast Channel 4, 26 March 2002.
(2) Fred Botting, 'Future Horror (The Redundancy of Gothic)', *Gothic Studies*, I/2 (December 1999), pp. 139-55 (p. 146).
(3) Leslie Fiedler, *Freaks: Myths and Images of the Secret Self* (New York, 1978).〔レスリー・フィードラー『フリークス――秘められた自己の神話とイメージ』、伊藤俊治他訳、青土社、一九九〇年〕
(4) Mary Russo, *The Female Grotesque: Risk, Excess and Modernity* (London and New York, 1994), p. 62.
(5) Mikhail Bakhtin, *Rabelais and His World*, trans. Helen Iswolsky (Bloomington, IN, 1984), p. 27.〔ミハイル・バフチン『ミハイル・バフチン全著作第七巻　フランソワ・ラブレーの作品と中世・ルネサンスの民衆文化』、杉里直人訳、水声社、二〇〇七年〕
(6) Chris Baldick and Robert Mighall, 'Gothic Criticism', in *A Companion to the Gothic*, ed. David Punter (Oxford, 2000).
(7) Bakhtin, *Rabelais and His World*, p. 37.〔ミハイル・バフチン『ミハイル・バフチン全著作第七巻　フランソワ・ラブレーの作品と中世・ルネサンスの民衆文化』、杉里直人訳、水声社、二〇〇七年〕
(8) Ibid., p. 38.
(9) Avril Horner and Sue Zlosnik, *Gothic and the Comic Turn* (Basingstoke, 2005), p. 17.

（10）　Chris Baldick, *In Frankenstein's Shadow: Myth, Monstrosity and Nineteenth-century Writing* (Oxford, 1987); Fred Botting, *Making Monstrous: Frankenstein, Criticism, Theory* (Manchester, 1991).〔クリス・ボルディック『フランケンシュタインの影の下に』、谷内田浩正他訳、国書刊行会、一九九六年〕

（11）　Fred Botting, 'Metaphors and Monsters', *Journal for Cultural Research*, VII/4 (2003), pp. 339-65 (p. 361).

（12）　Katherine Dunn, *Geek Love* (London, 1989), pp. 52-3.〔キャサリン・ダン『異形の愛』、柳下毅一郎訳、河出書房新社、二〇一七年〕

（13）　Elaine Showalter, *Sexual Anarchy: Gender and Culture at the Fin-de-Siècle* (London, 1992); see especially Chapter 10: 'The Way We Write Now: Syphilis and AIDS'.〔エレイン・ショウォルター『性のアナーキー　世紀末のジェンダーと文化』を参照。特に第十章「梅毒とエイズの描かれ方」〕

（14）　Will Self, *Dorian* (London, 2003), p. 236.

（15）　Ibid., p. 265.

（16）　Ibid., p. 271.

（17）　Sigmund Freud, 'The Uncanny', in *The Penguin Freud Library, Volume 14: Art and Literature*, trans. James Strachey, ed. Albert Dickson (Harmondsworth, 1990), pp. 335-76 (pp. 340, 345).〔E・T・A・ホフマン&ジグムント・フロイト「砂男／不気味なもの」、種村季弘訳、河出文庫、一九九五年〕

（18）　Self, *Dorian*, p. 276.

（19）　Ibid., p. 271.

（20）　Ibid., p. 273.

（21）　Ibid., p. 278.

（22）　Graham Ward, *True Religion* (Oxford, 2003), p. ix.

（23）　Ibid., p. 130.

（24）　Victor Sage, *Horror Fiction in the Protestant Tradition* (Basingstoke, 1988).

(25)　例があまりに多くて包括的なリストを提供することができないが、たとえば次のようなものを参照。Stephen D. Arata, 'The Occidental Tourist: *Dracula* and the Anxiety of Reverse Colonization', *Victorian Studies*, XXXIII/4 (1990), pp. 621-45; Ken Gelder, *Reading the Vampire* (London and New York, 1994); Judith Halberstam, *Skin Shows: Gothic Horror and the Technology of Monsters* (Durham, NC, and London, 1995); H. L. Malchow, *Gothic Images of Race in Nineteenth-century Britain* (Stanford, CA., 1996).

(26)　Horner and Zlosnik, *Gothic and the Comic Turn*, p.1.

(27)　Patrick McGrath, *Blood and Water and Other Stories* (Harmondsworth, 1989), p.16.〔パトリック・マグラア『血のささやき、水のつぶやき』、宮脇孝雄訳、河出書房新社、一九八九年〕

(28)　Ibid., p.13.

(29)　Ibid.

(30)　Ibid., p.15.

(31)　Ibid., p. 6.

十代の悪魔たち

(1)　Eve Kosofsky Sedgwick, *The Coherence of Gothic Conventions* (London, 1986).

(2)　Rob Latham, *Consuming Youth: Vampires, Cyborgs and the Culture of Consumption* (Chicago, 2002), p. 67.

(3)　Ellen Moers, *Literary Women* (London, 1978), p. 107.〔エレン・モアズ『女性と文学』、青山誠子訳、研究社出版、一九九九年〕

(4)　Robert Kiely, *The Romantic Novel in England* (Boston, MA, 1972), p. 73.

(5)　Samuel Taylor Coleridge, 'Review of *The Monk*', *Critical Review*, XIX (1797), pp. 194-200 (p. 197).

(6)　Jane Austen, *Northanger Abbey, Lady Susan, The Watsons and Sanditon*, ed. John Davie (Oxford, 1980), p. 3.〔ジェイン・オースティン『ノーサンガー・アビー』、中野康司訳、ちくま文庫、二〇〇九年〕

(7) John Aikin and Anna Laetitia Aikin, 'On the Pleasure Derived from Objects of Terror; with Sir Bertrand, A Fragment', in *Gothic Documents: A Sourcebook, 1700-1820*, ed. E. J. Clery and Robert Miles (Manchester, 2000), pp. 127-32 (p. 129), first published in *Miscellaneous Pieces in Prose* (London, 1773), pp. 119-37.

(8) Elizabeth Napier, *The Failure of the Gothic: Problems of Disjunction in an Eighteenth Century Literary Form* (Oxford, 1987), p. 147.

(9) Chris Baldick, ed., *The Oxford Book of Gothic Tales* (Oxford, 1992), p. xiii. 〔クリス・ボルディック編『クリス・ボルディック選　ゴシック短編小説集』、石塚則子他編訳、春風社〕

(10) Johnny Cigarettes and James Oldham, 'But for the Grace of Goth', *Vox* (August 1997), p. 65.

(11) Ellen Barry, 'Still Gothic After All These Years', *Boston Phoenix* (31 July - 7 August 1997: http://www.bostonphoenix.com/archive/features/97/07/31/GOTH_2).

(12) Dave Simpson, 'I Have Seen the Future - and It's Goth', *The Guardian* (21 March 2006: http://arts.guardian.co.uk/features/story/o,, 1735690,00.html).

(13) Dick Hebdige, *Subculture: The Meaning of Style* (London, 1979). 〔ディック・ヘブディジ『サブカルチャー――スタイルの意味するもの』、山口淑子訳、未来社、一九八六年〕

(14) Eve Kosofsky Sedgwick, *The Coherence of Gothic Conventions*, revd edn (London, 1986).

(15) Catherine Spooner, *Fashioning Gothic Bodies* (Manchester, 2004), p. 159.

(16) Carol J. Clover, *Men, Women and Chainsaws: Gender in the Modern Horror Film* (London, 1992), p. 59.

(17) Angela McRobbie and Jenny Garber, 'Girls and Subcultures', *in The Subcultures Reader*, ed. Ken Gelder and Sarah Thornton (New York, 1996), pp. 112-20.

(18) Huggy Bear, 'Hopscortch', on...*Our Troubled Youth*, double-sided album with Bikini Kill, *Yeah, Yeah, Yeah, Yeah* (Catcall, 1993).

(19) Diane Purkiss, *The Witch in History: Early Modern and Twentieth-century Representations* (London, 1996), p. 45.

(20) *Teenage Kicks: The Witch Craze*, broadcast Channel 4, 27 August 2002.

(21) Gregory A. Waller, 'Introduction to *American Horrors*', in *The Horror Reader*, ed. Ken Gelder (London, 2000), pp. 256-64 (p. 261).

(22) David Punter, *The Literature of Terror: A History of Gothic Fictions from 1765 to the Present Day, Volume 2: The Modern Gothic* (London, 1996), p. 150.〔デイヴィッド・パンター『恐怖の文学　その社会的・心理的考察　1765年から1872までの英米ゴシック文学の歴史』、石月正信他訳、松柏社〕

(23) Max Nordau, *Degeneration* (London, 1896).

(24) Mark Beaumont, 'Marilyn Manson', *New Musical Express* (25 September 2004), p. 36.

(25) Patricia Cornwell, *Portrait of a Killer: Jack the Ripper-Case Closed* (London, 2003).〔パトリシア・コーンウェル『真相〝切り裂きジャック〟は誰なのか?』、相原真理子訳、講談社文庫、二〇〇五年〕

(26) Poppy Z. Brite, *Lost Souls* (Harmondsworth, 1994).〔ポピー・Z・ブライト『ロスト・ソウルズ』、柿沼瑛子訳、角川ホラー文庫、一九九五年〕

(27) Katherine Ramsland, *Piercing the Darkness: Undercover with Vampires in America Today* (London, 1999), p. 204.

(28) Ibid., p. 6.

(29) Ibid., p. 104.

(30) Ibid., pp. 144-5.

(31) Lucy Ward, 'Send in Buffy To Save Lost Girls-Ofsted Chief', *The Guardian* (6 March 2004), p. 12. Ofsted stands for the Office for Standards in Education (England).

(32) Justine Larbalestier, '*Buffy's* Mary Sue is Jonathan: *Buffy* Acknowledges the Fans', in *Fighting the Forces: What's at Stake in Buffy the Vampire Slayer*, ed. Rhonda V. Wilcox and David Lavery (Lanham, MD, 2002).

(33) Judith Butler, *Gender Trouble: Feminism and the Subversion of Identity* (London, 1990), p. 137.〔ジュディス・バトラー『ジェンダー・トラブル――フェミニズムとアイデンティティの攪乱』、竹村和子訳、青土社、二〇一八年〕

(34) Ibid., p. 141.
(35) Marti Noxon interviewed on 'A Bufiy Bestiary', *Buffy the Vampire Slayer Season Two DVD Collection* (2001). 初期ゴスはパンクの断末魔の時期とかなり重なり合う。たとえば一九七〇年代後期にパンク・シーンから登場したスージー&ザ・バンシーズ（初期のライブにはシド・ヴィシャスが演奏に加わったこともある）のようなのちにゴスと定義されるバンド群たちと。
(36) Sarah Thornton, *Club Cultures: Music, Media and Subcultural Capital* (Cambridge, 1995).

ゴシック・ショッピング

(1) David J. Skal, *Hollywood Gothic: The Tangled Web of 'Dracula' from Stage to Screen* (London, 1992), p. 195.〔デイヴィッド・J・スカル『ハリウッド・ゴシック――ドラキュラの世紀』、仁賀克雄訳、国書刊行会、一九九七年〕
(2) Rob Latham, *Consuming Youth: Vampires, Cyborgs and the Culture of Consumption* (Chicago, 2002), p. 25.
(3) Ibid.
(4) Chris Baldick, *In Frankenstein's Shadow: Myth, Monstrosity and Nineteenth- century Writing* (Oxford, 1990), pp. 127-8.〔クリス・ボルディック『フランケンシュタインの影の下に』、谷内田浩正他訳、国書刊行会、一九九六年〕
(5) *Taste 1:Gothic*, broadcast BBC2, January 2002.
(6) Paul Hodkinson, *Goth: Identity, Style and Subculture* (Oxford, 2002).
(7) Ted Polhemus, *Street Style: From Sidewalk to Catwalk* (London, 1994), pp. 97-9.
(8) Caroline Evans, 'Yesterday's Emblems and Tomorrow's Commodities: The Return of the Repressed in Fashion Imagery Today', in *Fashion Cultures: Theories, Explorations and Analysis*, ed. Stella Bruzzi and Pamela Church Gibson (London and New York, 2000), pp. 93-113 (p. 106).
(9) Ibid., p. 107.
(10) Ibid.

(11) Eve Kosofsky Sedgwick, *The Coherence of Gothic Conventions*, revd edn (London 1986).

(12) Vance Packard, *The Hidden Persuaders* (London, 1957), pp. 8, 4.〔ヴァンス・パッカード『かくれた説得者』、林周二訳、ダイヤモンド社、一九五八年〕

(13) Greg Myers, *Ad Worlds: Brands, Media, Audiences* (London, 1998).

(14) Warren Berger, *Advertising Today* (London, 2001).

(15) *100 Scariest Moments*, broadcast Channel 4, 26 October 2003.

(16) Fred Botting, *Making Monstrous: Frankenstein, Criticism, Theory* (Manchester, 1991), pp. 192-3.

(17) Ibid., p. 202.

(18) The Sisters of Mercy, 'This Corrosion', on *Floodlatid* (Merciful Release, 1987), lyrics by Andrew Eldritch.

(19) Angela McRobbie, *Postmodernism and Popular Culture* (London, 1994).

(20) Henry Jenkins, *Textual Poachers: Television Fans and Participatory Culture* (London and New York, 1992).

(21) Temporary posting at www.livingdeaddolls.com.

(22) Hélène Cixous, 'Fiction and its Phantoms: A Reading of Freud's *Das Unheimliche*', *New Literary History*, VII/3 (1976), pp. 525-48.

結論　ゴシックの終焉?

(1) William Blake, *The Marriage of Heaven and Hell*, in *Complete Writings*, ed. Geoffrey Keynes (Oxford, 1966), pp. 148-58 (p. 150).〔ウィリアム・ブレイク「天国と地獄の結婚」、『対訳　ブレイク詩集』所収、松島正一訳、岩波文庫、二〇〇四年〕

(2) Fred Botting, 'Candygothic', in *The Gothic*, ed. Fred Botting (Cambridge, 2001), pp. 133-51 (p. 134).

(3) Fred Botting, 'Aftergothic: Consumption, Machines and Black Holes', in *The Cambridge Companion to Gothic Fiction*, ed. Jerrold E. Hogle (Cambridge, 2002), pp. 277-300 (p. 298).

(4) Ibid., p. 281.

(5) Chris Baldick, ed., *The Oxford Book of Gothic Tales* (Oxford, 1992), p. xxii. 〔クリス・ボルディック編『クリス・ボルディック選　ゴシック短編小説集』、石塚則子他編訳、春風社〕

(6) Edmund Burke, *Reflections on the Revolution in France*, ed. Conor Cruise O'Brien (Harmondsworth, 1986). 〔エドマンド・バーク『新訳　フランス革命の省察――「保守主義の父」かく語りき』、佐藤健志訳、ＰＨＰ研究所、二〇一一年〕

(7) Ronald Paulson, *Representations of Revolution, 1789-1820* (New Haven, CT,1983).

(8) Johan Höglund, 'Gothic Haunting Empire', in *Memory, Haunting, Discourse*, ed. Maria Holmgren Troy and Elisabeth Wennö (Karlstad, 2005), pp. 233-44 (p. 241).

(9) Baldick, *The Oxford Book of Gothic Tales*, p. xiii. 〔クリス・ボルディック編『クリス・ボルディック選　ゴシック短編小説集』、石塚則子他編訳、春風社〕

(10) Nicholas Royle, *The Uncanny* (Manchester, 2003), pp. vii-vii.

(11) Patrick McGrath, 'Transgression and Decay', in *Gothic: Transmutations of Horror in Late Twentieth Century Art*, ed. Christoph Grunenberg (Boston, MA, 1997), pp. 158-53 (the pagination runs backwards in this volume).

(12) Patrick McGrath, *Ghost Town: Tales of Manhattan Then and Now* (London, 2005), p. 1.

(13) Ibid., p. 195.

(14) Ibid., pp. 13-14.

(15) Leslie Fiedler, *Love and Death in the American Novel* (New York, 1966). 〔レスリー・A・フィードラー『アメリカ小説における愛と死』、佐伯彰一他訳、新潮社、一九八九年〕

(16) McGrath, *Ghost Town*, p. 4.

(17) Ibid., p. 240.

(18) Ibid., p. 75.

(19) Ibid., p. 117.

(20) Ibid., pp. 155-6.

(21) Ibid., pp. 172-3.

(22) Ibid., p. 243.

(23) Avery Gordon, *Ghostly Matters: Haunting and the Sociological Imagination* (Minneapolis, MN, 1997), p. 63.

謝辞

まずもってエマ・マケヴォイに深く感謝する。彼女は我が最良にしてもっとも根気強い読者であり批評家である。ついでランカスター大学の同僚――アーサー・ブラッドリー、ジョー・カラザーズ、マイク・グリーニー、リンゼイ・ムーア、そしてアンディ・テイト――たちにも謝意を表する。彼らは各章を読み、すこぶる有益な論評を加えてくれた。フレッド・ボティングには叱咤激励および有益な助言をしていただいた。またクリス・ボルディック、サイモン・エリオット、そしてアリソン・フィンドレイはさまざまな段階で水先案内人を務めてくださった。極めて重要なことだが、本書は学生たちとの話し合いによって具体的な形になった。まずはファルマス大学での「ゴシックとグロテスク」セミナーの参加者たち――特にアーウェン、クリシー、エイリーン、ジョー、ルー、マーガレット、シアン、ティナ、そしてジェニー・コリヤー。ついでランカスター大学での「コンテンポラリー・ゴシック」内のマーケッティングオートメーション・セミナーの参加者たち。とりわけシャロン・ボースウィックとジョー・ハロップ、クリスティナ・ウォーレンたちは、ゴシック現象を徹底的に調査するさいの優秀なパートナーだった。

キャシー・デ・モンショーとFRED、ガゴシアン・ギャラリー、グレゴリー・クリュードソン、ルーリング・オーガスティン、ジェイ・ジョプリング、ホワイト・キューブ、ジョエル＝ピーター・ウィトキン、ハステッド・ハント・ギャラリー、マイク・スミス、ニック・ナイト、そしてエイミー・マリンズに感謝する。自作、あるいは所蔵するアーティストたちの作品を複製して掲載することを快く許可してくれた。

画像使用料を援助してくれたランカスター大学の教養学部と社会科学研究所、そして学術振興基金に謝意を表する。はなから本書の可能性を見ぬいていたバリー・ブレン、そして根気よく待っていてくれた担当編集者のマイケル・リーマンに感謝する。

最後となったが、エディ・ロブスンは終始計り知れないほどの精神的な支えとなってくれた——本書を彼に捧げる。

図版一覧

p. 81: Karl Geary and Elina Löwensohn in a still from Michael Almereyda's *Nadja* (1994). Photo: Rex Features/Everett Collection (513752A).

p. 90: Gunther von Hagens and a plastinated horse at the *Body Worlds* exhibition, Atlantis Gallery, London, 2002. Photo: Rex Features/Nils Jorgensen (379106A0),

p. 97: Jake and Dinos Chapman, *Great Deeds Against The Dead*, 1994, mixed media. Private collection. Photo © the artists, courtesy Jay Jopling/White Cube (London).

p. 107: Director Tod Browning on set with members of the cast of *Freaks,* 1932. Photo: Rex Features/Everett Collection (575032B).

p. 121: Patricia Arquette as Frankie in Rupert Wainwright's *Stigmata* (1999).

p. 125: Joel-Peter Witkin, *Las Meninas New Mexico*, 1987, toned gelatin silver print photograph. Museum of Fine Arts, Santa Fe, New Mexico. Photo: courtesy of the artist and Hasted Hunt Gallery, New York.

p. 133: The Gothic heroine: a woodcut from the 1832 edition of Ann Radcliffe's *The Romance of the Forest*.

p. 139: A contemporary interpretation of the Gothic heroine, at Whitby Gothic Weekend, April 2005. Photo: © Mike Smith 2005.

p. 140: Contemporary Goth, as seen at Whitby Gothic Weekend, in 2005. Photo: © Mike Smith 2005.

p. 143: Goth style icon Siouxsie Sioux, 1983. Photo: Rex Features/Eugene Adebari (103247A).

p. 145: The Dresden Dolls' Gothic-tinged 'Brechtian Punk Cabaret', 2006. Photo: Lisa Lunskayer Gordon/http://www. dresdendolls. com/

p. 146: Gothic Country: The Handsome Family, 2003. Photo: Ted Jurney/ http://www. handsomefamily. com/

p. 161: Marilyn Manson, 2005. Photo: Rex Features/Charles Sykes (521573CC).

p. 164: 'Satanic' killer Manuela Ruda in court, 2002. Photo: Rex Features/Action Press (375685D).

p. 179: Dark Willow does Goth power-dressing in Season Six of the TV show *Buffy the Vampire Slayer,* 2002.

p. 183: A still from Tod Browning's 1931 *Dracula* showing Bela Lugosi in the title role. Photo: Rex Features/SNAP (390881JI).

p. 193 (top): Contemporary Goth style at Whitby Gothic Weekend, April 2005. Photo: © Mike Smith 2005.

p. 193 (foot): Model Aimee Mullins in ‘Access-Able’, from *Dazed and Confused*, September 1998. Photo: Nick Knight, courtesy of Nick Knight.

p. 195: Fashion itself as imprisoning agent of the Gothic in Alexander McQueen’s show for London Fashion Week, 2001. Photo Rex Features/xpo (326601G).

p. 199: Angelina Jolie in Versace at the 2000 Academy Awards ceremony. Photo Rex Features/ CSP(323037B).

p. 219: Living Dead Dolls exclusive set, ‘Nosferatu and Victim’, released 2003. Photo courtesy of the author.

p. 241: Christian Bale in Christopher Nolan’s *Batman Begins* (2005). Photo: Rex Features/Warner Bro/Everet(511568BF)

訳者あとがき——二十一世紀ゴシック・カルチャー／ゴス・サブカルチャー研究書誌風に

本書は Catherine Spooner, *Contemporary Gothic*（Reaktion Books, 2006）の全訳である。旧来のゴシック・カルチャーと新しいゴス・サブカルチャーの双方に光を当てつつ、二十一世紀ゴシック現象に対する批評への道筋を示す、コンパクトながら最良の入門書である。

著者のキャサリン・スプーナーは現在、英国ランカスター大学の英文学／文化の教授（女性なので年齢は公表されていないが、写真を見た限りでは四十代?）。専門はゴシック文学と映画、大衆文化である。とりわけヴィクトリア朝および今日のファッションとコスチュームに関心を持っている。

本書以外の主著に *Fashioning Gothic Bodies*（2004）、*Post-Millennial Gothic: Comedy, Romance and the Rise of Happy Gothic*（2017）があり、その他に *The Routledge Companion to Gothic*（エマ・マッケヴォ

イとの共編、二〇〇七)、*Monstrous Media/Spectral Subjects: Imaging Gothic from the Nineteenth Century to the Present*(フレッド・ボティングとの共編、二〇一五)、*Return to Twin Peaks: New Approaches to Materiality, Theory and Genre on Television*(ジェフリー・A・ウェインストックとの共編、二〇一五)がある。現在は、ゴシック文学と映画における「白衣の文化史」を執筆中。

以上、訳者あとがきとしては基本的な情報は記した。これで十分、であるはずだが、あまりにも素っ気ない、もっと周辺情報を! と思われる好奇心旺盛の方、あるいはゴシック文学・文化の初心者の読者に向けて、ブック・ガイドをかねての雑談を少々。

本書はゴシックに興味を抱き始めた若い人に、ことに大学生に手に取ってもらいたいので、老婆心ながら、まずは初歩的なことから。

そもそもゴシック(文芸モードとしての)ってなに? これは、SFとは? ファンタジーとは? それを言うのなら文学とは? などと同様に多種多様で定義がむずかしい。しかしながら、とりあえずの目安はある。

ゴート族やゴシック建築に関しては別として、文芸様式のゴシックはホレス・ウォルポールの長編『オトラント城』(一七六四)が鼻祖として知られている。第二版序文で作者自ら、その伝奇小説を〝ゴシック・ストーリー〟と名付けていることもその理由のひとつにあげられるが、後世の作品群に多大な影響を与えているゴシック要素が盛り込まれているからでもある。それらを、いわゆる〝買い物リスト〟として列挙しておく。

設定——古城、修道院、荒廃した屋敷、廃墟、墓地、迷宮のような地下世界、牢獄、大自然など、これらは〈閉じられた空間〉と化す。

雰囲気——懐古的、感傷的、扇情的、悲劇的、絶望的。

超自然——亡霊、悪魔、怪物の存在、あるいは不吉な予兆や呪いや超常現象。

時代——主として過去。それは歴史的な昔日であったり個人的な記憶であったりする。

キャラクター——冷酷非道な悪漢、アイデンティティの不確かなヒーロー、そして迫害される乙女。

モチーフ——お家騒動、近親相姦、二重人格、復讐など、これらは〈閉じられた時間〉と化す。

テーマ——死と暴力と倒錯した性。

ナラティヴ——断片的、物語の入れ子構造、信用のおけない語り手など。これらは発見された原稿や手記、日記、手紙、記録文書が小道具に用いられ、精神状態の判然としない一人称の語りによって機能する。

以上のような要素を有する作品が文学におけるサブジャンル、〈ゴシック〉と見なされる。そして今やゴシック批評は花盛り。アカデミズムにおける一大産業になっている。そのブームの火付け役となったのが、一九八〇年に刊行されたデイヴィッド・パンター『恐怖の文学——その社会的・心

理的考察　一七六五年から一八七二年までの英米ゴシック文学の歴史』（松柏社、二〇一六、ただし原書は一九八〇年まで記述されている）とローズマリー・ジャクソン、*Fantasy: The Literature of Subversion*（1981）である。ちなみに、後者のタイトルは〝ファンタジー〟となっているが、意味としては〝幻想文学〟。今や古典的名著にして基本図書なのに邦訳版がないのは悲しい。

ついで早くも一九八四年には、フレデリック・S・フランク、*Guide to Gothic: An Annotated Bibliography of Criticism* と題されたゴシック文学研究書誌が登場。以降フランクはおよそ十年ごとに同書（第二巻は一九八三年―九三年、第三巻は九三年―二〇〇三年までの研究書を紹介）を刊行している。巻を追うごとに所収作品数が増えている。これまでのところ残念ながら、第四巻（〇三年以降の研究書誌）は上梓されていない。二十一世紀になってからは、確実にさらに増えているのでウンザリしたのか？　寡聞にして知らないが、おそらくフランク教授はすでに鬼籍に入られているのだろう。存命でしたら失礼。

ゴシック小説は、対抗文化の勢いを駆って文学史の正典が見直されるようになった一九六〇年代後半以前はジャンクな通俗読み物として見下されていたが、今やアカデミズム化して立派な研究対象となっている。もちろんそれ以前にも、一九二一年にエディス・バークヘッド『恐怖小説史』（牧神社、一九七五）や一九五七年にデヴェンドラ・P・ヴァーマ『ゴシックの炎』（松柏社、二〇一八）などの優れた研究書があり、モンタギュー・サマーズ（一八八〇―一九四八）のような奇特なゴシック小説探究家もいたが。

ことに二十世紀末からゼロ年代にかけて雨後の筍のように出現したゴシック文学研究書だが、とりあえず邦訳のあるものでは、すでに触れたデイヴィッド・パンター『恐怖の文学』とマリー・マルヴィー・ロバーツの〝読める〟ハンド・ブック『ゴシック入門――一二三の視点』（英宝社、二〇〇六）が手元にあればいい。未訳のものでは、ジェロルド・E・ホグル編、*The Cambridge Companion to The Gothic*（Cambridge University Press, 2014）とデイヴィッド・パンター編、*A New Companion to The Modern Gothic*（Wiley Blackwell, 2015）があればことたりる。この二冊でゴシックの歴史的背景と通史、英語圏以外の国のゴシック、小説や映画からサイバースペースまでのゴシック作品、そして最新のゴシック批評理論とジャンルがわかる。

アカデミズムの世界で一九八〇年代から九〇年代にかけて大いに盛り上がったゴシック・スタディーズは、主として文芸（小説・詩・演劇）の分野においてだった。主流文化における現象（ゴシック・カルチャー）が研究対象になったわけで、大衆文化のそれ（ゴス・サブカルチャー）は埒外の状態だった。それも無理もない話。なにしろゴス・サブカルチャーが登場したのは一九八〇年代のことで、しかもサブカルチャーの中でもゴスはまだ超マイナーな現象であり、当時は所詮一過性の流行にしかすぎないと思われていたからだ。そもそも、ゴシック・スタディーズに手を染めていた学者連中は若者たちのゴスに関心を抱くには（あるいは理解を示すには）年を取りすぎていた。

だが、ゴス・サブカルチャー研究への端緒を示す画期的な展覧会が一九九七年にボストンで開催され、同時にそれに付随する書籍が刊行された。クリストフ・グリュネンバーグ編、*GOTHIC*

Transmutation of Horror in Late Twentieth Century Art（MIT Press, 1997）である。小説はもとより、映画、現代アート、ファッション、音楽におけるゴシックに関するエッセーや創作が豊富なヴィジュアルとともに九編収録された画期的な一冊。ゴシック・カルチャーとゴス・サブカルチャーとの相互連関を見取った基本的なアンソロジーとして翻訳紹介が望まれる。

ちなみにその後も、同種の展覧会／付随する書籍はある。この場で特筆すべきものとしては二点、〝ハイヒールをはいた〟ファッション文化史家として知られるヴァレリー・スティールとジェニファー・パーク共著、*Gothic: Dark Glamour*（Yale University Press, 2008）とデール・タウンシェンド編、*Terror and Wonder The Gothic Imagination*（British Library Board, 2015）である。とりわけ前者はゴス・ファッションに興味のある方、後者はゴシック小説に関心のある向きにお薦め（本書の著者キャサリン・スプーナーも「二十一世紀ゴシック」と題した論考を寄せている）。双方ともに展覧会のカタログ的役割を担っているので、貴重な図版・写真が多数掲載されていてうれしい。

ゴシック・カルチャーは、二十世紀末まではアカデミズムという小さな世界で賑わっていたが、文字通りの世紀末、一九九九年四月のある凄惨な出来事をきっかけにゴス・サブカルチャーがにわかにグローバルな注目を浴びることになった。コロラド州コロバイン高校での銃乱射事件である。後にマイケル・ムーア監督のアカデミー長編ドキュメンタリー賞受賞作『ボウリング・フォー・コロンバイン』（二〇〇二）でさらに世に知れ渡ることになる。

十三名が射殺され二十四名の重軽傷者を出したこの虐殺事件の犯人は、同校の男子生徒二人組だったが、彼らがゴス・サブカルチャーに心酔していたという噂が広まり、たちまちゴスと暴力・死といったネガディヴな男性的イメージが公然のものとなった。それまでのゴスは、ファッションや化粧、音楽の分野におけるネクラな個人的趣味として、どちらかといえば女性的イメージがあったのだが。

かくてそれまでアンダーグラウンドな領域にあったゴス・サブカルチャーはパブリックな空間に引きずりあげられ、さらにはアカデミズムの研究対象にもなった。その状況はゼロ年代に顕著になる。おそらく、八〇年代に自らゴス・サブカルチャーを体現した若い層の学者（キャサリン・スプーナーもそのひとり）が登場してきたことがゴシック・カルチャーからゴス・サブカルチャーへ研究対象が移行した理由のひとつと考えられる。

とはいえ当初は、〈象牙の塔〉の住人以外の書き手による書籍が出版された。まず、早い時期ではリチャード・ダヴェンポート＝ハインズ、*Gothic Four Hundred Years of Excess, Horror, Evil and Ruin* (Fourth Estate, 1998) がある。著者は歴史家だけあって、全体の三分の二は十七世紀から十九世紀におけるゴシック（とくにピクチュアレスク、サブライム、廃墟、庭園など）にページが割かれていて、二十世紀の映画や音楽に関する叙述は三分の一ほどである。

ダヴェンポート＝ハインズの著作のサブカル濃度の希薄さをカバーしてあまりあるのが、ギャヴィン・バッデリー、*GOTH CHIC: A Connoisseur's Guide to Dark Culture* (Plexus, 2002) で、著者はサタニズムとロックに関する著作やマリリン・マンソンを分析した研究書などを執筆しているジャーナリスト。ポップなゴス、キッチュなゴスを写真満載で紹介した一般書として最適。

その他にもより大衆向けのものとして、ホラー作家のナンシー・キルパトリック、*The Goth Bible: A Compendium for the Darkly Inclined*（Griffin, 2004）やシンガーソングライターのヴォルテール、*What is Goth?*（Samuel Weiser, 2004）が刊行されている。

もちろん、こうした動向のおかげでアカデミズムの世界でもゴス・サブカルチャーは注目され、その手の最初期の研究書にポール・ホドキンソン、*GOTH: Identity, Style and Subculture*（2002）がある。この書籍は、わが国でも『メディア文化研究への招待——多声性を読み解く理論と視点』（ミネルヴァ書房、二〇一六）で知られる社会学者の著作なので、残念ながら文学やファイン・アートにはさほど触れられていないが、カルチュラル・スタディーズ、サブカル理論書としては有益。

以上のようなゼロ年代ゴス・サブカルチャー研究書・紹介本の流れに棹さす形で二〇〇六年に刊行されたのが本書『コンテンポラリー・ゴシック』である。一九八〇年代から九〇年代にかけての従来のゴシック・カルチャー（主としてゴシック文学）とゼロ年代からスポットライトが当てられるようになった新しいゴス・サブカルチャーとの双方の研究の成果をハイブリッドし、ゴシックに対する今後の視点と理論を示唆してくれる一冊に仕上がっている。

ゴシック・カルチャーとゴス・サブカルチャーとの双方の共通項は何か？　それはズバリ、自己言及性、リフレクシヴするスタイルにある。マリア・ベヴィル、*Gothic-Postmodernism: Voicing the Terrors of Postmodernity*（Rodopi, 2009）はその点を強調し、ゴシック文学は基本的に今日的なメタフィクションであるとして、恐怖を精神分析学的・哲学的キー概念に用いてポストモダン小説を読み解いている。本書でも同様にゴシックは自己再帰的であり、ゴスは数多あるサブカルチャーのなかでもとりわけ自己のジャンル（文学や映画）と歴史と美学に自意識的なスタイルであると見なされている。

本書の前半（一章と二章）ではゴシック・カルチャー（主として文学と映画）について考察が行われる。従来の研究では、ゴシックはカトリックvsプロテスタント、テラーvsホラー、崇高論、フロイトの〈不気味なもの〉や〈抑圧されたものの回帰〉、クリステヴァの〈アブジェクト〉などが援用されて論じられることが多いが、本書で注目されるのはゴシックにおける〈疑似〉と〈グロテスク〉だ。

ゴシックは基本的にオリジナルなきコピーである。シミュラークラ、浮遊するシニフィアン。自己をリサイクル、リバイバルして生きながらえる。本物がない偽物であり、偽物であることが本物である二律背反なスタイル。ゴシックは〝徹頭徹尾まがいもの〟なのだ。同時に、ゴシックは基本的に反古典主義である。つまり、ネオ・バロック、マニエリスムの一種である。当然、その様式はグロテスク模様さながらの異種混交であり、規範を逸脱した奇怪醜悪（モンストロウス）なものとなる。翻ってそれは、正常と異常との境界を揺るがしてあやふやなものと化す。ゴシックの本質は両義性・曖昧性・多様性であり、二項対立の概念をなし崩しにする怪物的モードである。

しかし、本書の眼目は後半（三章と四章）だろう。このパートにおいてゴス・サブカルチャーが検証される。消費社会におけるゴシックは様々な商品として表象される。ファッションやミュージック、TVドラマ、コミック、玩具人形、そして広告の戦略として。もはやゴシックは客体として対象の内部にある特性ではない。文化生産物を何のために誰がどのようにゴシックとして語っているかが問題なのだ。そして今や後期資本主義社会において、ゴシックは拡散・浸透し、様々なメディアをウィルスさながらに感染させている。「事の真相を述べれば、ゴシックは、その最新の生まれ変わりにおいて、消費者がとりわけ好んで選択するライフスタイルの本質となった」のである。

このゴス・サブカルチャーのパートをさらに細かく深く考察して強化した大部のアンソロジーが本書の翌年（二〇〇七年）に早くもアカデミズムの分野から出版されている。ローレン・M・E・グッドランドとマイケル・ビッビイ共編、*GOTH UNDEAD SUBCULTURE*（Duke University Press, 2007）である。キャサリン・スプーナーの“Undead Fashion: Nineties Style and the Perennial Return of Goth”という論考が収録されているが、残念ながら書き下ろしではなく、彼女の二〇〇四年のデビュー作 *Fashioning Gothic Bodies* の一部を再録したものにすぎない。

マニアックでプライベートな空間からグローバルでパブリックな空間へ、闇の領域から光の領域へ浮上し、ライフスタイルにさえなっているコンテンポラリー・ゴシックに対して、当然のごとく嘆く学者もいる。たとえば、ゴシック文学研究者の大御所のひとりフレッド・ボティングは、*Limits of horror: Technology, Bodies, Gothic*（Manchester University Press, 2008）で、毒や牙を抜かれ、殺菌真空パックされ、形骸化されたゴシックを〝キャンディ・ゴシック〟と称した。詳しくは、本書の「結論ゴシックの終焉？」の冒頭部分を読んでいただきたい。

つまり、従来型のゴシック文学研究者にとっては、ゴシック文学は恐怖の美学であり、ゴシック・

カルチャーは恐怖の文化である。社会ないしは個人の抱えているトラウマや不安を恐怖として表象するモード。〈不気味なもの〉を噴出させて、規範やルールを転覆する媒体なのだ。死と暴力と倒錯した性とに満ちた危険な暗黒のエネルギーのはずだった。

ところがゼロ年代が終わって一〇年代に入ると、正調ゴシック・カルチャーはますますゴス・カルに圧倒され、今や自己表現のための、あるいは趣味同人のコミュニティーを形成するための健全でポジティヴな媒体としての〝ポップ・ゴス〟と称されるゴシックさえ登場している。このポップ・ゴスの動向に関しては、ジャスティン・エドワードとアグニエスツカ・ソルティスク・モネット共編、*The Gothic in Contemporary Literature and Popular Culture: Pop Goth* (Routledge, 2012) があるが、それをヴィジュアル主体で知りたいという向きには、大衆文化の専門家ナターシャ・シャーフ、*Art of Gothic* (Omnibus Press, 2014) がファッションやブック・カバー、アルバム・ジャケット、映画ポスター、コンピューター・グラフィクス、ローブロー・アート、アート写真などを多数収録していて、文字通りの〝百聞は一見に如かず〟を体現させてくれる。

キャサリン・スプーナーの最新作、*Post-Millennial Gothic: Comedy, Romance and the Rise of Happy Gothic* (Bloomsbury, 2017) はポップ・ゴス寄りの内容で、本書のゴス・サブカルチャーを検証しているパートの強度をさらに深めて新たな知見に基づいた、二十一世紀ゴシックに関するちょっと他にはない斜め上をいく評論である。ファッションやインテリア、ＹＡノベル（ステファニー・メイヤー『トワイライト』など）、ＴＶドラマ（『トゥルーブラッド』）、ティム・バートン監督作品、吸血鬼映画、グラフィック・ノベルズ、アニメ、ゴス・ガール、ダーク・ツーリズムなどを考察しつつ、今日のゴシックは基本的に明るく楽しいお祭り気分の〝ハッピー・ゴス〟だと唱えている。そこにはスーザン・ソンタグの提唱したキャンプ概念のエコーがあるものの、先の大御所の嘆息する〝キャンディ・ゴシック〟で結構、蕩尽されたゴシックのどこがいけないの？　そもそもゴシックはリサイクル品だし、ポストモダン文学は蕩尽の文学（ジョン・バース）じゃないの？　とまではキャサリン・スプーナーは述べていないが、そんな思いが伝わってくる痛快な〝ハッピー・ゴス〟論である。

ゴシック・カルチャーとゴス・カルチャーに関する評論は本邦でもすでにいくつかある。たとえば、小谷真理『テクノゴシック』（ホーム社、二〇〇五）、高原英里『ゴシックスピリット』（朝日新聞出版、二〇〇七）、樋口ヒロユキ『死想の血統——ゴシック・ロリータの系譜学』（冬弓舎、二〇〇七）など。本書と合わせてお読みになることを勧める。

最後に本書の翻訳について。原文はもってまわった読みづらい文章だが、できるだけ抵抗のない日本語にしたつもりだ。また、長く切れ目のないパラグラフが多いので、これも若い人たちに読みやすいように、こまめに改行して段落を増やしたことをお断りしておく。

二〇一八年一一月一一日

風間賢二

著者／訳者について――

キャサリン・スプーナー（Catherine Spooner）　ランカスター大学の英文学・文化教授。専門は十九世紀から今日にいたるゴシック小説と文化。特にファッションに関心を持っている。主著として本書のほかに *Fashioning Gothic Bodies* (Manchester University Press, 2004), *Post-Millennial Gothic: Comedy, Romance and the Rise of Happy Gothic* (Bloomsbury USA Academic, 2017)、フレッド・ボティングとの共編に *Monstrous Media/Spectral Subjects: Imaging Gothic from the Nineteenth Century to the Present* (2015) などがある。

*

風間賢二（かざまけんじ）　翻訳家・幻想文学研究家。主著に『ホラー小説大全』（双葉文庫）、『オルタナティヴ・フィクション』（水声社）、『怪奇幻想ミステリーはお好き』（ＮＨＫ出版）などがある。訳書にはスティーヴン・キング『ダークタワー』シリーズ（角川文庫）、カレン・テイ・ヤマシタ『熱帯雨林の彼方へ』（新潮社）、ホセ・カルロス・ソモサ『イデアの洞窟』（文藝春秋）など多数ある。

装幀——宗利淳一

コンテンポラリー・ゴシック

二〇一八年一二月二〇日第一版第一刷印刷　二〇一九年一月一五日第一版第一刷発行

著者――キャサリン・スプーナー

訳者――風間賢二

発行者――鈴木宏

発行所――株式会社水声社
東京都文京区小石川二―七―五　郵便番号一一二―〇〇〇二
電話〇三―三八一八―六〇四〇　ＦＡＸ〇三―三八一八―二四三七
［**編集部**］横浜市港北区新吉田東一―七七―一七　郵便番号二二三―〇〇五八
電話〇四五―七一七―五三五六　ＦＡＸ〇四五―七一七―五三五七
郵便振替〇〇一八〇―四―六五四一〇〇
URL : http://www.suiseisha.net

印刷・製本――精興社

ISBN978-4-8010-0381-1